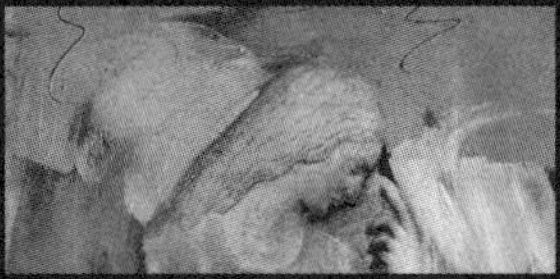

임멘 호수·백마의 기사·프시케

이 도서의 국립중앙도서관 출판예정도서목록(CIP)은 서지정보유통지원시스템 홈페이지(http://seoji.nl.go.kr)와
국가자료공동목록시스템(http://www.nl.go.kr/kolisnet)에서 이용하실 수 있습니다.
(CIP제어번호: CIP2018012537)

세계문학전집
164

Theodor Storm : Immensee · Der Schimmelreiter · Psyche

임멘 호수·백마의 기사·프시케

테오도어 슈토름 소설

배정희 옮김

문학동네

일러두기

1. 번역 대본으로는 *Der Schimmelreiter·Immensee*(Theodor Storm, Fischer Taschenbuch; Auflage: 2, 2008)와 *Psyche*(Theodor Storm, Gesammelte werke in 2 Bänden, Neu herausgegeben von Walter Zimorski, Düsseldorf; Züsich: Band. I, Frühe Erzählprosa und Novellen, S. 719~748, Artemis und Winkler, 2000)를 사용했다.
2. 주석은 모두 옮긴이주이다.

차례

임멘 호수 7

백마의 기사 59

프시케 215

해설 | 테오도어 슈토름 — 회색 바다의 낭만주의, 애수 어린 리얼리즘 259

테오도어 슈토름 연보 275

임멘 호수

노인

어느 늦가을 오후, 잘 차려입은 노인이 느릿느릿 길을 따라 내려가고 있었다. 산책을 마치고 집으로 돌아가는 길인 듯했다. 유행 지난 버클 구두에 먼지가 뽀얗게 앉아 있었다. 겨드랑이에는 둥근 금색 손잡이가 달린 기다란 등나무 지팡이를 끼고 있었다. 흘러간 청년기를 고스란히 품고 있는 듯한, 눈처럼 하얀 머리카락 아래로 도드라진 검은 눈은 조용히 주위를 둘러보거나 석양의 향기에 잠긴 도시를 내려다보곤 했다. 노인은 거의 이방인이나 다름없었다. 지나가는 행인 중에 노인의 진지한 눈빛 때문에 눈이 마주친 사람은 몇 명 있었으나, 인사를 하는 사람은 거의 없었으니 말이다. 이윽고 높다란 박공지붕 집 앞에 멈춰선 노인은 다시 한번 도시를 돌아본 후 현관으로 들어섰다. 초인종을 울리자 현관 쪽으로 난 작은 창의 녹색 커튼이 열리더니 늙은 여자가 얼굴을 내밀었다. 노인은 등나무 지팡이로 여인에게 신호를 보냈다. "아직 불 켜지 마!"라고 말하는 노인의 말투에는 남부 억양이 섞여 있었다. 가정부는 커튼을 다시 쳤다. 노인은 넓은 현관을 지나 거실을 가로질렀다. 거실 벽에는 도자기 화병을 진열한 커다란 참나무 장이 서 있었다. 그는 맞은편 문을 지나 작은 복도로 들어갔는데, 그 복도는 좁은 계단을 통해 뒤채의 위층 방으로 이어져 있었다. 노인은 계단을 느릿느릿 올라가서 문을 열고 제법 커다란 방안으로 들어섰다. 아늑하고 조용했다. 한쪽 벽은 서랍장과 책장으로 거의 덮여 있었고, 다른 벽에는 인물화와 풍경화가 걸려 있었다. 초록색 덮개가 덮인 책상 위에 책들이 이리저리 펼쳐져 있었고 책상 앞에는 빨간 벨벳 방석이 깔린 묵직한 안락의자가 놓여 있었다. 노인은 모자와 지팡이를 구석에 놓고 안락의자에 앉았는데, 손을 포개고 있는 그 모습은 마치 산책의 피로를 풀고 있는 듯했다. 그렇게 앉아 있는 동안, 날은 서서히 어두워져갔다. 마침내 창문을 통해 들어온 달빛이 벽에 걸어둔 그림을 비췄고, 노인은 자기도 모르게 두 눈으로 달빛의 밝은 띠가 차츰차츰 밀려들어오는 모습을 뒤쫓았다. 어느덧 눈길이 소박한 검정 액자틀 속 자그마한 그림에 가닿았다. "엘리자베트!" 노인은 나지막하게 속삭였다. 그 말을 뱉어내자, 시간이 변하면서—그는 젊은 시절로 되돌아갔다.

아이들

이내 한 어린 소녀의 고운 자태가 그에게 다가왔다. 소녀의 이름은 엘리자베트고, 다섯 살쯤 되어 보였다. 그는 열 살이었다. 소녀는 갈색 눈과 무척 잘 어울리는, 빨간 비단 스카프를 목에 두르고 있었다.

"라인하르트, 우리는 자유야, 자유라고! 하루 종일 수업이 없고, 또 내일도 없을 거야" 하고 소녀가 소리쳤다.

라인하르트는 겨드랑이에 끼고 있던 주판을 잽싸게 대문 뒤에 세워 놓았다. 두 아이는 집안을 통과해 정원으로, 그리고 정원 문을 빠져나가 풀밭으로 내달렸다. 생각지도 않은 방학을 맞이했다는 게 근사하기만 했다. 라인하르트는 엘리자베트와 함께 풀밭에 잔디로 집을 하나 지었다. 둘은 그 안에서 여름밤을 날 생각이었다. 하지만 아직 긴 의자가 없었다. 라인하르트는 곧바로 의자를 만들기 시작했다. 못, 망치 그리고 필요한 널빤지는 이미 다 준비되어 있었다. 그 사이 엘리자베트는 담장을 쭉 따라가면서 동글동글 고리처럼 생긴 야생 아욱 씨를 앞치마에 주워 모았다. 그걸로 팔찌와 목걸이를 만들 참이었다. 비록 구부정하게 박힌 못도 있었지만, 그래도 의자를 다 완성시킨 라인하르트가 다시 바깥으로 나왔을 때, 엘리자베트는 벌써 저멀리 풀밭 끝까지 걸어가 있었다.

"엘리자베트! 엘리자베트!" 라인하르트가 부르자 소녀는 곱슬머리를 나풀거리며 뛰어왔다. "어서 와, 우리집이 완성됐어. 너 아주 덥지? 들어와, 우리 새로 만든 의자에 앉자. 이야기를 해줄게" 하고 라인하르트가 말했다.

그러고는 둘은 집안으로 들어가 새로 만든 의자에 앉아보았다. 엘리자베트는 앞치마에서 고리 모양 씨앗을 끄집어내 기다란 끈에 하나씩 꿰었다. 라인하르트는 이야기를 시작했다. "옛날에 물레질 하는 여자 세 명이 있었는데……"

"아, 나 그거 외워서 다 알고 있어. 똑같은 이야기는 이제 안 해도 돼."

그래서 라인하르트는 물레 돌리는 세 여자 이야기는 그만두고, 그 대신 사자 굴에 던져진 불쌍한 남자 이야기를 해주었다.

"그런데 밤이었어, 알겠지? 아주 깜깜한 밤이었고 사자는 자고 있었거든. 사자는 자면서 가끔씩 하품도 하고 시뻘건 혀도 쑥 빼문다고. 그러면 남자는 무서워 부르르 몸을 떨면서, 아침이 곧 올 거라고 생각했어. 그때 갑자기 주위에 밝은 빛이 비쳐서 눈을 뜨고 위를 보니까 앞에 천사가 서 있는 거야. 천사는 남자에게 손짓을 하더니 바로 바위 속으로 쑥 들어가버렸어."

엘리자베트는 열심히 듣고 있었다. "천사가? 날개도 있었어?" 엘리자베트가 물었다.

"그냥 이야기일 뿐이야. 천사는 없어." 라인하르트가 대답했다.

"피이, 라인하르트!" 소녀는 이렇게 말하며 라인하르트의 얼굴을 뚫어져라 쳐다보았다. 라인하르트가 엘리자베트를 어두운 표정으로 바라보자, 소녀는 의심스러운 듯 물었다. "왜 사람들은 항상 그렇게 말해? 엄마도 이모도 그리고 학교에서도 왜 그러는 거야?"

"나도 몰라." 라인하르트가 대답했다.

"그럼 사자도 없는 거야?" 엘리자베트가 말했다.

"사자? 사자가 있냐고! 사자는 인도에 있지. 인도에선 우상을 섬기는 성직자들이 사자를 마차 앞에 매고 사막을 달려. 내가 크면, 언젠가 거기 갈 거야. 인도는 여기 우리나라보다 몇천 배는 더 멋져. 거긴 겨울도 없어. 너도 나랑 같이 가야 해. 같이 갈 거지?"

"응, 하지만 그럼 엄마도 같이 가야 해, 그리고 너희 엄마도 같이."

"안 돼, 그때쯤 엄마들은 너무 늙어서 같이 못 가."

"하지만 나 혼자서 가면 안 돼."

"너 혼자 가도 될걸. 그래야 진짜 내 아내가 되는 거야, 그러면 다른 사람들이 너한테 명령하지 못할 거고."

"하지만 그러면 엄마가 울 텐데."

"우린 다시 돌아올 건데 뭘. 솔직히 말해, 나하고 여행 갈 거야? 안 그러면 나 혼자 갈 거야, 가서 다시는 안 돌아올 거라고." 라인하르트가 성을 내며 말했다.

소녀는 울음을 터뜨리기 직전이었다. "그런 무서운 눈 하지 마, 같이

인도에 갈게." 라인하르트는 기뻐 어쩔 줄 몰라하며 소녀의 두 손을 잡고 풀밭으로 이끌었다. "인도로 간다, 인도로!"라고 노래하면서 소녀와 빙빙 원을 그리며 돌자, 소녀의 목에 감긴 빨간 스카프가 팔랑팔랑 나부꼈다. 하지만 라인하르트는 갑자기 소녀의 손을 놓고는 심각하게 말했다. "그렇게 되지는 않을 거야. 넌 용기가 없으니까."

그때 "엘리자베트! 라인하르트!" 하고 정원 문 쪽에서 부르는 소리가 들렸다. "여기 있어요! 여기예요!" 아이들은 대답하며 손을 잡고 집으로 달려갔다.

숲속에서

아이들은 그렇게 함께 지냈다. 소녀는 소년에 비해 너무 조용할 때가 많았고, 소년은 소녀에게는 너무 격렬할 때가 많았지만, 그렇다고 해서 둘이 떨어져 있지는 않았다. 학교에 가지 않는 시간에는 거의 둘이서 함께 있었다. 겨울에는 엄마의 좁은 방안에서, 여름에는 덤불숲과 들판에서 함께 시간을 보냈다. 한번은 엘리자베트가 라인하르트가 있는 데서 선생님에게 야단을 맞은 적이 있는데, 라인하르트는 선생님의 화를 자기 쪽으로 돌리기 위해 마구 성질을 부리며 주판을 책상에 내동댕이쳤다. 선생님은 알아차리지 못했다. 지리 수업이었는데 라인하르트는 집중할 수 없어, 공부하는 대신 긴 시를 하나 지었다. 자신을 어린 독수리, 선생을 잿빛 까마귀, 엘리자베트를 하얀 비둘기에 비유하는 시였다. 어린 독수리가 자기에게 날개가 생기면 바로 잿빛 까마귀에게

복수하겠다고 맹세하는 내용이었다. 어린 시인의 눈에는 눈물이 글썽거렸고, 스스로가 고귀하게 느껴졌다. 집으로 돌아온 소년은 백지를 양피지로 두툼하게 철한 작은 노트를 하나 찾아내, 앞 몇 페이지에 조심스러운 필체로 첫 자작시를 적어넣었다. 얼마 지나지 않아 소년은 다른 학교로 전학했고, 거기서 또래의 다른 소년들을 사귀게 되었다. 하지만 그것이 엘리자베트와 사귀는 일을 방해하지는 않았다. 엘리자베트에게 들려주고 또 들려줬던 이야기들 가운데 그애가 제일 좋아하던 것을 그때 적어두기 시작했다. 이야기를 적다보면 그 속에 뭔가 자신의 생각도 담고 싶은 생각이 들었다. 하지만 이유는 알 수 없었으나 자기 생각을 추가하지는 못했다. 그래서 들었던 이야기를 그대로 정확하게 적어넣기만 했다. 그러고 나서 소년은 그 종이들을 소녀에게 주었고, 소녀는 그것을 보석함 서랍 안에 조심스럽게 간직했다. 어쩌다 저녁에 라인하르트가 같이 있을 때, 엘리자베트가 어머니에게 자기가 써준 노트 속 이야기를 읽어드리는 것을 들을 때면, 라인하르트는 고상한 만족감을 느꼈다.

칠 년이 지나갔다. 라인하르트는 학업을 계속하기 위해 고향 도시를 떠나야 했다. 이제 한동안 라인하르트가 없을 거라는 생각을 하자 엘리자베트는 견딜 수 없었다. 어느 날, 언제나 그랬듯 자신은 엘리자베트를 위해 동화를 쓸 것이며 그걸 어머니께 보내는 편지 편으로 보내줄 테니 그 이야기가 마음에 들었는지 편지로 알려줘야 한다고 라인하르트가 말하자, 엘리자베트는 기뻤다. 라인하르트가 떠날 날이 다가왔다. 그전에 많은 시를 양피지 노트에 적어넣었다. 하얀 노트의 거의 절반을 서서히 채워나간 노래들은 대부분 엘리자베트에 대한 것이었지만, 그녀에게는 비밀로 했다.

6월이었다. 라인하르트는 다음날 떠나야 했다. 그래서 사람들과 파티를 하며 같이 즐거운 하루를 보낼 참이었다. 꽤 많은 사람들이 모여서 가까운 숲으로 소풍을 가게 되었다. 숲 변두리까지 마차로 몇 시간을 달려간 다음 마차에서 내려 도시락 바구니를 들고 계속 걸어갔다. 우선 전나무 숲을 지났는데, 숲속은 서늘하고 어슴푸레했고 바닥에는 가느다란 전나무 잎이 여기저기 흩뿌려져 있었다. 삼십 분 정도 걷자 어두운 전나무 숲이 지나고 신선한 너도밤나무 숲으로 들어섰다. 너도밤나무 숲은 사방이 밝고 푸르렀으며, 가끔씩 잎이 무성한 가지 사이로 햇살이 뚫고 들어왔다. 머리 위에서는 다람쥐가 가지 사이로 폴짝거리며 뛰어다녔다. 일행은 오래 묵은 너도밤나무 가지들이 맞닿아 나뭇잎으로 둥근 천장을 만든 곳에 자리를 잡았다. 엘리자베트의 어머니가 바구니를 열자, 나이 지긋한 신사가 보급 담당을 자처하고 나섰다. "자, 어린 새들, 모두들 내 주위로 모이게나!" 그가 소리쳤다. "이제 내가 하는 말을 잘 듣도록 해. 각자 아침식사로 지금 빵 두 개를 받을 게야. 버터는 집에 두고 왔으니까, 곁들여 먹을 것은 스스로 찾아야 해. 숲속에 딸기가 얼마든지 있거든. 물론 그걸 찾을 수 있는 사람한테 해당되는 말이지. 찾아낼 재주가 없으면 맨빵을 먹어야 해, 어디서나 인생이란 그런 거니까. 내 말 알아들었겠지?"

"네." 젊은이들이 대답했다.

"자, 내 말 아직 안 끝났다네. 우리 노인네들이야 인생을 살며 이미 충분히 돌아다녔지. 그러니 이젠 집에서, 그러니까, 여기 이 널찍한 나무 아래서 이렇게 감자나 까고 불을 지피면서 상을 차리고 있을 게야.

열두시가 되면 계란도 삶아야 할 거고. 그 수고의 대가로 자네들은 딸기 절반을 우리한테 줘야 해, 그러면 우리가 후식을 내줄 수 있겠지. 자, 그럼 이제 동으로 서로 흩어져 열심히들 찾아보게나!"

젊은이들은 온갖 악동 같은 표정을 다 지어 보였다. "잠깐!" 하고 노신사가 다시 한번 소리쳤다. "이건 말할 필요도 없겠지만, 딸기를 하나도 못 찾은 사람은 내놓을 필요도 없어. 물론 그러면 우리 늙은이들한테 아무것도 못 얻는다는 건 자네들 예쁜 귀 속에 잘 새겨넣게나. 오늘의 교훈은 그걸로 충분할 거야. 이제 딸기만 얻으면, 벌써 오늘의 인생을 헤쳐나간 셈이지."

젊은이들은 동의하고 나서 둘씩 짝을 지어 떠나기 시작했다.

"이리 와, 엘리자베트, 내가 딸기 덤불 있는 데를 알고 있어. 네가 맨빵을 먹어서야 되겠니." 라인하르트가 말했다. 엘리자베트는 밀짚모자의 녹색 리본을 묶어 팔에 걸었다. "가자, 바구니도 준비되었거든." 그녀가 말했다.

둘은 숲속으로 점점 깊이 들어갔다. 사방이 조용하니 머리 위 하늘에서 보이지 않는 매의 울부짖음만 들려오는 축축하고 빼곡한 나무 그늘을 지나갔다. 그러고 나서 또 빽빽한 나무 덤불을 지나는데, 어찌나 빽빽하던지 라인하르트가 앞서가며 연신 나뭇가지를 부러뜨리고 나무 덩굴을 옆으로 꺾으며 길을 만들어야 했다. 그런데 이내 뒤에서 엘리자베트가 자기 이름을 부르는 소리가 들렸다. 몸을 돌렸다. "라인하르트! 기다려, 라인하르트!" 목소리가 들렸지만 그녀는 보이지 않았다. 마침내 조금 떨어진 곳에서 덤불과 싸우고 있는 그녀의 모습이 보였다. 고운 머리가 양치 덤불 위로 떠올랐다 가라앉았다 했다. 그래서 라인하르트는 다시 돌아가 뒤엉킨 잡초와 관목을 헤쳤고 마침내 가리는 것 없이 탁 트인 자리로 그녀를 데리고 나왔다. 호젓이 핀 숲속의 꽃 사이로 파란 나비들이 날갯짓하며 날아다니고 있었다. 그는 달아오른 그녀의 조그만 얼굴에서 젖은 머리카락을 쓸어주었다. 그러고는 밀짚모자를 씌워주려 했지만 엘리자베트는 쓰기 싫다고 했다. 라인하르트가 다시 권하자, 그녀는 마지못해 모자를 씌워주는 대로 가만히 있었다.

"근데 네가 말한 딸기는 어디에 있어?" 이윽고 엘리자베트가 발길을 멈추고 깊은 숨을 들이쉬며 물었다. "여기 있었는데. 근데 두꺼비가 우리보다 먼저 왔나봐, 아니면 담비든가, 어쩌면 요정이 먼저 왔다갔을 수도 있고." 그가 말했다.

"그래, 잎사귀는 아직 남아 있네. 하지만 여기서 요정 이야기는 하지 마. 가자, 난 전혀 안 피곤하니까 더 찾아보자" 하고 엘리자베트가 말했다.

두 사람 앞에 작은 시내가 있었고, 그 너머로는 다시 숲이었다. 라인하르트는 엘리자베트를 팔에 안고 시내를 건넜다. 잠시 후 두 사람은 그늘진 나뭇잎 사이를 빠져나와 다시 숲속의 넓은 빈터로 왔다. "여기 틀림없이 딸기가 있을 거야, 달콤한 냄새가 나" 하고 엘리자베트가 말했다.

그들은 딸기를 찾아 해가 내리비치는 들판을 걸어갔다. 그러나 아무것도 찾아내지 못했다. "아냐, 그냥 에리카꽃 향기야."

나무딸기 덤불과 가시나무가 사방 천지에 엉켜 있었다. 공기 중에는 짧은 풀과 번갈아가며 들판의 빈 자리를 뒤덮고 있는 에리카꽃의 강렬한 향기가 가득차 있었다. "여긴 너무 외로워. 다른 사람들은 어디에 있는 걸까?" 엘리자베트가 말했다.

라인하르트는 돌아가는 길은 생각해두지 않았다. "기다려봐, 바람이 어디서 불어오는 거지?" 라인하르트는 이렇게 말하며 손을 높이 치켜들었다. 하지만 바람은 없었다.

"쉿. 사람들 말하는 소리가 들리는 거 같아. 저 밑에다 대고 소리쳐봐." 엘리자베트가 말했다.

라인하르트는 손을 둥글게 모아 "여기예요!" 하고 소리쳤다. "여기예요!" 하고 메아리가 돌아왔다.

"사람들이 대답하네!" 엘리자베트가 손뼉을 쳤다.

"아니야, 아무것도 아니야. 그냥 메아리야."

엘리자베트가 라인하르트의 손을 잡았다. "무서워!" 그녀가 말했다.

"아니야, 무서울 거 없어. 여긴 멋진 곳이야. 저기 풀숲 사이 그늘에 앉아. 우리 잠깐 쉬자. 곧 사람들을 찾을 수 있을 거야."

엘리자베트는 가지를 드리운 너도밤나무 아래 앉아 사방으로 주의깊게 귀를 기울였다. 라인하르트는 몇 발자국 떨어진 나무 그루터기에 걸터앉아 말없이 그녀 쪽을 바라보고 있었다. 해가 두 사람의 머리 바로 위에 걸려 있었다. 한낮의 이글거리는 뜨거운 태양이었다. 황금빛으로 반짝거리는 파란 쇳빛의 조그만 파리들이 날개를 붕붕거리며 공중에 떠 있었다. 사방에서 작게 윙윙대는 소리, 붕붕거리는 소리가 밀려왔고, 이따금 숲속 깊은 곳에서 딱따구리가 쪼아대는 소리와 다른 산새들이 지저귀는 소리가 들렸다.

"들어봐! 종이 울려." 엘리자베트가 말했다.

"어디?" 라인하르트가 물었다.

"우리 뒤에서. 들려? 지금 정오네."

"그러면 우리 뒤에 도시가 있다는 거야. 이 방향으로 쭉 가면 사람들을 만나겠다."

그렇게 둘은 돌아가기 시작했다. 딸기를 찾는 건 포기했다. 엘리자베트가 너무 지쳐 있었다. 마침내 나무 사이를 뚫고 사람들의 웃음소리가 들려왔다. 땅바닥에 깔린 흰 천도 어른어른 보였다. 식탁으로 쓰려고 깔아두었는데, 그 위에 딸기를 그득하게 올려놓았다. 노신사는 단춧구멍에 냅킨을 꽂고서, 구운 고기를 열심히 썰며 젊은이들에게 교훈적인 이야기를 하고 있었다.

라인하르트와 엘리자베트가 나무 사이에서 나오는 걸 보자 젊은이들은 "저기 지각생들이 온다!" 하고 소리쳤다.

"이리 오게! 천은 훌훌 다 털어내고, 모자는 뒤집어! 자네들이 가져온 걸 보여주게나."

"배고픔과 갈증뿐입니다!" 라인하르트가 말했다.

"그게 다라면" 하고 대답하며 노신사는 두 사람 앞에 음식이 가득 담긴 그릇을 높이 쳐들었다. "그 배고픔과 갈증을 그대로 안고 있어야지. 약속은 잘 알고 있겠지? 여기서는 한량들은 안 먹여준다네." 그러나 결국 노신사는 애원에 넘어갔고, 그렇게 해서 두 사람은 식사를 할 수 있었다. 노간주나무 숲에서 개똥지빠귀가 지저귀기 시작했다.

그렇게 하루가 지나갔다. 그날 라인하르트는 뭔가 찾아낸 것이 있었다. 딸기는 아니었지만, 역시 숲속에서 자라난 것이긴 했다. 집으로 돌아와서, 라인하르트는 양피지 노트에 적어넣었다.

여기 산비탈
바람은 모두 그치고,
나뭇가지들이 늘어진
그 아래 아이가 앉아 있네.

그녀는 사향초 사이에 앉아,
맑은 향기에 취해 있노라.
파란 파리들이 붕붕거리고
공중에서 반짝거리네.

숲은 그리도 말없이 서 있고,
그녀는 영민하게 숲속을 들여다보네.
갈색 곱슬머리 주위로
햇빛이 흘러내리는구나.

뻐꾸기는 멀리서 웃어대는데,
내 마음속 불현듯 떠오르는 생각.
그녀는 숲의 여왕의
황금빛 눈을 가지고 있도다.

그녀는 그가 보호해야 할 존재만은 아니었다. 그녀는 피어나는 그의 인생에서 모든 사랑스러움과 경이로움을 의미했다.

저기 아이가 길가에 서 있었네

크리스마스이브가 다가왔다. 아직 오후였고, 라인하르트는 다른 학생들과 함께 시청 지하 술집의 참나무 탁자에 앉아 있었다. 지하는 벌써 어둑어둑해져서 벽걸이 램프에 이미 불이 켜져 있었다. 손님이 별로 없어서, 웨이터는 여유를 부리며 기둥에 기대 서 있었다. 둥근 천장 아래 주점 한구석에는 바이올린 악사와 곱상하니 집시 같은 얼굴의 치터* 타는 소녀가 앉아 있었다. 두 사람은 각자의 악기를 무릎 위에 올려놓고 무심하게 앞만 보고 있는 듯했다.

대학생들이 모여 앉은 탁자에서 샴페인 마개가 터졌다. "마셔, 사랑스러운 보헤미아 아가씨!" 지방귀족처럼 생긴 한 젊은 남자가 철철 넘

---

* 독일, 오스트리아 지역에서 널리 쓰는 현악기.

치는 술잔을 소녀에게 건네며 소리쳤다.

"저는 술을 좋아하지 않아요." 소녀는 몸도 돌리지 않고 말했다.

"그럼 노래해!" 하고 소리치며 귀족이 은화 한 닢을 소녀의 무릎에 던져주었다. 바이올린 악사가 소녀의 귀에 뭐라고 속삭이는 동안, 소녀는 손가락으로 천천히 검은 머리카락을 쓸어내렸다. 소녀는 고개를 뒤로 젖히고 턱에 치터를 받쳤다. "저 남자를 위해 연주하지는 않겠어요." 소녀는 말했다.

라인하르트는 술잔을 들고 자리에서 벌떡 일어나 소녀 앞에 섰다.

"왜 이래요?" 소녀가 반항적으로 물었다.

"네 눈을 보려고."

"당신이 내 눈하고 무슨 상관이죠?"

라인하르트는 눈을 이글거리며 소녀를 내려다보았다. "그 눈이 가짜라는 걸 난 알아!" 소녀는 자기 뺨을 손바닥으로 감싸고 눈을 도사리며 그를 노려보았다. 라인하르트는 잔을 들어 입술에 갖다댔다. "너의 아름답고 죄악에 찬 눈을 위하여!" 이렇게 말하고는 그는 술을 마셨다.

소녀가 웃음을 터뜨리며 이리저리 고갯짓을 했다. 소녀는 검은 눈으로 그의 눈을 응시하며 말했다. "술 줘!" 그리고 천천히 남은 술을 마셨다. 그러고 나서 삼화음을 잡아, 깊고 열정적인 목소리로 노래했다.

오늘, 오늘만은
난 이리도 아름답다네.
내일, 아 내일은
모든 것이 다 사라져버리지!

단지 이 시간만은
그대는 나의 것.
죽을 때, 아 죽을 때는
나 홀로여야 하네.

바이올린 악사가 빠른 템포로 후렴구를 시작하는 동안, 새로 온 손님 하나가 대학생들의 모임에 합류했다.

"자네를 데리러 왔어, 라인하르트. 자네 벌써 가버렸더군. 아기 천사가 자네 방에 크리스마스 선물을 갖다놨던데."

"크리스마스 선물? 나한테 그런 건 더이상 안 오는데." 라인하르트가 말했다.

"무슨 소리야! 자네 방에 전나무 향기와 구운 쿠키 냄새가 진동하던데."

라인하르트는 술잔을 내려놓고 모자를 집어들었다.

"뭐하려고?" 소녀가 물었다.

"다시 올게."

소녀는 이맛살을 찌푸렸다. "가지 마!" 소녀가 나지막이 말하며, 라인하르트를 친근하게 쳐다보았다.

라인하르트는 머뭇거렸다. "그럴 수 없어." 그가 말했다.

소녀는 웃음을 터뜨리며 발끝으로 라인하르트를 톡 찼다. "가! 당신은 쓸모없어. 당신들 모두 다 아무 쓸모 없어." 소녀가 이렇게 말하며 등을 돌렸고, 라인하르트는 천천히 지하 계단을 올라갔다.

바깥 거리에는 벌써 황혼이 내렸다. 뜨거운 이마에 신선한 겨울 공기가 닿는 것이 느껴졌다. 불을 켜둔 전나무의 밝은 빛이 창가에서 새어나와 여기저기 비치고, 간간이 집안에서 흘러나오는 작은 피리 소리와 양철나팔 소리, 그리고 그 사이에 뒤섞인 아이들의 환호 소리가 들려왔다. 구걸하는 아이들은 집집마다 돌아다니다가 계단 난간 위로 올라가 집안에서 벌어지는, 자신들에게는 금지된 멋진 광경을 창문 너머로 훔쳐보려 했다. 때로는 갑자기 문이 확 하고 열리며 욕설 섞인 목소리가 그런 어린 불청객 떼거리를 어두운 골목으로 내몰아버리기도 했다. 또 어느 집 현관에서는 옛 크리스마스 노래를 부르기도 했다. 그 가운데는 맑은 소녀의 목소리도 섞여 있었다. 라인하르트는 노랫소리를 귓등으로 흘려들으며, 그 모든 광경을 지나쳐 거리에서 거리로 서둘러 걸어갔다. 집에 도착했을 때는 거의 완전히 어두워져 있었다. 계단을 넘어질 듯 뛰어올라 방안으로 들어갔다. 달콤한 냄새가 훅 밀려왔다. 아늑한 기분이 드는 것이, 마치 집에서 어머니가 크리스마스 장식을 해놓은 방 같았다. 떨리는 손으로 불을 켰다. 테이블 위에는 커다란 소포뭉치가 놓여 있었고, 열어보니 눈에 익은 갈색의 쿠키가 나왔다. 어떤 쿠키 위에는 설탕으로 자기 이름의 앞글자가 흩뿌려져 있었다. 엘리자베트가 아니면 누구겠는가. 수놓은 고운 셔츠가 들어 있는 작은 꾸러미도 있었고 수건과 커프스, 그리고 어머니와 편지도 있었다. 라인하르트는 편지부터 뜯었다. 엘리자베트는 이렇게 쓰고 있었다.

"예쁜 설탕 글씨를 보면 누가 이 쿠키 굽는 걸 도왔는지 알 수 있을 거야. 바로 그 사람이 널 위해 커프스에 수도 놓았거든. 여긴 크리스마스이브가 아주 조용할 것 같아. 우리 어머니는 아홉시 반이면 물레를 구석으로 치우시니까. 네가 없는 이곳의 올겨울은 정말 외로워. 네가 선물해준 홍방울새도 지난 일요일에 죽어버렸지뭐야. 그래서 아주 많이 울었어. 난 항상 새를 잘 돌봐줬는데 말이야. 해가 농부들을 비춰주는 오후가 되면 새는 늘 노래했어. 너도 알지. 어머니는 새가 새장에서 목청껏 노래하면, 조용히 시키겠다며 새장에 수건을 덮곤 하셨다는 거. 그럼 집안은 더 적막해지지. 네 오랜 친구 에리히가 이따금 우리를 방문할 뿐이야. 예전에 네가 에리히는 꼭 자기가 입고 다니는 갈색 외투랑 닮았다고 말한 적 있잖아. 에리히가 문으로 들어올 때마다 그 말이 생각나서 너무 우스운 거야. 하지만 우리 어머니한테는 그런 이야기 하지 마, 언짢아하실 거야. 그런데 내가 너희 어머니에게 크리스마스 선물로 뭘 드렸는지 알아맞혀봐! 못 맞힐걸? 바로 나 자신을 선물해드렸거든! 에리히가 검은색 목탄으로 날 그려줬어. 세 번이나 모델을 서줘야 했어, 한 번 설 때마다 한 시간 꼬박이야. 낯선 사람이 내 얼굴을 외울 정도로 속속들이 알게 되는 건 정말 싫더라. 난 싫었지만 어머니가 설득하셨어. 그림을 드리면 베르너 부인께 아주 큰 기쁨이 될 거라고.

하지만 라인하르트, 넌 약속을 안 지켰어. 나한테 동화를 하나도 보내주지 않았잖아. 그래서 네 어머니한테 자주 불평을 했는데, 그러면 네 어머니는 항상 네가 그런 애들 장난 말고 다른 할 일이 더 많다고 말씀하셔. 하지만 난 그렇게 생각하지 않아. 아마 다른 이유가 있겠지."

라인하르트는 어머니의 편지도 읽었다. 두 통의 편지를 다 읽고 천천히 다시 접어서 밀쳐놓는 순간 이루 말할 수 없는 향수가 몰려왔다. 그는 잠시 동안 방안을 서성거리다가, 나직이, 겨우 알아들을 만하게 혼자 중얼거렸다.

"그는 거의 길을 잃은 듯
어떻게 빠져나가야 하는지 몰랐지.
그때 아이가 길가에 서서
집으로 오라고 손짓했네!"

그러고 나서 라인하르트는 책상으로 가 돈을 좀 꺼내들고 다시 거리로 나갔다. 그사이 거리는 더욱 조용해졌다. 크리스마스트리에는 불이 다 꺼졌고, 아이들의 행렬도 사라졌다. 바람이 쓸쓸한 거리를 휩쓸고 지나갔다. 노인이며 젊은이며 모두들 자기 집에서 가족끼리 모여 앉아 있었다. 크리스마스이브의 두번째 단계가 시작된 것이다.

시청 지하 주점에 가까워지니 지하에서 바이올린 선율과 치터 켜는 소녀의 노랫소리가 들려왔다. 지하로 들어가는 문의 초인종이 울리더니, 검은 형체 하나가 빛이 흐릿하게 비치는 널찍한 계단을 뒤뚱뒤뚱 올라왔다. 라인하르트는 건물 그림자 속으로 숨어들었다가 재빨리 주점 앞을 지나갔다. 얼마 후 불을 환히 밝힌 보석상에 도착해서 붉은 산호로 만든 조그만 십자가를 산 후 왔던 길을 다시 돌아갔다.

집에서 그리 멀리 떨어지지 않은 곳에서 라인하르트는 남루한 누더기로 몸을 감싼 조그만 소녀가 높직한 대문에 붙어서서 문을 열려고 애쓰는 모습을 보았다. "내가 도와줄까?" 라인하르트가 말했다. 아이는 아무 대꾸도 없이 잠자코 문고리를 돌렸다. 라인하르트가 이미 문을 다 연 참이었다. "아니다. 사람들이 널 쫓아낼 거야. 나하고 가자! 내가 크리스마스 쿠키를 줄게." 라인하르트가 말했다. 다시 문을 닫고 어린 소녀의 손을 잡자, 아이는 말없이 그의 집으로 따라왔다.

라인하르트가 아까 집을 나오면서 그대로 불을 켜둔 상태 그대로였다. "자, 여기 과자야." 그는 자신의 소중한 과자를 반이나 아이의 앞치마에 담아주었다. 하지만 설탕으로 글씨가 장식된 과자는 주지 않았다. "집에 가서 어머니께도 드리고." 아이는 쑥스러운 듯한 눈길로 그를 올려다보았다. 그런 친절에 익숙하지 않아 뭐라 대답해야 할지 모르는 것 같았다. 라인하르트가 문을 열고 불을 비춰주자, 어린 숙녀는 과자를 싸들고 마치 한 마리 새처럼 계단을 뛰어내려 집으로 향했다.

라인하르트는 난롯불을 휘저어 불길을 되살려내고 나서, 먼지가 뽀얗게 앉은 잉크병을 책상 위에 올려놓았다. 그러고는 의자에 앉아 밤새도록 어머니와 엘리자베트에게 편지를 쓰고 또 썼다. 남은 크리스마스 쿠키는 손도 대지 않고 그대로 옆에 둔 채. 하지만 엘리자베트가 만든 커프스는 달아보았는데, 하얀 모직 재킷에 아주 멋지게 어울렸다. 겨울 해가 꽁꽁 얼어붙은 창유리 위에 내리비쳐 창백하고 진지한 자신의 얼굴이 건너편 유리에 비칠 때까지, 그는 그렇게 앉아 있었다.

고향

부활절이 되어 라인하르트는 고향에 갔다. 도착한 다음날 아침 그는 엘리자베트를 만나러 갔다. 아름답고 날씬한 소녀가 미소를 지으며 다가오자, 라인하르트는 "많이 컸구나!" 하고 말했다. 엘리자베트는 얼굴을 붉혔지만 아무 대답도 하지 않았다. 인사를 하며 라인하르트가 손을 잡자 엘리자베트는 살며시 빼려 했다. 전에는 이런 적이 없었기에, 라인하르트는 이상하다는 듯 그녀를 쳐다보았다. 이제 낯선 뭔가가 둘 사이에 끼어든 것 같았다. 여기 와서 시간이 제법 지나고, 그는 매일같이 찾아갔지만, 그런 느낌은 여전했다. 두 사람만 있을 때 말이 끊기는 순간이 생기면 라인하르트는 그 상황이 불편했고, 그렇게 될까봐 두려워서 선수를 치려고 했다. 라인하르트는 대학 생활 첫 몇 달 동안 심취했던 식물학을 부활절 방학 동안에 엘리자베트에게 소일거리 삼아 가르치기 시작했다. 뭐든지 라인하르트가 하자는 대로 잘 따랐고, 게다가 배우기를 좋아했던 엘리자베트는 흔쾌히 받아들였다. 그래서 일주일에 몇 번씩 들판이며 황야로 소풍을 갔다. 정오면 두 사람은 풀과 꽃이 가득 든 녹색의 채집 병을 집으로 가져왔고, 몇 시간 뒤 라인하르트가 다시 와서 채집한 식물을 둘이서 함께 분류했다.

어느 오후 라인하르트는 그날도 또 그럴 생각으로 방으로 들어갔는데, 엘리자베트가 창가에서 전에는 본 적 없는 금도금 새장에 신선한 별꽃 풀을 꽂고 있었다. 새장에는 카나리아 한 마리가 앉아 날갯짓을 하고 날카로운 소리를 내며 엘리자베트의 손가락을 부리로 쪼고 있었다. 라인하르트가 선물한 새의 새장이 걸려 있던 그 자리였다. "내 가여운 홍방울새가 죽어 노란 새로 변신했나?" 그는 명랑하게 물었다.

"홍방울새는 카나리아가 되는 법이 없지." 팔걸이의자에 앉아 실을 잣던 엘리자베트의 어머니가 말했다. "자네 친구 에리히가 오늘 점심 때 엘리자베트를 위해 자기 농장에 있는 새를 이리로 보낸 거네."

"무슨 농장이오?"

"자네는 모르고 있었나?"

"뭘요?"

"에리히가 한 달 전에 임멘 호수에 있는 자기 아버지의 두번째 농장을 넘겨받았다는 거 말일세."

"하지만 어머님은 저한테 아무 말씀도 안 하셨어요."

"에이, 그거야 자네도 그 친구에 대해 한 마디도 묻지 않았잖나. 자네 친구는 정말 상냥하고 이해심 많은 젊은이야."

엘리자베트의 어머니는 커피를 끓이려고 밖으로 나갔다. 엘리자베트는 라인하르트에게 등을 돌린 채, 여전히 작은 정자를 꾸미느라 분주했다. "잠깐만, 곧 끝나." 엘리자베트가 말했다. 라인하르트가 평소와 달리 아무런 대꾸가 없자 엘리자베트는 몸을 돌렸다. 그의 눈에는 문득 지금까지 그녀가 한 번도 본 적 없는 근심의 기미가 어려 있었다. "라인하르트, 무슨 일이야?" 엘리자베트가 다가오며 물었다.

"나?" 그는 아무 생각 없이 물으며 몽롱하게 그녀와 눈을 맞췄다.

"슬퍼 보여서."

"엘리자베트, 나는 저 노란 새가 싫어." 그가 말했다.

그녀는 놀라서 그를 바라보았다. 그를 이해할 수 없었던 것이다. "너 정말 이상해" 하고 그녀가 말했다.

라인하르트가 그녀의 두 손을 잡자 엘리자베트는 가만히 손을 잡힌 채 그대로 있었다. 그녀의 어머니가 곧 다시 방안으로 들어왔다.

커피를 마신 뒤 어머니는 물레 앞에 앉았고, 라인하르트와 엘리자베트는 식물을 분류하러 옆방으로 갔다. 꽃실을 세고, 잎사귀와 꽃잎을 조심스럽게 펼치고, 각 종류마다 두 개씩 건조용으로 골라내어 커다란 책장 사이에 끼워넣었다. 해가 비치는 고요한 오후였다. 옆에서 어머니의 물레 소리만 스르렁거렸고, 식물의 목과 강을 불러주거나 엘리자베트의 서툰 라틴어 학명 발음을 고쳐주는 라인하르트의 나지막한 소리가 이따금 들릴 뿐이었다.

채집한 식물을 전부 확인하고 분류하자, 엘리자베트는 "요즘엔 은방울꽃이 없어"라고 말했다. 라인하르트는 가방에서 작고 하얀 양피지 노트를 꺼냈다. "여기 너에게 줄 은방울꽃이 있어." 라인하르트는 반쯤 말린 꽃을 꺼냈다.

글씨가 적혀 있는 페이지를 본 엘리자베트는 "다시 동화를 지은 거야?" 하고 물었다.

"동화가 아니야." 그는 대답하며 노트를 건네주었다.

노트에 적혀 있는 것은 전부 시였고, 대부분 길어봐야 한 페이지를 넘지 않았다.

엘리자베트는 한 장씩 넘겼는데 제목만 읽어보는 것 같았다. '그녀가 선생님께 꾸중 들었을 때' '그들이 숲에서 길을 잃었을 때' '부활절 동화와 함께' '그녀가 처음으로 내게 편지를 썼을 때'. 대개 이런 식의 제목이었다. 라인하르트는 그녀의 표정을 살펴보고 있었는데, 엘리자베트가 계속 책장을 넘길수록 그녀의 맑은 얼굴에 부드러운 홍조가 떠오르다가 얼굴 전체로 서서히 번지는 것이 보였다. 그는 그녀의 눈을 보고 싶었지만 엘리자베트는 눈을 들어 올려다보지 않았고, 마침내 라인하르트 앞에 말없이 노트를 내려놓았다.

"그렇게 돌려주지 않아도 돼!" 그가 말했다.

그녀는 양철 채집통에서 갈색 잔가지를 하나 꺼냈다. "네가 제일 좋아하는 풀을 여기 넣어줄게." 그녀는 이렇게 말하며 그의 손에 노트를 쥐여주었다.

방학 마지막 날, 떠나는 날 아침이 되었다. 엘리자베트가 어머니께 애원해서 집에서 몇 구역 떨어진 곳에 정차하는 우편마차까지는 배웅해도 된다는 허락을 얻어냈다. 둘이 대문 밖에 나오자 라인하르트가 팔을 내밀었다. 그렇게 그는 말없이 가냘픈 엘리자베트와 함께 걸어갔다. 목적지에 가까워질수록, 라인하르트는 앞으로 오래도록 헤어져 있기 전에 꼭 뭔가 말해야만 할 것 같았다. 앞으로의 자기 인생의 모든 가치와 모든 사랑스러움이 다 달려 있는 그 어떤 것을 말해야 할 것 같은데, 그런데 이 상황을 해결해줄 그 말이 떠오르지 않는 것이었다. 그래서 그는 불안해졌고, 발걸음은 자꾸만 느려졌다.

"너무 늦었어. 성모 마리아 교회 종이 벌써 열시를 쳤어." 그녀가 말했다.

그런 말을 해도 라인하르트는 더 빨리 걷지 않았다. 마침내 그는 더듬거리며 말했다. "엘리자베트, 앞으로 이 년 동안 날 보지 못할 거야. 내가 다시 오면, 그때도 지금처럼 날 좋아해줄래?"

그녀는 고개를 끄덕이며 그의 얼굴을 다정하게 바라보았다. "난 네 편을 들었어." 그녀는 잠깐 멈췄다가 말했다.

"내 편을 들었다고? 누구한테 내 편을 들어?"

"어머니한테. 어제 저녁에 네가 가고 나서, 어머니랑 네 이야기를 오래 했어. 어머니는 네가 예전 같지 않다고 말씀하셨어."

잠시 입을 다물고 있던 라인하르트는 다시 그녀의 손을 감싸 잡고는 엘리자베트의 아이 같은 눈을 진지하게 바라보며 말했다. "나는 예전과 똑같아. 날 믿어! 날 믿지, 엘리자베트?"

"응." 그녀는 대답했다. 그는 그녀의 손을 놓고, 그녀와 함께 서둘러 마지막 거리를 걸어갔다. 작별이 다가올수록 그의 얼굴은 즐거워졌다. 그의 발걸음이 너무 빨라 그녀가 따라가기 힘들 정도였다.

"왜 그래, 라인하르트?" 그녀가 물었다.

"비밀이 하나 있어, 멋진 비밀이야!" 그는 반짝이는 눈으로 그녀를 쳐다보았다. "내가 이 년 후에 다시 오면, 그때 알게 될 거야."

그러는 사이 우편마차에 다다랐는데, 시간은 아직 충분했다. 라인하르트는 다시 한번 그녀의 손을 잡았다. "잘 지내, 엘리자베트, 내 말 잊지 마."

그녀는 잊지 않겠다는 뜻으로 머리를 흔들었다. "잘 지내!" 그녀가 말했다. 라인하르트가 마차에 오르자, 말들이 마차를 끌기 시작했다.

마차가 길모퉁이를 돌자, 왔던 길을 천천히 돌아가는 사랑스러운 그녀의 모습이 다시 한번 그의 시야에 들어왔다.

편지

그후 거의 이 년이 지난 뒤, 라인하르트는 책과 서류 사이에 놓인 램프 앞에 앉아 함께 공부하는 친구를 기다리고 있었다. 누군가가 계단을 올라왔다. "들어오세요!" 집주인 여자였다. "베르너 씨, 편지예요!" 그러고 나서 여주인은 다시 돌아갔다.

라인하르트는 고향을 방문한 이후로 엘리자베트에게 편지를 보내지 않았고, 그녀로부터도 더이상 편지를 받지 못했다. 이 편지 역시 그녀의 편지가 아니라 라인하르트의 어머니가 쓴 편지였다. 라인하르트는 봉투를 뜯고 편지를 읽었다.

"사랑하는 아들아, 네 나이 때는 한 해 한 해가 그 모습이 다르겠지. 청춘에겐 가난도 가난이 아니니 말이다. 이곳에서도 변화가 좀 있었단다. 내가 널 제대로 이해하고 있다면, 이 소식이 당장에는 네 마음을 아프게 할 거야. 에리히가 지난 석 달 동안 두 번이나 거절당한 뒤, 어제 드디어 엘리자베트의 승낙을 받아냈단다. 엘리자베트는 늘 결심을 못 하고 있다가 드디어 결단을 내린 거지. 아직 어리기도 하고 말이야. 결혼식이 곧 있을 거고, 그후에 엘리자베트의 어머니도 같이 고향을 떠날 거라는구나."

임멘 호수

다시 몇 해가 흘렀다. 어느 따사로운 봄날 오후, 볕에 그을린 얼굴의 탄탄한 청년이 그늘진 오솔길을 내려오고 있었다. 진지한 회색 눈으로 먼 곳을 빤히 바라보는 그의 모습은 언제쯤 이 단조로운 길이 달라질까 기대하는 듯 보였지만, 그런 변화는 좀처럼 있을 것 같지 않았다. 드디어 짐수레가 하나 느릿느릿 올라왔다. "실례합니다! 여기서 오른쪽으로 가면 임멘 호수가 나오나요?" 하며 나그네는 옆을 지나쳐가는 농부에게 소리쳤다.

"곧장 쭉 가시오." 농부는 대답하며 둥근 모자를 고쳐썼다.

"호수까지는 아직 멉니까?"

"바로 앞이오. 파이프 담배 반도 채 피우기 전에 호수에 도착할 거요. 지주의 저택은 호수 바로 옆에 붙어 있소."

농부는 가던 길을 갔고, 나그네는 발길을 재촉해 나무가 우거진 길을 따라 내려갔다. 십오 분 정도 가니 왼쪽에 드리워졌던 나무 그늘이 싹 걷혔고, 백 년 된 떡갈나무 꼭대기가 살짝 위로 솟아 있는 비탈 옆으로 길이 하나 나 있었다. 떡갈나무 꼭대기 너머로 드넓게 트이고 햇살 가득한 풍경이 펼쳐져 있었다. 그 아래 깊숙이 호수가 있었는데 고요하고 짙은 푸른색을 띠고 있었고, 호수 주변을 햇빛 가득한 녹색 숲이 빙 둘러 에워싸고 있었다. 단 한 군데만 숲이 트여 있어서 아련하게 멀리 볼 수 있었지만, 그 원경 역시 끝은 푸른 산으로 가려져 있었다. 호수를 가로질러 건너편 숲의 녹색 잎 사이로는 흰 눈 같은 것이 덮여 있었다. 꽃이 핀 과실나무였는데, 그 나무들 사이 높은 강둑 위에 빨간 지붕의 새하얀 지주의 집이 우뚝 서 있었다. 황새 한 마리가 굴뚝에서 날아올라 호수 위를 느릿느릿 맴돌았다. "임멘 호수!" 나그네가 소리쳤다. 이제 여행의 목적지에 도착한 듯했다. 나그네는 꼼짝도 하지 않고 그대로 서서, 발치에 놓인 나무 꼭대기 너머 건너편 호숫가를 바라보았다. 수면에 비친 지주의 집이 고요하게 일렁거리고 있었다. 그러자 나그네는 불현듯 가던 길을 계속 갔다.

그때부터는 가파른 내리막길이라, 발치에 서 있던 나무들이 다시 그늘을 만드는 듯싶더니 호수 전망을 가려버려서, 그저 나뭇가지 사이로 호수가 언뜻언뜻 비칠 뿐이었다. 길은 다시 완만한 오르막으로 이어졌고, 좌우로 삼림이 사라지더니, 그 대신 잎이 무성한 포도밭 언덕이 길을 따라 쭉 뻗어 있었다. 포도밭 언덕 양측의 과실나무에 꽃이 피어, 윙윙거리며 꿀을 찾는 벌떼가 잔뜩 달라붙어 있었다. 갈색 코트를 걸친 풍채 좋은 남자가 나그네에게 걸어왔다. 가까이 다가온 남자는 모자를 흔들며 밝은 목소리로 소리쳤다. "어서 와, 어서 오라고, 라인하르트! 임멘 호수에 온 걸 환영해!"

"잘 지냈나, 에리히, 환영해주니 고마운걸!" 나그네도 남자를 향해 소리쳤다.

두 사람은 서로 다가가 손을 내밀었다. 남자는 학창 시절 친구인 나그네의 진지한 얼굴을 가까이에서 쳐다보며 "자네 맞지?" 하고 말했다.

"물론 나지, 에리히. 자네도 에리히 맞군. 근데 자네는 옛날보다 더 밝아 보이는걸."

이 말을 들은 에리히의 얼굴은 즐거운 미소로 한층 더 밝아졌다. "그래, 라인하르트." 에리히는 다시 한번 손을 내밀었다. "내 인생의 큰 행운을 잡았으니. 뭘 말하는지 자네도 알겠지." 그러고 나서 에리히는 두 손을 비비며 즐거운 듯 "깜짝 놀랄 거야! 자네가 올 거라고는 아마 꿈에도 생각 못하고 있을걸!" 하고 말했다.

"모르고 있다고?" 라인하르트가 물었다. "누가 말이야?"

"엘리자베트지."

"엘리자베트! 내가 온다고 말하지 않았어?"

"한마디도 안 했어, 라인하르트. 그녀는 자네가 온다는 걸 모르고 있고, 어머니도 모르고 계셔. 자네가 오는 걸 완전히 비밀에 부쳤거든, 그래야 기쁨이 그만큼 더 큰 법이니까. 자네도 알다시피 난 항상 은밀하게 계획하잖아."

라인하르트는 생각에 잠겼다. 농장이 가까워질수록 점점 숨쉬기가 힘들어졌다. 길 왼편으로는 포도밭이 끝나고 그 대신 널찍한 텃밭이 자리했는데, 거의 호숫가까지 닿아 있었다. 어느새 황새가 내려앉아 채소

밭 고랑 사이를 엄숙하게 거닐고 있었다. "훠이!" 에리히가 손뼉을 치며 소리쳤다. "저 다리 긴 이집트놈이 또 내 어린 완두콩줄기를 다 훔쳐 먹는구나!" 황새는 천천히 날아올라 새로 지은 건물 지붕 위로 날아가 버렸다. 텃밭 끝에 있는 새 건물 담장에는 다발로 묶어놓은 복숭아, 살구나무 가지가 서로 얽힌 채 드리워져 있었다. "저건 증류장이야. 이 년 전에야 설비했지. 농장 관리 건물은 돌아가신 아버님이 지으셨고, 사는 집은 할아버지가 지으신 거고. 그렇게 조금씩 넓혀가는 거지." 에리히가 말했다.

이런 말을 나누면서 두 사람은, 옆에는 농장 관리 건물이 있고 뒤로는 지주 저택이 있는 널찍한 장소로 걸어갔다. 저택의 양날개 부분은 높직한 정원 담장으로 이어져 있었고, 담장 뒤로는 주목朱木으로 만들어진 짙은 울타리가 보였는데, 이따금 라일락나무가 꽃이 핀 나뭇가지를 마당 안으로 축 늘어뜨리고 있었다. 햇빛과 노역으로 얼굴이 벌겋게 달아오른 사내들이 지나가다가 두 친구에게 인사를 건넸고, 에리히는 큰 소리로 한 사람 한 사람에게 일을 시키거나 작업 상황을 물어보곤 했다. 두 사람은 집에 도착했다. 높직하고 서늘한 현관이 그들을 맞아주었고, 둘은 현관 끝에서 좀더 어두운 왼쪽 복도로 들어갔다. 에리히가 문을 열자 널찍한 정원 홀로 들어서게 되었는데, 맞은편 창문을 뒤덮은 나뭇잎 덤불 때문에 홀 양쪽이 다 녹색 어스름으로 가득차 있었다. 그러나 홀 가운데에는 활짝 열어젖힌 높은 날개문으로 봄날 태양의 광채가 가득 쏟아져 들어왔고, 가지런한 꽃밭과 높고 가파른 나뭇잎 담장이 있는 정원이 내다보였다. 정원은 곧고 널찍한 길을 가운데 두고 나뉘어져 있었고, 그 길을 통해 호수와 그 너머 맞은편 숲까지 보였다.

두 친구가 들어서자, 향기가 공기에 실려왔다.

정원 문 앞 테라스에는 흰옷을 입은, 소녀 같은 여인이 앉아 있었다. 여인이 일어나 들어오는 사람들에게 다가왔다. 그러나 중간쯤 오다가 땅바닥에 뿌리라도 내린 듯 멈춰서서는 낯선 사람을 꼼짝하지 않고 뚫어져라 바라보았다. 그가 미소를 지으며 그녀에게 손을 내밀었다. "라인하르트! 라인하르트! 세상에, 너구나! 우리 오랫동안 못 봤지." 그녀는 소리쳤다.

"오랜만이야." 그는 이렇게 말하고는 더이상 아무 말도 하지 못했다. 그녀의 목소리를 듣자, 심장에 미세한 아픔이 느껴졌던 것이다. 그녀는 몇 해 전 고향에서 작별했던 바로 그 가냘프고 고운 모습 그대로 자기 앞에 서 있었다.

에리히는 기쁨으로 빛나는 얼굴을 한 채 문가에 물러서 있었다. "자, 엘리자베트, 이 친구가 올 거라고는 꿈에도 생각 못했을 거야!" 에리히가 말했다.

엘리자베트는 누이 같은 시선으로 그를 바라보았다. "당신은 참 좋은 사람이에요, 에리히!" 그녀가 말했다.

에리히는 그녀의 가냘픈 손을 쓰다듬으며 잡았다. "이제 라인하르트가 우리 곁에 있어, 이번에는 빨리 놔주지 말자고. 아주 오랫동안 타지에 있었으니, 우리가 다시 고향 기분을 느끼게 해주는 거야. 이 친구가 얼마나 낯설고 세련되어 보이는지 당신도 좀 봐."

엘리자베트의 수줍은 눈길이 라인하르트의 얼굴을 스쳤다. "떨어져 있었던 시간이 길어서 그렇겠지 뭐." 라인하르트가 말했다.

그 순간 엘리자베트의 어머니가 열쇠 바구니를 팔에 걸고 문으로 들어왔다. 라인하르트를 보자 어머니는 "베르너 군! 아, 예상 못했지만 반가운 손님이네" 하고 말했다. 서로 묻고 대답하면서 평범한 대화가 이어졌다. 여인들은 자기 일을 했고, 라인하르트가 손님을 위해 내온 다과를 먹는 동안 에리히는 해포석으로 만든 단단한 파이프에 불을 붙이고 담배를 피워가며 이야기를 주고받으면서 옆자리에 앉아 있었다.

다음날 라인하르트는 에리히와 함께 경작지와 포도밭, 홉 재배지와 증류장을 둘러보았다. 모든 것이 잘되어가고 있었다. 밭이며 양조탱크에서 일하는 사람들은 모두 건강하고 만족스러워하는 모습이었다. 점심때면 가족이 정원 홀에 모였고, 주인 내외는 여유가 되는 대로 길든 짧든 함께 시간을 보냈다. 저녁식사 전 시간과 오전 시간 동안 라인하르트는 자기 방에서 일하며 보냈다. 몇 년 전부터 그는 손에 들어오는 대로, 민중 속에 살아 있는 운율과 노래를 수집하고 있었는데, 귀중한 수집물들을 정리하고 가능하면 주변에서 발견된 새로운 자료도 덧붙이는 일이었다. 엘리자베트는 언제나 부드럽고 친절했다. 그녀는 에리히의 변함없는 배려를 겸허하고 감사한 마음으로 받아들였다. 라인하르트는 이따금 예전의 명랑했던 아이라면 좀더 활발한 여자가 되어 있어야 할 텐데 생각하곤 했다. 이곳에 머문 이튿날부터 라인하르트는 저녁마다 호숫가에서 산책을 했다. 길은 정원 바로 아래쪽으로 나 있었다. 정원 끝에, 돌출된 기암 위, 키 큰 자작나무 아래 벤치가 하나 놓여 있었다. 저녁 때 그 자리에서 종종 일몰을 보곤 해서, 어머니가 특별히 저녁 벤치라고 이름을 붙여주었다. 어느날 저녁 이 길에서 산책을 하고 돌아오다가 라인하르트는 갑자기 소나기를 만났다. 물가에 서 있는 보리수나무 아래서 비를 피할 자리를 찾았지만, 무거운 빗방울은 이내 보리수 잎사귀를 뚫고 내리쳤다. 흠뻑 젖은 그는 비 피하기를 아예 포기하고, 천천히 걸어서 집으로 돌아가고 있었다. 거의 어두워지다시피 했고, 비는 갈수록 굵어졌다. 저녁 벤치에 다가왔을 때 어른거리는 자작나무 사이로 흰 옷을 입은 여인의 모습이 보이는 것 같았다. 라인하르트가 볼 수 있었던 것이라곤, 여인이 꼼짝하지 않고 서 있다가, 그가 가까이 다가가자 마치 누군가를 기다리던 것처럼 이쪽으로 몸을 돌리는 모습뿐이었다. 그는 그 여인이 엘리자베트라고 생각했다. 같이 정원을 지나 집으로 돌아가려고 서둘러 그녀 쪽으로 걸어갔는데, 그녀는 천천히 몸을 돌려 어두운 옆길로 사라져버렸다. 그는 이해할 수 없었다. 엘리자베트에게 거의 화가 날 지경이었지만, 정말 엘리자베트였을까 하는 의심이 들기도 했다. 하지만 그녀에게 직접 물어보기는 꺼려졌다. 그래서 엘리자베트가 혹시 정원 문으로 들어오는 것을 보게 될까 싶어 정원 홀로 들어가지 않았다.

어머니의 뜻이었어요

며칠 후, 언제나 저녁 이맘때면 그렇듯이 가족들이 함께 모여 정원 홀에 앉아 있었다. 정원 쪽 문은 열려 있었고, 해는 벌써 호수 건너편 숲 뒤로 넘어가고 난 뒤였다.

라인하르트는 시골에 살고 있는 친구가 보내줘서 그날 오후에 민요 몇 곡을 받았고, 다들 들어보고 싶어했다. 그는 자기 방에 올라가서 깨끗하게 정서된 낱장들을 말아놓은 듯한 종이 두루마리를 가지고 왔다.

가족들은 탁자에 앉았는데, 엘리자베트는 라인하르트 옆자리였다.

"그냥 되는 대로 읽어봅시다. 나도 아직 다 못 읽었거든요." 라인하르트가 말했다.

엘리자베트가 두루마리를 펼쳤다. "여기 악보가 있어. 노래해야 해, 라인하르트." 그녀가 말했다.

라인하르트는 먼저 티롤 지방의 요들송을 읽었고, 읽으면서 가끔씩 낮은 소리로 재미있는 멜로디를 섞어 불렀다. 모여 앉은 몇 안 되는 사람들은 누구라도 즐거워할 명랑한 분위기에 푹 빠져들었다. "누가 이렇게 아름다운 노래를 만들었을까?" 엘리자베트가 물었다.

"아, 그건 들어보면 알지. 재단사 도제, 이발사 같은 유쾌한 녀석들이야." 에리히가 말했다.

"이 노래들은 만들어진 게 아니야. 그냥 자라난 거지. 하늘에서 떨어져서, 거미줄처럼 전국을 날아다녀. 이리저리 돌아다니면서, 수천 군데에서 동시에 불리는 거지. 이런 노래 속에서 우리 자신의 행동과 아픔을 발견하게 돼. 마치 우리 모두가 이 노래를 같이 만든 것처럼 말이야." 라인하르트가 말했다.

라인하르트는 다른 종이를 들었다. "높은 산 위에 서서……"

"그 노래 알아! 라인하르트, 처음 음만 잡아봐, 내가 같이 부를게" 하고 엘리자베트가 소리쳤다. 그리고 두 사람은 도무지 인간이 생각해낸 것이라고는 믿어지지 않을 만큼 신비로운 멜로디를 노래했다. 엘리자베트는 약간 낮은 알토로 테너를 보조했다.

어머니는 그동안 부지런히 바느질을 하고 있었다. 에리히는 두 손을 깍지 끼고 귀담아 들었다. 노래가 끝나자 라인하르트는 잠자코 종이를 옆으로 치웠다. 호숫가 쪽에서 저녁의 적막을 뚫고 목동의 종소리가 들려왔다. 그들은 무심결에 귀를 기울였다. 그러자 맑은 소년의 목소리가 노래하는 것이 들렸다.

높은 산 위에 서서

깊은 골짜기를 보았네……

라인하르트는 미소를 지었다. "들리지? 저렇게 입에서 입으로 전해지는 거야."

"저 노래는 이 지역에서 종종 불려." 엘리자베트가 말했다.

"그래. 저 친구는 목동 카스파인데 양떼를 몰고 돌아가고 있네." 에리히가 말했다.

그들은 종소리가 저 위 농장 관리 건물 뒤로 사라질 때까지 한참을 귀기울였다. "저것은 원초적인 소리지. 숲속 땅에서 잠자고 있어. 누가 발견했는지는 아무도 몰라." 라인하르트는 이렇게 말하고는 다른 종이를 끄집어냈다.

밖은 더 어두워졌다. 붉은 저녁 석양이 호수 너머 숲 위에 얹혀 있는 거품처럼 보였다. 라인하르트는 종이를 펼쳐들었고, 엘리자베트는 종이 위에 손을 올리고는 함께 들여다보았다. 라인하르트가 읽기 시작했다.

어머니의 뜻이었어요.
다른 남자를 택해야 한다고.
그전에 내가 품었던 것을
내 마음이 잊어야 한다고,
하지만 내 마음은 원하지 않았어요.

어머니가 원망스러워요,

어머니가 잘못하신 거예요.
예전에는 순결했던 일이
이제는 죄악이 되어버렸지요.
난 어찌해야 할까요!

내 모든 자부심과 기쁨 대신
고통을 얻었네요.
아, 그 일이 일어나지만 않았다면,
아, 황량한 들판 너머
구걸이라도 하러 갈 수 있으련만!

노랫말을 읽는 동안 라인하르트는 종이가 살짝살짝 떨리는 것을 느꼈다. 다 읽고 나자, 엘리자베트는 조용히 의자를 밀어놓고 말없이 정원으로 내려갔다. 어머니의 시선이 그녀를 뒤쫓았다. 에리히가 뒤따라가려 했다. 그러자 어머니는 "엘리자베트가 밖에 볼일이 있다네" 하고 말했다. 그렇게 모임은 중단됐다.

바깥에서는 정원과 호수 위로 밤이 점점 더 짙게 내려앉았다. 나방은 윙윙거리며 열린 문가를 쏜살같이 날아다녔고, 그 문으로 꽃과 관목의 향기가 점점 강렬하게 밀려들어왔다. 호수 밑에서 개구리의 울음소리가 올라왔고, 나이팅게일 한 마리가 창문 아래서 지저귀면 또 한 마리가 정원 깊은 곳에서 화답했다. 달이 나무를 내려다보고 있었다. 라인하르트는 나뭇잎 울창한 샛길 사이로 엘리자베트의 자태가 사라진 곳을 한동안 바라보았다. 그러고 나서 종이를 말아넣고, 인사를 한 뒤

집을 나와 호숫가로 내려갔다.

호수 한가운데는 습기를 머금은 희미한 달빛 속에 잠겨 있었지만, 숲은 말없이 호수 위 멀리까지 어둠을 드리우고 있었다. 이따금 나무 사이로 들리는 나지막하니 살랑거리는 소리에 소름이 돋았다. 그러나 그것은 바람이 아니라 여름밤의 호흡이었을 뿐이다. 라인하르트는 호숫가를 따라 쭉 걸어갔다. 돌멩이를 던지면 닿을 수 있는 거리에 하얀 수련이 피어 있는 것이 보였다. 문득 수련을 가까이서 보고 싶은 마음이 들었다. 그는 옷을 벗어던지고 물속으로 들어갔다. 연못은 얕았고, 뾰족한 수초와 돌에 발이 베인데다, 아무리 가도 수영할 만한 깊이까지 이르지 않았다. 그러다가 돌연 발밑의 땅이 푹 꺼지면서, 물이 머리 위로 소용돌이쳤다. 다시 수면으로 떠오르기까지는 상당한 시간이 흘렀다. 손과 발을 첨벙거리고 빙글빙글 원을 그리면서 이리저리 헤엄치다 보니 아까 미끄러진 곳을 찾을 수 있었다. 수련도 이내 다시 눈에 들어왔다. 수련은 크고 매끄러운 잎사귀 사이에 호젓이 피어 있었다. 천천히 헤엄쳐나가며, 가끔씩 팔을 물 밖으로 들어올리자, 떨어지는 물방울이 달빛 속에 반짝거렸다. 하지만 수련과의 거리는 좁혀지지 않았고 그냥 이대로일 것만 같았다. 주변을 둘러보니 호숫가는 갈수록 묘연해지는 향기에 묻힌 채 등 뒤에 그대로 있었다. 그는 포기하지 않고 같은 방향으로 계속 힘껏 헤엄쳐나갔다. 드디어 달빛 속에서 그 은빛 잎사귀를 선명하게 볼 수 있을 만큼 수련에 가까워졌지만, 그 순간 마치 그물에 걸려버린 느낌이 들었다. 매끈한 꽃줄기가 연못 바닥에서 쏘옥 올라와 그의 맨팔과 맨다리에 칭칭 감겨 붙었다. 깊이를 알 수 없는 연못이 그를 시커멓게 둘러싸고 있었고, 등 뒤에서는 물고기가 솟구쳐오르는 소리가 들렸다. 낯선 물속에 있는 것이 갑자기 너무나 섬뜩해져서, 라인하르트는 얽힌 수초를 겨우 뜯어내고 숨이 차도록 허겁지겁 뭍을 향해 헤엄쳐 갔다. 뭍으로 나와 호수를 돌아보니, 수련은 좀전처럼 멀리서 어두운 수면 위에 호젓이 떠 있었다. 그는 옷을 걸치고 천천히 집으로 돌아갔다. 정원에서 홀 안으로 들어서는데, 에리히와 어머니가 다음 날 출장을 갈 준비를 하고 있었다.

"이렇게 밤늦게 대체 어디에 가 있었나?" 어머니가 물었다.

"저요? 수련을 찾으려고 했어요. 근데 허탕만 쳤습니다."

"그것 참 이해가 안 되는군! 자네는 대체 수련하고 무슨 볼일이 그리 많은 거야?" 에리히가 말했다.

"이전에 내가 수련에 대해 좀 아는 게 있었지. 하지만 오래전 일이야." 라인하르트가 대답했다.

엘리자베트

다음날 오후 라인하르트와 엘리자베트는 호수 너머로 산책을 나갔다. 숲을 지나기도 하고, 높직한 호숫가 둔덕에 올라가기도 했다. 에리히는 엘리자베트에게 자기와 어머니가 없는 동안 라인하르트한테 근방의 아름다운 풍경을 보여주라고, 그러니까 호수 건너편 쪽에서 농장을 구경시켜주라고 한 것이다. 두 사람은 이리저리 돌아다녔다. 이윽고 엘리자베트는 지쳐서 나뭇가지가 드리워진 그늘 아래 앉았고, 라인하르트는 맞은편 나무줄기에 등을 기대고 섰다. 그때 숲속 깊은 곳에서 뻐꾸기 울음소리가 들려왔고, 라인하르트는 불현듯 예전에 모든 것이 똑같았던 적이 있다는 생각이 들었다. 그는 묘하게 미소 지으며 그녀를 바라보았다. "같이 딸기를 찾아볼까?" 그가 말했다.

"딸기철이 아니야." 그녀가 말했다.

"곧 철이 올 거야." 그가 말했다.

엘리자베트는 잠자코 고개를 가로저었다. 그러고는 일어섰고, 두 사람은 계속 산책했다. 옆에서 걸어가는 그녀의 모습으로 그는 시선을 흘깃흘깃 돌렸다. 마치 옷이 그녀를 들어 옮겨주듯이, 엘리자베트의 걷는 모습은 아름다웠다. 그녀를 온전히 눈에 담기 위해 그는 자기도 모르게 한 번씩 한 걸음 뒤처져 걷곤 했다. 그러다가 두 사람은 전망이 환하게 펼쳐져 있는, 에리카로 뒤덮인 공터에 도착했다. 라인하르트는 허리를 숙여 땅바닥에 자라난 풀을 조금 꺾었다. 다시 고개를 치켜든 그의 얼굴에는 열정의 고통이 어려 있었다. "이 꽃이 뭔지 알아?" 그가 물었다.

그녀는 의아한 표정으로 쳐다보았다. "에리카잖아. 내가 종종 숲속에서 꺾었지."

"집에 오래된 노트가 있어. 거기에 온갖 노래와 시를 써넣곤 했지. 하지만 그만둔 지 오래야. 책갈피에 에리카 꽃 하나가 꽂혀 있어. 하지만 시든 거지. 그걸 누가 나한테 줬는지 알아?"

그녀는 말없이 고개만 끄덕였다. 눈을 내리깔고 그가 손에 쥐고 있는 풀잎만 쳐다볼 뿐이었다. 두 사람은 그렇게 오랫동안 서 있었다. 눈을 들어 그를 쳐다보는 그녀의 두 눈에는 눈물이 가득 고여 있었다.

"엘리자베트, 저 푸른 산 뒤에 우리의 청춘이 있었어. 그 청춘은 어디로 가버린 걸까?" 그가 말했다.

두 사람은 더이상 아무 말도 하지 않았다. 그렇게 말없이 나란히 호수 쪽으로 걸어내려갔다. 공기는 후덥지근했고, 서쪽 하늘에는 검은 구름떼가 몰려오고 있었다. 엘리자베트가 걸음을 재촉하면서 말했다. "폭풍이 오겠네." 라인하르트는 말없이 고개를 끄덕였고, 둘은 서둘러 호숫가를 걸어 작은 배에 다다랐다.

호수를 건너는 동안 엘리자베트는 배 언저리에 손을 올려놓고 있었다. 그는 배를 저으며 건너편에 앉아 있는 그녀를 쳐다보았다. 그러나 그녀는 그를 피해 먼 곳을 바라보고 있었다. 그의 시선이 그녀의 손 위에 머물렀다. 그 창백한 손은 얼굴이 말하지 않는 것을 드러내고 있었다. 그는 그녀의 손에서 남모를 고통의 미세한 흔적을 읽었다. 밤마다 아린 가슴 위에 포개지는 여인의 아름다운 손에 어린 고통의 흔적이었다. 그의 눈길이 자기 손 위에 머물러 있는 것을 느낀 엘리자베트는 배 너머 물속으로 천천히 손을 담갔다.

앞마당에 도착한 두 사람은 저택 앞에서 칼 가는 사람의 수레와 마주쳤다. 검은 곱슬머리를 늘어뜨린 사내가 열심히 바퀴를 돌리며 이 사이로는 집시의 멜로디를 흥얼거리고 있었다. 그 옆에는 줄에 묶인 개 한 마리가 숨을 거칠게 내쉬며 누워 있었다. 정신이 이상한 듯하면서도 예쁘장한 여자아이가 넝마로 몸을 감싼 채 현관에 서서, 엘리자베트를 향해 구걸하며 손을 내밀었다.

라인하르트는 주머니 속으로 손을 찔러넣었다. 그런데 엘리자베트가 먼저 지갑에 있던 돈을 거지 아이의 손에 황급히 몽땅 쏟아부었다. 그런 뒤 그녀는 서둘러 몸을 돌렸고, 라인하르트는 그녀가 흐느끼며 계단을 올라가는 소리를 들었다.

그는 그녀를 잡으려다가, 뭔가 곰곰이 생각하며 계단에 남아 있었다. 여자아이는 손에 돈을 쥔 채 여전히 꼼짝 않고 현관에 서 있었다. "원하는 게 또 있니?" 라인하르트가 물었다.

아이가 움찔했다. "아녜요" 하고 말하고는 아이는, 고개를 돌려 초점

없는 눈으로 그를 빤히 쳐다보면서 천천히 문 쪽으로 걸어갔다. 그가 뭐라고 이름을 불렀지만, 아이는 더이상 듣지 않았다. 고개를 푹 숙이고 팔짱을 낀 채 마당을 지나 내려가버렸다.

죽을 때, 아 죽을 때는
나 홀로여야 하네!

옛 노래가 그의 귓속에 울려퍼지자, 라인하르트는 숨이 멎을 것 같았다. 잠시 그렇게 서 있다가 그는 몸을 돌려 자기 방으로 올라갔다.

일을 하려고 앉긴 했으나 머리가 움직이지 않았다. 한 시간이나 애를 썼지만 아무 소용이 없어서, 결국 정원 홀로 내려갔다. 아무도 없었고, 서늘한 녹색 어스름만이 깔려 있을 뿐이었다. 엘리자베트의 재봉대 위에는 그녀가 오늘 오후 목에 둘렀던 빨간 리본이 놓여 있었다. 그는 리본을 집어들었다가, 마음이 저려와서 다시 내려놓았다. 마음이 진정되지 않자 그는 호수로 내려가 묶어뒀던 배를 풀었다. 노를 저어 호수를 건너 엘리자베트과 함께 갔던 길을 다시 한번 돌아다녔다. 집으로 돌아왔을 때 날은 이미 어두워진 뒤였다. 마당에서 그는 풀을 먹이기 위해 말을 풀밭으로 데리고 가던 마부와 마주쳤다. 여행을 갔던 사람들이 막 돌아온 것이다. 현관으로 들어가는 입구에 서자 정원 홀에서 왔다갔다하는 에리히의 소리가 들렸다. 그는 에리히가 있는 정원 홀로 들어가지 않았다. 소리를 내지 않고 잠깐 그대로 서 있다가, 조용히 계단을 올라 자기 방으로 향했다. 창가의 팔걸이의자에 앉았다. 마치 아래쪽 주목 담장 안에서 지저귀는 나이팅게일 소리를 듣고 있는 것처럼 보였다. 하지만 그에게는 오직 자신의 심장 고동 소리만 들릴 뿐이었다. 아래층은 전부 조용해졌고, 밤은 흐르고 있었지만, 그는 그것마저도 눈치채지 못했다. 그렇게 몇 시간 동안 그대로 앉아 있었다. 이윽고 그는 일어나 열린 창밖으로 몸을 내밀었다. 밤이슬이 잎사귀 사이로 똑똑 떨어지고, 나이팅게일 소리도 멈췄다. 밤하늘의 짙푸른 색도 동쪽에서부터 희미한 노란색의 어스름 빛에 밀려나고 있었다. 한줄기 시원한 바람이 라인하르트의 뜨거운 이마를 쓸어주었다. 일찍 일어난 종달새가 탄성을 지르며 공중으로 날아올랐다. 라인하르트는 불현듯 몸을 돌려서 책상으로 다가갔다. 더듬거려서 연필을 찾아낸 다음 의자에 앉아 흰 종이에 몇 줄을 적었다. 다 쓰고 나서 편지를 그대로 남겨둔 채, 모자와 지팡이를 손에 쥐고는 조심스럽게 문을 열고 현관으로 내려갔다. 아침 여명이 구석구석까지 다 퍼져 있었다. 커다란 집고양이가 멍석 위에서 기지개를 펴다가, 라인하르트가 무심코 손을 내밀자 등을 꼿꼿이 곧추세웠다.

바깥 정원에서는 벌써 참새가 나뭇가지에서 노래하면서 밤이 지나갔다고 모두에게 알려주는 듯했다. 그때 위층에서 문이 열리는 소리가 들렸다. 계단을 내려오는 소리가 나서 올려다보니 엘리자베트가 앞에 서 있었다. 그녀는 그의 팔에 손을 올리고는 입술을 달싹거렸지만 아무 말도 들리지 않았다. 마침내 그녀가 말했다. "다시는 안 올 거지. 다 알아. 거짓말은 하지 마. 다시는 안 올 거잖아."

"그래, 다시는 안 와." 그가 말했다. 그녀는 손을 떨어뜨리고 더이상 아무 말도 하지 않았다. 그는 복도를 지나 문으로 갔다. 거기에서 다시 한번 뒤돌아보았다. 그녀는 그 자리에 그대로 꼼짝하지 않고 서서 생기

없는 눈빛으로 쳐다보고 있었다. 그는 한 걸음 앞으로 내디디며 그녀에게 팔을 뻗었다. 그러다가 홱 하고 몸을 돌려 문을 나섰다. 바깥 세상은 신선한 아침 빛 속에 잠겨 있었고, 거미줄에 걸린 이슬방울은 아침의 첫 햇살 속에서 반짝거리고 있었다. 그는 뒤돌아보지 않았다. 황급히 걸어갔다. 등 뒤에서는 고요한 농장이 점점 가라앉았고, 앞에서는 크고 넓은 세상이 떠오르고 있었다.

노인

달빛은 더이상 창 안으로 비쳐 들어오지 않고, 사방은 어두워졌다. 그러나 노인은 여전히 두 손을 포개고 안락의자에 앉아 멍하니 앞을 보고 있었다. 노인의 눈앞에서는 지금까지 자신을 둘러싸고 있던 검은 어스름이 점점 넓고 어두운 호수로 바뀌어가고 있었다. 검은 물결이 자꾸 밀려오면서 더 깊고 더 넓어지더니, 마지막 물결 위에, 노인의 눈이 거의 닿지 않을 만큼 먼 곳에, 넓은 잎사귀 사이로 하얀 수련이 호젓이 떠 있었다.

방문이 열리고, 밝은 불빛이 방안으로 비쳐 들어왔다. "브리기테, 마침 잘 왔네. 등불을 책상 위에 놓게나." 노인이 말했다.

그러고 나서 노인은 의자를 책상 쪽으로 당긴 다음, 펼쳐놓은 책을 한 권 집어들고, 한때 청춘의 힘을 쏟았던 연구에 빠져들었다.

백마의 기사

내가 이제부터 전하려는 이야기는 오십여 년 전, 시의원 페데르젠의 부인이셨던 증조할머님 댁에서 알게 된 것이다. 나는 할머니의 안락의자 옆에 기대고 앉아 파란 표지의 잡지를 열심히 들여다보고 있었다. 그게 『라이프치히 명문선』이었는지, 『파페의 함부르크 선집』이었는지 지금은 모르겠다. 하지만 팔순이 넘으신 할머니가 귀엽다며 온화한 손길로 이따금씩 손자의 머리카락을 쓸어내려주시던 느낌은 아직도 전율이 오를 만큼 생생하다. 할머니도 그때 그 시절도 벌써 오래전에 세월 속에 묻혀버렸다. 그뒤로 그런 잡지들을 찾아보기도 했지만 허사였다. 그래서 혹시 누가 이 이야기가 사실로서 진실성이 있느냐고, 그건 사실이 아니라고 시비를 건다면, 나로서는 그냥 그렇다고 우길 수 있을 뿐이지 확언할 수는 없다. 다만 내가 분명히 말할 수 있는 것이라고는,

그 이야기가 아무런 외적인 계기도 없이 내 마음속에서 새로이 살아난 뒤 그후로는 한 번도 기억에서 사라진 적이 없었다는 사실 정도다.

그 당시 잡지 속의 화자는 이렇게 이야기를 시작했다. 1830년대, 10월 어느 오후 아주 궂은 날씨였는데, 나는 북프리슬란트의 제방 위로 말을 달리고 있었다. 왼쪽으로는 소떼가 돌아가고 남겨진 황량한 습지대가, 오른쪽으로는 기분 나쁠 정도로 가까이 붙은 북해의 갯벌이 벌써 한 시간도 넘게 이어지고 있었다. 제방 위니까 당연히 할리겐섬*들과 다른 섬들이 내려다보여야 했건만, 눈에 들어오는 것이라고는 성난 울부짖음과 함께 쉴 새 없이 제방을 후려치며 나와 말에게 더러운 포말을 튀겨대는 누런 회색빛 파도뿐이었다. 헝클어진 황혼 어스름 때문일까, 그 너머는 도무지 어디가 하늘이고 어디가 땅인지 구분도 안 될 지경이었다. 이제 하늘 높이 둥실 떠오른 반달마저 이리저리 몰려다니는 먹구름에 거의 다 가려진 상태였다. 얼어붙을 만큼 추웠다. 손가락이 곱아 고삐를 잡고 있지 못할 정도였으니, 까마귀와 갈매기가 계속해서 깍깍 울고 끼룩끼룩 짖어대면서 폭풍에 떠밀려 뭍으로 날아드는 것을 탓할 수도 없었다. 밤의 어스름이 깔리기 시작했고, 더이상 말굽조차 분간할 수 없었다. 사람이라곤 그림자도 안 보였으며, 나와 내 충직한 암말을 긴 날개로 훑다시피 스쳐지나가는 새들이 토해내는 울음 소리와 미친듯 울부짖는 바람 소리, 물소리 말고는 아무것도 들리지 않았다. 문득문득 안전한 숙소가 얼마나 그리웠는지, 말할 필요도 없었다.

---

* 만조시 물에 잠기곤 하는 북해 연안의 작은 섬을 가리킨다.

궂은 날씨는 사흘째 계속되고 있었는데, 각별히 친한 친척이 북쪽 하르덴 지역에 소유한 농장에서 나는 이미 지나치다 싶게 오래 머물고 있었다. 하지만 오늘 더이상 그럴 수 없게 됐다. 이제 앞으로 몇 시간 더 남쪽으로 내려가면 도착할 도시에 볼일이 생긴 것이다. 사촌과 그 부인이 갖가지 방법으로 설득한데다, 직접 키웠다는 맛있는 페리네트 사과와 그랜드 리처드 사과를 맛보고 싶은 마음도 굴뚝 같았지만 그래도 기어이 오후에 말을 타고 출발했다. "바다까지만 가봐, 어디 한번 보자고." 사촌은 현관문에 기대서서 내 등 뒤에 대고 소리쳤다. "다시 돌아올걸. 자네 방은 비워두겠네!"

그런데 정말로, 검은 구름층이 주위를 칠흑같이 만들고 때맞춰 울부짖는 폭풍에 밀려 사람도 말도 제방에서 떨어질 것 같은 순간, 언뜻 머리 속에 "바보짓 하지 말자! 발길을 돌려 친구들이 있는 따뜻한 보금자리로 돌아가자"는 생각도 들었다. 그러나 목적지까지 가는 것보다 돌아가는 길이 오히려 더 멀다는 생각에, 외투 깃을 귓가로 바짝 끌어올려가며 계속 길을 달렸다.

그때 제방 위에서 뭔가가 내 쪽으로 다가오고 있었다. 아무 소리도 들리지 않았다. 그러나 하늘에 걸린 반달이 궁색한 달빛을 내리비출 때마다 시커먼 형체 하나가 점점 더 선명해지는 듯싶더니 곧 가까이 다가왔는데, 그 형체는 다리가 길고 여윈 백마 위에 앉아 있었다. 어깨를 감싼 짙은 색 외투 자락이 펄럭거렸고, 내 곁을 휙 지나가는 동안, 창백한 얼굴 속 이글거리는 두 눈이 나를 쳐다봤다.

누구일까? 뭘 하려는 걸까? 그런데 그때, 내가 말발굽 소리도, 말의 숨소리도 못 들었다는 생각이 퍼뜩 떠올랐다. 말과 그 위에 탄 사람이 내 옆으로 바짝 붙어 지나갔는데 아무 소리도 못 듣다니!

그 생각에 잠긴 채 계속 말을 달렸는데, 오래 생각하고 있을 겨를도 없이, 다시 무언가가 뒤쪽에서 내 옆으로 휙 지나가는 것이었다. 펄럭거리는 외투가 내 몸을 스친 것 같았는데, 그 형제는 처음에 그랬던 것처럼 이번에도 소리 없이 내 옆을 날아서 지나가버렸다. 그러고는 내 앞에서 점점 멀어져갔다. 그런 뒤, 갑자기 그 그림자가 제방 안쪽으로 붙어 아래쪽으로 달려내려가는 것을 본 듯한 느낌이 들었다.

나는 잠시 머뭇거리다가 뒤쫓아 달려갔다. 그 지점에 다다르자, 제방과 이어진 간척지 아래 큰 웅덩이의 물이 번쩍거리는 것이 보였다. 해일이 육지를 할퀴어 생긴 물웅덩이를 가리켜 이 지방 사람들은 물굽이라고 불렀는데, 대부분 크기는 작아도 바닥이 깊었다.

제방이 물을 가두고 있었는데도, 물굽이의 물이 눈에 띄게 일렁거렸다. 백마 탄 남자가 물결을 일으켰을 리는 없었다. 기사의 흔적이라곤 아무것도 볼 수 없었으니까. 그 대신 다른 게 눈에 보였는데, 그 상황의 나로서는 참 반갑기 그지없었다. 그러니까 저 아래 간척지에서 무수한 빛의 반짝임이 내 쪽으로 어른거리고 있었던 것이다. 그 빛은 여기저기 높고 낮은 둔덕 위에 하나씩 자리하며 기다랗게 늘어선 프리슬란트식 집에서 새어나오고 있었다. 바로 내 앞 제방 안쪽의 반쯤 되는 높이에도 그런 식의 커다란 집 한 채가 있었다. 집의 남쪽, 현관문 우측으로 창문마다 불이 켜져 있는 것이 보였다. 그 창문 너머로 사람들이 보였고, 폭풍우 속인데도 내 귀에 그 사람들의 소리가 들리는 것만 같았다. 말은 이미 스스로 제방 옆길을 따라 내려가 그 집 문 앞으로 나를 데려갔다. 주점이라는 걸 알 수 있었다. 창문 앞에 이른바 가축용 시렁이 있었기 때문이다. 여기서 쉬어가는 손님들의 가축과 말을 묶어놓는 커다란 쇠고리가 달린 들보를 두 말뚝 사이에 올려 만든 시렁이었다.

말을 고리에 묶고 현관으로 들어가다가, 날 맞이하러 나오는 하인을 마주쳐 말을 부탁했다. 사람들의 목소리와 유리잔이 쨍그랑거리는 시끌벅적한 소리가 문 너머로 분명하게 들려왔다. 하인에게 물었다. "여기서 무슨 모임이 있나?"

"네, 그렇습죠." 하인은 저지低地 독일어 사투리로 대꾸했다. 나중에 알게 된 일이지만, 이 지방에서는 저지 독일어를 프리슬란트어와 함께 백 년 넘게 사용했다고 한다. "제방 감독관과 위원님들, 그리고 다른 관계자분들이죠! 바닷물이 높아져서요!"

안으로 들어가니, 창문 아래쪽 벽에 길게 붙여놓은 테이블에 열두 명 남짓한 남자들이 앉아 있는 것이 보였다. 테이블 위에는 펀치 항아리가 놓여 있었고, 유난히 인물 좋은 한 사내가 좌중을 이끄는 듯 보였다.

인사를 하고 합석해도 괜찮은지 묻자, 흔쾌히 그러라고들 했다. "여기서 지켜보시는군요! 바깥 날씨가 험해서 제방이 위험하겠어요!" 나는 그 인물 좋은 사내 쪽으로 고개를 돌리며 말했다.

사내가 대꾸했다. "정말 그렇소. 여기 동쪽 편에 있는 우리는 위험을 면했다 싶소. 다만 저 건너 다른 쪽은 안전하지 않다는 거죠. 저쪽은 제방이 대부분 옛날 방식으로 지어져서 말이오. 우리네 중앙제방은 이미 지난 세기에 한 번 보강했죠. 아까 바깥 날씨가 추워졌던데, 손님도 느끼셨을 거요. 우린 아직 몇 시간 더 여기서 버텨야 한다오. 우리한테 보고해줄 믿을 만한 사람들도 바깥에 나가 있고." 주인장에게 주문하기도 전에 벌써 김이 모락모락 나는 술잔이 내 앞에 놓였다.

내 옆에 앉은 친절한 사람이 제방 감독관이라는 걸 바로 알게 되었다. 그와 대화하면서, 나는 아까 제방에서 있었던 이상한 만남에 대해 이야기해주었다. 감독관은 귀기울여 듣고 있었는데, 난 좀전까지 주변에서 웅성웅성 들려오던 이야기들이 다 잦아들었다는 걸 불현듯 알아차렸다. "백마의 기사다!" 좌중의 한 사람이 소리치자, 다들 경악하며 술렁였다.

제방 감독관이 자리에서 일어섰다. "놀랄 거 없소." 감독관이 말했다. "이건 비단 우리한테만 일어난 일이 아니오. 1817년에 저 건너편 사람들도 겪은 일이지. 아무쪼록 이번엔 저 사람들이 모든 사태에 대비하고 있으면 좋겠는데!"

나는 뒤늦게야 섬뜩한 기분이 들었다. "죄송하지만, 백마의 기사가 무슨 상관입니까?"

난로 저 뒤편 멀찌감치 떨어진 곳에, 다 해진 검은 저고리를 걸친 작고 야윈 사내가 등을 구부정하게 수그리고 앉아 있었다. 사내의 어깨 한쪽이 약간 기형적으로 툭 튀어나온 듯 보였다. 그는 다른 사람들의 대화에 한 마디도 끼어들지 않았으나, 듬성듬성하게 난 잿빛 머리카락 아래 여전히 속눈썹이 짙은 그 눈을 보아하니 거기 앉아 졸고 있던 것은 분명 아니었다.

제방 감독관은 그 사내 쪽으로 손을 뻗었다. "여기 있는 우리 중에는 선생님이 그 이야기를 제일 잘해주실 수 있죠. 물론 선생님 방식대로고. 우리집 늙은 가정부 안톄 폴머스처럼 제대로 이야기해주시는 건 아니지만 말이지요."

"농담이시겠지, 감독관! 자네집 그 멍청이 아낙네와 날 비교하다니!" 난로 뒤쪽에서 학교 선생의 좀 골골대는 듯한 목소리가 들려왔다.

"예, 예, 선생님! 하지만 그런 이야기라면 멍청이 아낙네들이 제일 잘 기억하는 법이라니까요!" 제방 감독관이 대꾸했다.

"물론! 여기 있는 우리 모두가 이 점에서 의견이 완전 일치하는 건 아니지만 말일세" 하고 말하는 키 작은 선생의 곱상한 얼굴 위로 자신이 한 수 위라고 말하는 듯한 미소가 스쳐지나갔다.

감독관이 내 귀에 대고 낮게 중얼거렸다. "선생이 아직도 여전히 좀 거만한 거, 보이시죠. 젊어서 한때 신학 공부를 했는데, 장가 한번 잘못 드는 바람에 여기 고향에서 학교 선생으로 눌러앉아버렸다오."

선생은 어느새 난롯가 구석자리에서 걸어나와, 내 옆의 기다란 탁자에 앉았다. "이야기해주세요, 이야기 좀 해주세요, 선생님." 좌중의 젊은이들 몇몇이 외쳤다.

"여러분 뜻이 정 그렇다면야, 내 기꺼이 그리하리다. 하지만 그 이야기에는 미신적인 내용이 많이 들어 있는데, 또 그런 걸 빼고 그 이야기를 하기도 어렵소이다." 늙은 선생은 내 쪽으로 몸을 돌리며 말했다.

"부탁드리는데, 그런 것도 빼지 말아주십시오. 콩인지 팥인지는 스스로 가리는 사람이라 보시면 됩니다!" 내가 대꾸했다.

선생은 이해심이 가득한 미소를 지으며 나를 쳐다보았다. "정히 그렇다면야! 그러니까 지난 세기 중반에, 아니 더 정확하게 말하자면 조금 더 전이거나 후인데, 여기 제방 감독관이 살고 있었는데, 그 감독관은 제방과 수문에 관한 일이라면 농부들이나 농장주들이 통상 아는 것보다 더 많이 알고 있었소. 하지만 그걸로는 충분하다 할 수 없었던 것이, 그는 대학에서 공부한 전문가들이 기록한 글은 거의 읽은 적이 없었소. 그 감독관이 가진 지식이래야, 비록 어릴 적부터긴 하지만, 그저 자기 혼자 생각해낸 것이었지. 프리슬란트 사람들이 계산에 능하다는 소리는 들어보셨을 게요, 그리고 파레토프트 출신의 우리 한스 몸젠*에 대해 사람들이 말하는 것도 들어보셨을 테고. 몸젠은 농부였지만 나침반과 크로노미터, 망원경과 오르간을 만들 줄 알았소. 그러니까, 나중에 제방 감독관이 된 그 사람의 아버지가 바로 그런 부류의 사람이었던 거요. 물론 그런 사람 치고는 뭐 그리 대단하진 않았지만 말이오. 그 아버지가 소택지를 좀 갖고 있었는데, 유채와 콩을 심고 소 한 마리쯤은 충분히 풀을 먹일 수 있는 정도의 땅이었소. 가을과 봄에는 가끔 측량하러 가고, 북서풍이 바깥에서 불어와 덧문을 뒤흔드는 겨울에는 거실에서 선을 긋고 컴퍼스를 찍으며 지냈지. 사내아이는 대부분 그 옆에 붙어 앉아 입문서나 성경 너머로 자기 아버지가 측량하고 계산하고, 그러다가 금색 머리카락을 손으로 감싸쥐며 고민하는 모습을 보면서 자랐고. 그러던 어느날 저녁, 아들 녀석이 아버지더러, 방금 아버지가 쓴 것이 왜 꼭 그래야 하며 다르게 하면 안 되는 것인지 묻고는, 거기에 대한 자기 나름의 의견을 턱하니 내놓는 것이었소. 아들의 물음에 대답이 궁했던 아비는 고개를 저으며 말했소. '그걸 말로는 설명할 수 없어. 그렇다는 거, 그걸로 충분한 거야, 네가 잘못 생각하는 거다. 더 알고 싶으면, 내일 다락방 궤짝에 있는 책을 찾아봐라. 유클리드라는 사람이 쓴 책이야. 그 책이 말해줄 거다!'

* 독일의 농업가, 수학자, 천문학자.

다음날 사내애는 당장 다락방으로 올라가서 그 책을 찾아냈소. 뭐 그 집구석에 책이라고 해봐야 많은 것도 아니었으니까. 한데, 사내애가 책을 탁자 위에 놓으니까 글쎄 그 아비 되는 사람이 껄껄 웃는 것이었소. 왜냐, 그건 네덜란드어로 된 유클리드 책이었으니까. 아무리 네덜란드어가 반은 독일어라 하더라도, 그 아비나 아들 둘 다 네덜란드 말은 할 줄 몰랐거든. '그래, 그래. 이 책은 네 할아버지께서 보시던 거지, 할아버지는 네덜란드어를 아셨으니까. 근데 독일어 유클리드 책은 거기 없더냐?'

별로 말이 없던 사내애는 물끄러미 제 아버지를 바라보더니 대답했다오. '이 책 제가 가져도 돼요? 독일어 유클리드 책은 거기 없었어요.'

그 아버지가 고개를 끄덕이자, 사내애는 너덜너덜 반은 다 떨어진 또 한 권의 조그만 책을 가리켰소. '이것도요?' 하고 사내아이가 다시 물었지.

'두 권 다 가져! 두 권 다 너한테 크게 소용은 없을 거다.' 테데 하이엔이 말했소.

두번째 책은 간단한 네덜란드어 문법책이었지. 아직 겨울이 다 지나지 않았던 터라, 마침내 정원의 딸기나무에 새로 꽃이 피어나기 전에 사내애는 문법책 덕에 유클리드의 책을 읽고 거의 다 이해할 수 있게 되었소. 그 당시에 유클리드는 사람들 사이에서 많이 회자되고 있었지."

"나도 모르는 건 아니라오," 선생은 여기서 잠깐 말을 멈추었다가 계속했다. "한스 몸젠이 다 말했다는 걸 말이지. 하지만 몸젠이 태어나기 전부터도 우리 지방에선 진작에 하우케 하이엔의 이야기를 하곤 했소.

이게 그 사내아이의 이름이라오. 잘 아시겠지만, 좀 위대한 인물이 하나 나오기만 하면, 진심으로건 욕으로건 그 이전 사람들이 앞서 해냈던 일까지 몽땅 그 한 사람에게 갖다붙이는 게 세상 이치거든.

그런데 사내애의 아버지가 가만히 보니까, 아이가 소나 양 치는 일은 안중에도 없고, 습지대 사람이라면 누구나 다 좋아라 할 콩꽃이 피는 것도 못 알아차리더라는 거요. 아버지가 곰곰 생각해보니, 자기가 가진 조그만 땅뙈기에는 농부와 젊은 청년이 있어야지, 어설픈 먹물과 하인으로는 땅이 제대로 유지가 안 되고, 더욱이 자기 자신도 그러다 제대로 출세하지 못했다는 생각이 들었지. 그래서 아들을 제방에 보내, 다른 일꾼들과 함께 부활절부터 성 마르틴 축일 때까지 수레로 흙을 나르게 했소. '그러면 유클리드 병이 나을 거야.' 혼잣말을 하면서 말이오.

그렇게 해서 사내애는 짐수레를 날랐소. 그런데도 유클리드 책은 항상 주머니에 찔러넣고 있었고, 다른 일꾼들이 아침이나 간식을 먹을 때면 유클리드 책을 손에 들고 엎어놓은 수레 위에 올라앉았소. 가을에 밀물이 더 높이 차올라서 한 번씩 작업이 중단되면, 사내애는 다른 일꾼들처럼 집으로 돌아가는 대신에, 두 손을 무릎 위에 포개고 바닷가 비탈진 제방에 앉아 북해의 탁한 파도가 점점 높아져 제방 위 잔디밭 흙을 내리치는 걸 몇 시간이고 지켜봤다오. 발 끝자락이 물에 다 젖고 얼굴에 물거품을 흠뻑 맞고 나면 사내애는 제방 경사면 위로 몇 발자국 비켜 올라가서 다시 앉고, 또 조금 더 위로 올라가서 다시 앉곤 했소. 물이 철썩거리는 소리도 들리지 않았고, 주변이나 머리 위를 날아다니며 날개로 사람 몸을 스치듯이 치고 검은 눈을 번득이면서 사람을 빤히 들여다보는 갈매기며 다른 물새들의 울음소리도 들리지 않았지. 자기 앞에 펼쳐진 광활하고 거친 바다사막 위로 밤의 어스름이 퍼져나가는 것도 눈에 들어오지 않았소. 소년의 눈에 보이는 것이라곤, 오로지 파도가 솟구칠 때 같은 자리를 자꾸만 반복해서 때리며, 눈앞에서 가파른 제방의 잔디밭 흙을 씻어내리는 바닷물의 거품뿐이었지.

한참을 뚫어질 듯이 바라보고 난 뒤 소년은 천천히 고개를 끄덕이거나 고개를 숙인 채 허공에 대고 손으로 부드러운 곡선을 그리곤 했소. 마치 제방의 경사를 완만하게 만들려는 듯이 말이오. 너무 어두워져서 모든 것이 눈앞에서 사라져버리고 물소리만 천둥처럼 귓속에 울려퍼지면, 사내애는 그제야 일어나 물에 흠뻑 젖다시피 한 몸을 끌고 터벅터벅 집으로 돌아갔다오.

어느 날 저녁 사내애가 그렇게 집에 들어가니, 측량 기구를 닦고 있던 아버지가 야단을 쳤소. '너는 바깥에서 무슨 짓을 하고 돌아다니는 거냐? 오늘 물에 빠져 죽을 수도 있었어. 오늘 같은 날에는 물이 방둑을 집어삼키는데.'

하우케는 뻗대며 아버지를 바라보았소.

'안 들리냐? 네가 물에 빠져 죽었을 수도 있었단 말이다.'

'네, 하지만 안 빠져 죽었어요!' 하우케가 대답했지.

'그래, 안 죽었지.' 잠시 후에 아버지가 이렇게 대답하며 멍하니 아들의 얼굴을 바라보았소. '이번에는 말이다.'

'그런데 우리 제방은 아무 짝에도 쓸모없어요.' 하우케가 다시 말했다오.

'뭐가 어쨌다고?'

'제방요!'

'제방이 뭐 어쨌다고?'

'제방이 쓸모없다고요, 아버지!' 하우케가 대답했지.

아버지가 아들 얼굴에 대고 껄껄 웃었소. '대체 무슨 말이냐, 얘야? 네가 뤼베크 출신의 신동*이라도 되는 모양이구나!'

그러나 아들은 요지부동이었소. '제방 바다 쪽이 너무 가팔라요' 하고 사내애가 말했지. '큰 폭풍이 오면, 뭐 예전에 여러 번 왔지만요, 그러면 여기 이 방둑 뒤 우리도 물에 다 잡아먹히고 말 거예요!'

아버지는 씹는담배를 호주머니에서 꺼내서는 한 개비를 비틀어 끊어 입 속으로 밀어넣었소. '근데, 너 오늘 몇 수레나 끌었냐?' 아버지는 짜증을 내며 물었지. 제방 작업도 아들 녀석의 머리에서 생각하는 일을 몰아내지 못했다는 걸 알게 된 거요.

'모르겠어요, 아버지, 다른 일꾼들만큼 했죠. 한 여섯 수레는 내가 더 많이 했나. 그런데—어쨌든 제방을 다시 쌓아야 해요!'

'그래, 네가 제방 감독관이 될 수도 있겠지! 그러고 나면 제방을 다시 쌓으려무나!' 아버지는 이렇게 말하고는 너털웃음을 터뜨렸다오.

'그래요, 아버지!' 하고 사내애가 대답했지.

아버지는 사내애를 바라보다가 몇번 마른 침을 삼키고는 문밖으로 나갔소. 아들에게 뭐라고 말해줘야 할지를 몰랐던 거요.

---

* 크리스티안 하인리히 하이네켄. 생후 10개월에 모든 사물의 이름을 다 대고, 그림의 의미를 설명할 수 있었다는 천재 소년. 놀라운 기억력으로 성경을 암송하고 광범위한 지리적·역사적 지식을 가지게 되었다. 원인불명의 열병을 여러 달 앓다가 다섯 살을 못 넘기고 사망했다.

10월 말 제방 작업이 다 끝나고 나서도 북쪽 바닷가로 산책 가는 일은 하우케 하이엔에게는 가장 좋은 소일거리였다오. 만성절 축일 즈음에는 추분에 부는 폭풍이 미친듯이 울부짖기 마련이라, 사람들은 프리슬란트가 대축일을 애도하는 것이라고들 말했는데, 하우케 하이엔은 꼭 요즘 아이들이 크리스마스 축제를 기다리듯이 이런 대축일을 고대했소. 한사리가 다가오면, 아무리 궂은 날씨라도 하우케 하이엔은 꼭 저 멀리 제방가에서 혼자 누워 있곤 했지. 갈매기가 끼룩거리고, 방둑에 미친듯이 부딪치며 달려들었던 물이 바닷속으로 돌아가면서 제방에 입혀놓은 잔디를 누더기처럼 몽땅 할퀴어 쓸어가버리면, 하우케의 성난 웃음소리가 들려왔소. '너희들은 아무것도 제대로 할 수 없어, 인간들이 아무것도 못하는 것처럼!' 하고 하우케는 파도의 수런대는 소음을 향해 소리쳤소. 그러고는 넓디 넓은 황량한 바닷가에서 제방을 따라 집으로 터벅터벅 걸어갔는데, 어두워지고서야 돌아오는 일이 많았소. 하우케의 후리후리한 모습이 자기 집 갈대지붕의 나지막한 문 앞에 당도해서는 그 문을 통해 작은 방으로 사라지곤 했다오.

가끔씩 하우케는 집으로 습지 진흙을 한 움큼 들고 오기도 했소. 그러고는 이제 뭘 하든 말리지도 않는 아버지 옆에서 수지로 만든 가느다란 촛불 아래 앉아 온갖 제방 모형을 빚어내서는, 물이 든 편편한 그릇에 넣고 파도가 부딪치는 모습을 흉내내보거나, 석판을 가져다가 그 위에 자기가 생각하는 바다 쪽 제방의 측면도를 그려보았소.

같이 학교에 다니던 애들과 함께 지낼 생각 같은 건 사내애 마음속에 떠오르지조차 않았소. 그 아이들에게도 이 몽상가는 조금도 중요한 사람이 아닌 듯했고. 다시 겨울이 되고 혹한이 밀어닥치자, 하우케는 그전에는 가지 않던 제방 위 지점까지 걸어갔는데, 끝을 알 수 없는 광대한 얼음으로 뒤덮인 모래톱이 펼쳐져 있는 곳이었소.

혹한이 계속되던 2월, 해변가로 밀려온 시체들이 발견되었소. 탁 트인 바닷가 얼어붙은 갯벌 위에 시체가 떡하니 누워 있던 거요. 사람들이 시체들을 마을로 옮겨왔을 때 그 자리에 같이 있던 젊은 여자는 아버지 테데 하이엔 앞에 서서 수다스럽게 말했지. '사람 같지가 않았어요. 아니, 바다귀신같이 보였다고요! 머리가 이따만큼 크고' 하며 여자는 손가락을 쫙 펴 양손을 벌려 보였다. '시커멓고 번들거리는데, 꼭 막 구워낸 빵 같더라고요! 게다가 게가 시체를 갉아먹었던데요. 그걸 보고 아이들이 어찌나 고함을 질러대던지!'

늙은 하이엔에게는 하나도 새로울 것이 없었소. '이미 11월부터 바다에 떠다녔겠지!' 하이엔은 무심하게 말했소.

하우케는 그 옆에 잠자코 서 있었지. 그러나 틈이 나자마자, 사내애는 제방 쪽으로 슬그머니 사라졌다오. 다른 시체가 더 있나 찾아보고 싶었던 것인지, 아니면 사람들이 떠나고 난 텅 빈 개펄을 여전히 뒤덮고 있을 공포에 이끌려 그리로 갔을 뿐인지, 그건 알 수 없군. 하우케는 걷고 또 걸어, 마침내 제방 위로 바람만 윙윙 불고 있는 곳, 돌연 하늘 위로 날아오르는 커다란 새들의 한탄하는 듯한 울음소리 말고는 아무것도 없는 황량함 속에 혼자 덩그러니 서 있었지. 왼쪽으로는 텅 빈 광활한 습지대가 있었고, 오른쪽은 이제 얼음에 뒤덮여 은은하게 빛을 발하는 모래톱이 펼쳐진 해안이었소. 온 세상천지가 백색의 죽음 속에 누워 있는 듯했다오.

하우케는 방둑 위에 서서, 날카로운 눈으로 멀리까지 이리저리 훑어보았소. 하지만 시체라고는 더는 보이지 않았소. 보이지 않는 여울물이 밑에서 밀려드는 곳에서만 빙판이 강줄기 같은 줄을 그으며 오르락내리락할 뿐이었지.

하우케는 집으로 갔다오. 하지만 어느 날 저녁 다시 제방에 가 있었소. 그때 그 자리에는 이제 얼음이 갈라져 있었소. 갈라진 틈 사이로 마치 연기구름 같은 것이 올라와 온 모래톱에 증기와 안개의 그물이 드리워져 있었는데, 저녁의 황혼과 기이하게 뒤섞였지. 하우케는 뚫어져라 바라봤다오. 안개 속에서 검은 형체가 왔다갔다 서성거리는 것이, 마치 사람만하게 커 보였기 때문이오. 우아하지만 기이하고, 또 사람을 놀래키는 으스스한 몸짓이었지. 하우케는 목을 쭉 빼고 멀리서 그 형체들이 빙판 사이로 왔다갔다하는 것을 바라보았소. 그 형체들은 갑자기 꼭 천치 바보처럼 섬뜩하게 이리저리 펄쩍펄쩍 뛰기 시작했소. 큰 것들이 작은 것들 위로 펄쩍 뛰어오르는가 하면, 작은 것들이 큰 것들에게 달려들었다가 서로 떨어지면서 모양새가 흐트러졌소.

'저것들은 뭐야? 물에 빠져 죽은 사람들의 귀신인가?' 하우케는 생각했지. '훠어이!' 하우케는 밤공기 속으로 크게 소리쳐보았다오. 하지만 멀리 있던 그것들은 하우케의 소리에 아랑곳하지 않고 이상한 짓거리를 계속할 뿐이었소.

그때 언젠가 늙은 선장이 이야기해준, 목에 얼굴 대신 해초 더미가 수북이 달려 있는 끔찍한 노르웨이 바다귀신이 머릿속에 떠올랐소. 그러나 하우케는 도망가지 않고, 장화 뒷굽을 제방 진흙 속에 단단히 박은 채 짙어져가는 황혼 속에서 눈앞에 연신 이어지는 우스꽝스러운 짓을 꼼짝도 않고서 쳐다봤지. '너희도 여기 우리랑 같이 있는 거냐?' 하

우케는 엄중한 목소리로 말했다오. '너희가 날 쫓아내지는 못할 거야!'

어둠이 세상천지를 완전히 뒤덮자, 하우케는 집을 향해 뻣뻣하고 느릿하게 발걸음을 뗐소. 하지만 등 뒤에서 날갯짓하는 듯한 소리와 함께 쩌렁쩌렁한 고함소리가 들려왔소. 뒤돌아보지 않았다오. 그렇다고 더 빨리 걸음을 옮기지도 않고, 그렇게 해서 늦어서야 집에 도착했지. 그는 자기 아버지나 어느 누구에게도 이 이야기를 하지 않았소. 몇 년 후 하우케는 신이 자신에게 짐 지워준 백치 딸아이를 그때와 같은 계절, 같은 시간에 제방으로 데리고 갔소. 그때와 똑같은 것이 모래톱에 나타났다고 하오. 하우케는 딸아이에게 겁먹지 말라고 일러주었지. 안개 속에서 그렇게 거대하고 끔찍해 보이는 것은 얼음 틈 사이로 고기를 건져올리는 학이나 까마귀일 뿐이라고."

"정말이지!" 하고 선생은 거기서 말을 끊었다. "이 지상에는 신실한 신자의 마음을 혼란스럽게 만드는 온갖 일이 다 있소. 하지만 하우케는 바보도 아니고 멍청이도 아니었소이다."

내 쪽에서 아무런 대꾸도 하지 않자 선생은 이야기를 계속하려 했다. 그런데 지금까지는 천장이 나지막한 방을 뭉게뭉게 담배 연기로 가득 채우기만 할 뿐 찍소리 없이 귀기울여 듣고 있던 손님들이 갑자기 술렁였다. 처음에는 몇몇이 그러나 싶더니, 그다음에는 거의 모두가 다 창 쪽으로 고개를 돌렸다. 커튼을 치지 않은 창 너머 바깥에는 폭풍이 구름을 몰아와, 빛과 어둠이 혼란스럽게 앞서거니 뒤서거니 하고 있었다. 나도 백마를 탄 깡마른 기사가 휙 하고 옆으로 달려나가는 모습을 본 듯한 느낌이 들었다.

"조금 기다리십쇼, 선생님." 제방 감독관이 나지막하게 말했다.

"겁먹을 필요는 없소, 감독관!" 하고 몸집이 작은 선생이 대꾸했다. "나는 그를 비난하지 않았소. 또 그럴 이유도 없고." 그는 작고 영리한 눈으로 감독관을 올려다보며 말했다.

"그래, 그래요." 상대방이 말했다. "선생님, 한 잔 더 하시죠." 선생이 자기 잔을 채우자, 청중들은 대부분 좀 놀란 표정으로 다시 그에게로 고개를 돌렸고, 그러자 선생은 이야기를 계속했다.

"이렇게 혼자서, 오직 바람과 물 그리고 고독의 풍경하고만 마음을 나누면서 하우케는 키 크고 호리호리한 청년으로 성장했소. 견진성사를 받은 지 일 년이 지났을 때 그가 갑자기 달라졌는데, 늙은 하얀 앙고라 고양이 때문에 생긴 일 탓이었소. 그 고양이는 노파 트린 얀스에게 스페인 항해에서 돌아온 아들이 갖다준 것이었는데, 그 아들은 나중에 그만 사고로 죽고 말았다오. 트린은 멀찌감치 뚝 떨어진 제방 위의 작은 오두막에서 살고 있었는데, 노파가 집안에서 이리저리 돌아다니면서 일할 때면 그 꼴사나운 고양이는 현관문 앞에 앉아 여름날에 스쳐 날아가는 파란 도요새를 멀거니 쳐다보곤 했소. 하우케가 지나갈 때면 고양이가 야옹거리고, 그러면 하우케는 고양이에게 고개를 끄덕여주었소. 둘은 서로 그렇게 통했던 거지.

그런데 봄이 되자 하우케는 습관처럼 자주 제방, 심지어 물이 차오른 아래쪽에 누워 갯질경이와 향긋한 향쑥 사이에서 벌써 따가워진 햇빛을 쬐었다오. 하우케는 그 전날 건너편 고지대에서 조약돌을 호주머니 가득 모아왔소. 썰물 때 갯벌이 드러나서 몸집이 작은 회색 짧은다리도요새가 우짖으며 그 위로 잽싸게 지나가는 순간, 바로 돌멩이 하나를 끄집어내 새를 맞추려는 거였지. 코흘리개 때부터 연습했기 때문에,

대부분 한 마리 정도는 개흙 위에 떨어지기 마련이었소. 하지만 떨어진 새를 가지러 갈 수 없을 때가 많았소. 그래서 하우케는 앙고라 고양이를 데리고 와서 사냥개로 훈련시킬까 하는 생각도 했다오. 하지만 여기저기 군데군데 단단한 지점이나 모래톱도 있었지. 그런 경우에는 자기가 직접 달려가 사냥감을 집어왔소. 돌아오는 길에 고양이가 여전히 문 앞에 앉아 있다가 탐욕을 참지 못해 소리를 질러대면, 하우케는 사냥한 새 한 마리를 던져주곤 했고.

그날도 하우케는 어깨에 재킷을 걸치고 집으로 가던 길이었는데, 들고 가던 새는 그도 처음 보는, 마치 색동 비단과 금속 같은 깃이 달린 새였소. 하우케가 오는 걸 보자 고양이는 늘 그러듯 야옹거렸지. 하지만 그게 아마 물총새였던 것 같은데, 하우케는 그날은 사냥감을 내주고 싶지 않았고 그래서 고양이가 조르는데도 아랑곳하지 않았소. '번갈아 가지기다! 오늘은 내가 갖고, 내일은 네가 갖고. 이건 고양이 먹이가 아니야!' 하우케가 고양이에게 소리쳤다오. 그런데 고양이가 조심조심 다가오는 거요. 하우케는 멈춰서서 고양이를 쳐다봤는데, 자기는 죽은 새를 손에 들고, 고양이는 앞발을 치켜들고서 일어서 있는 꼴이었소. 그런데 하우케는 고양이 친구를 속속들이 다 알지는 못한 모양이지. 하우케가 등을 돌리고 앞으로 걸어가려는데, 누가 사냥감을 확 낚아채는가 싶더니 날카로운 발톱이 살을 파고들었으니까 말이오. 젊은 청년의 핏속에서 분노가 맹수처럼 확 솟구쳐올랐소. 하우케는 미친 듯이 손을 휘저어 도둑놈의 모가지를 움켜쥐었지. 주먹으로 그 힘센 동물을 움켜잡아 치켜들고는 눈알이 거친 털 사이를 비집고 톡 튀어나올 때까지 목을 조르고 졸랐다오. 고양이가 억센 뒷발로 자기 팔을 할퀴어서 살을 다 헤집어놨지만 아랑곳하지 않았지. '이야아!' 하고 소리치며 더 세게 죄었소. '우리 중 누가 더 오래 버티나 어디 한번 보자!'

커다란 고양이의 뒷다리가 갑자기 힘없이 축 늘어졌고, 그제야 하우케는 몇 걸음 물러나서는 죽은 고양이를 노파의 오두막에 던져버렸지. 고양이가 꼼짝하지 않자, 하우케는 몸을 돌려 집을 향해 계속 갔소.

그런데 앙고라 고양이는 노파에게 보배였다오. 고양이는 노파의 친구였고, 선원이었던 노파의 아들, 폭풍우 속에서 게 잡는 어머니를 돕겠다고 나섰다가 해안에서 덜컥 죽어버린 그 아들이 남긴 유일한 것이었지. 하우케가 상처에서 나는 피를 수건으로 닦아내며 백 걸음이나 채 갔을까, 오두막에서 울부짖으며 한탄하는 소리가 들려오지 않겠소. 뒤를 돌아보니 오두막 앞 땅바닥에 노파가 철퍼덕 드러누워 있는 것이 보였지. 빨간 머릿수건 주변으로 회색 머리카락이 바람에 펄럭펄럭 휘날리고 있었소. '죽었다! 죽었어!' 노파는 하우케를 향해 깡마른 주먹을 위협적으로 치켜들었소. '이 망할 놈아! 네가 때려죽인 거야, 쓰잘데없이 해안이나 서성대는 놈 같으니라고. 너는 내 고양이 꼬리털 빗겨줄 가치도 없던 놈이야!' 노파는 죽은 고양이 위에 엎어져, 자기 앞치마로 아직도 고양이의 코와 주둥이에서 흐르고 있는 피를 정성껏 닦아주었소. 그러고는 다시 몸을 일으켜고 비통하게 소리를 질렀지.

'다 끝났어요? 그럼 이제 나도 한마디 하죠. 고양이 한 마리 갖다드리지. 쥐나 들쥐만 잡아먹고 사는 고양이로요!'

그렇게 말한 하우케는 더이상 아무것도 신경 안 쓴다는 듯 걸어갔소. 하지만 죽은 고양이가 하우케의 머릿속에 혼란을 일으켰던 게 틀림없었소. 집들이 있는 쪽으로 다 왔는데도, 자기 집을 지나치고 또 다른 집도 지나치고서 그냥 남쪽으로 한참을 더 걸어가 제방으로 올라갔으니까.

그 사이에 노파 트린 얀스도 같은 방향으로 길을 갔다오. 노파는 푸른색 체크무늬 베갯잇에 싼 짐을 마치 어린아이마냥 조심스럽게 껴안고 있었소. 살랑살랑 가벼운 봄바람에 노파의 회색 머리카락이 휘날렸지. '트리나, 뭘 들고 가요?' 마주오던 농부가 묻자 노파가 대답했소. '자네 집과 농장보다 더 값나가는 거.' 그렇게 말하고 노파는 서둘러 길을 갔소. 아래쪽에 있는 늙은 하이엔의 집에 가까워지자, 우리가 목장길 또는 오솔길이라고 부르는, 제방 측면으로 비스듬히 오르내리는 길을 통해 집들이 있는 쪽으로 내려갔지.

늙은 테데 하이엔은 그때 마침 문 앞에 서서 하늘을 보며 날씨를 점치고 있었소. 노파가 숨을 헐떡거리며 하이엔 앞에 서서 지팡이를 땅에 꾸욱 찍어누르자, 하이엔이 물었다오. '아, 트린! 그 보퉁이에 뭘 가지고 오신 겁니까?'

'우선 집으로 들어갑시다, 테데 하이엔! 당신 눈으로 직접 보게 될 거요!' 노파는 이상하게 번쩍거리는 눈빛으로 늙은 하이엔을 쳐다보는 것이었소.

'그럼 들어갑시다!' 하이엔이 말했지. 바보 같은 여편네의 눈빛이 뭐 그리 대수였겠소.

두 사람이 집안으로 들어가자 노파가 말했소. '낡아빠진 담배상자하고 연필 쪼가리 좀 탁자에서 치워요, 도대체 뭘 그리 쓸 게 있나? 자, 그리고 상 좀 깨끗이 닦아내고!'

호기심마저 생긴 늙은 남자가 시키는 대로 다 하고 나자, 노파는 푸른 베갯잇의 양 끄트머리를 잡아당겨 풀더니 커다란 고양이 시체를 탁자 위에 쏟아놓은 거요. '자, 여기 봐요. 당신 아들 하우케가 때려죽였소.' 노파가 소리질렀지. 그러고 나서 비통하게 울기 시작했소. 노파는 죽은 짐승의 뻣뻣한 털을 쓰다듬고 발을 가지런히 모아주더니, 자기의 긴 코를 고양이 머리에 대고는 알아들을 수 없는 다정한 말을 속닥거렸소.

테데 하이엔은 그걸 쳐다보고 있었지. '그래, 하우케가 이걸 때려죽였다고요?' 그는 흐느끼는 아낙네를 어떻게 해야 할지 몰랐다오.

노파는 격분해서 고개를 끄덕였소. '그래요, 그래, 하우케가 그랬고 말고!' 노파는 관절염으로 굽은 손으로 눈물을 훔쳤소. '나한테는 자식도 없고, 살아 있는 거라곤 이젠 아무것도 없구려! 그리고 당신도 잘 알다시피, 우리 늙은이들은 만성절이 지난 다음, 저녁에 침대에 누워 있으면 다리가 얼어붙고 잠은 안 오잖소, 창틀에 북서풍 덜컹대는 소리만 들려오고 말이우. 나는 그 바람 소리가 참말로 싫어요, 테데 하이엔, 그 바람은 내 아들 녀석이 죽었던 개펄 쪽에서 불어오는 거라우.'

테데 하이엔은 고개를 끄덕거렸고, 노파는 죽은 고양이의 털을 쓰다듬었소. 그러다 다시 한탄하기 시작했지. '그런데 이놈은, 겨울에 내가 물레 앞에 앉아 있으면 옆에 앉아서 함께 실을 잣고, 그 초록색 눈으로 날 바라봤지! 그리고 내가 추워서 침대 속으로 기어들면 금세 뒤쫓아 올라와 내 얼어붙은 다리에 몸을 뉘었고, 우리는 그렇게 같이 따뜻하게 잠을 잤다우, 젊은 내 신랑과 같이 침대 속에서 잤듯이 말이오!' 노파는 추억을 더듬으며 공감을 끌어내려는 듯 탁자 옆에 서 있는 늙은 남자를 번쩍거리는 눈으로 쳐다봤소.

테데 하이엔은 그러나 침착하게 말했소. '이렇게 하면 어떨까요, 트린 얀스.' 그는 금고로 가 서랍에서 은화 한 닢을 꺼냈소. '하우케가 고양이를 죽였다고 하셨죠. 거짓말은 안 하신다는 거 압니다. 여기 크리스티안 4세의 은화가 있는데, 이걸로 찬 다리에 덮을 무두질된 양가죽을 사시지요! 그리고 우리집 고양이가 다음번에 새끼를 낳으면 그중 제일 큰 놈으로 하나 가져가세요. 둘을 합치면 늙어 힘없는 앙고라 고양이 몫은 할 거요! 자, 이제 이 죽은 짐승을 거둬서 시내 무두장이에게 갖다주든가 하고, 여기 내 정갈한 책상 위에 올려놓았다는 이야기는 어디 가서 하지도 마요!'

하이엔이 이렇게 말하는 동안 노파는 벌써 은화를 집어서 치마 밑에 차고 다니는 조그만 주머니에 챙겨넣었다오. 그러고는 고양이를 다시 베갯잇에 쑤셔넣고 앞치마로 탁자 위의 핏자국을 닦아낸 후 문밖으로 걸어나갔소. '고양이 새끼나 잊지 마시우!' 노파는 뒤돌아보며 소리쳤지.

잠시 후, 늙은 하이엔이 좁은 방안에서 왔다갔다하고 있는데, 하우케가 들어와 탁자에 알록달록한 새를 올려놓았소. 노파의 앞치마에 쓸려서 하얘진 탁자 위에 아직 남아 있는 핏자국을 보고 지나가는 말로 물었지. '이게 뭐죠?'

아버지 하이엔은 가만히 서 있었소. '네가 흘리게 했던 피다!'

청년의 얼굴이 화끈 달아올랐소. '트린 얀스가 고양이를 가지고 여기 왔던가요?'

아버지가 고개를 끄덕였지. '왜 그 할멈의 고양이를 죽였냐?'

하우케는 피가 나는 자기 팔을 걷어올렸소. '이래서요. 고양이가 새

를 채가려 했어요!'

늙은 하이엔은 아무 대꾸도 하지 않았소. 그는 다시 한참을 서성거리기 시작했소. 그러고는 아들 앞에 멈춰 한참 동안 멍하니 아들을 쳐다보았지. '고양이 일은 내가 다 처리했다. 그런데 하우케, 너도 보다시피 여기 이 집이 너무 좁구나. 남자 둘이 앉아 있을 수 없겠어. 네가 일을 구해야 할 시간이 됐다!'

'예, 아버지. 저도 그런 생각을 했어요.' 하우케가 대답했소.

'어째서?' 아버지가 물었소.

'제대로 된 일을 해서 풀어주지 못하면, 마음이 잔인해지죠.'

'그래? 그래서 앙고라 고양이를 때려죽인 거냐? 더 심한 일이 생길 수도 있겠는걸!'

'아버지 말씀이 맞을 거예요. 그런데 제방 감독관이 작은 하인을 내쫓았어요. 그 일이라면 제가 할 수 있을 텐데!'

노인이 다시 서성거리면서 시커먼 담배찌꺼기를 뱉어냈소. '제방 감독관은 바보야, 배부른 거위처럼 멍청하지! 그 아버지와 할아버지가 제방 감독관이었고 스물아홉 곳의 소택지를 소유하고 있어서, 오로지 그 때문에 제방 감독관이 된 거다. 성 마르틴 축제가 다가오고, 그후로 제방과 수문 측량 작업을 해야 할 때가 오면, 거위구이에 꿀술, 밀 롤빵을 학교 선생에게 잔뜩 먹이고, 선생이 펜대로 계산을 해내려가면 그 옆에 앉아 고개만 끄덕거리며, 예, 예, 선생님, 대단하네요! 참 계산 잘하시는데요? 하고 말하기나 하지. 그런데 선생이 계산을 한번 틀리게 하거나 계산을 안 하겠다고 하면 자기가 직접 해야 하거든, 그럴 때면 손수 앉아서 썼다 지웠다 하다보니 그 커다랗고 멍청한 대가리가 벌게

지고, 후끈 열이 나고, 눈알이 무슨 유리알처럼 튀어나오는데, 그나마 그 바보가 조금 갖고 있는 지능마저 밖으로 다 빠져나올 지경이 된다 이 말이다.'

아들은 아버지 앞에 똑바로 서서, 아버지가 별 말을 다 할 줄 아는구나 하고 놀라워했소. 아버지가 그렇게 이야기하는 걸 한 번도 본 적이 없었으니까. '저런! 제방 감독관은 물론 멍청하지만, 그 딸 엘케는 계산할 줄 알아요!'

아버지는 아들을 예리하게 쳐다보았소. '오호, 하우케, 엘케 폴케르츠에 대해 뭐 아는 거 있냐?'

'아무것도 몰라요, 아버지. 그냥 그렇다고 교장 선생님이 얘기해줬을 뿐이에요.'

아버지는 그 말에 아무 대답도 하지 않았소. 그저 신중하게 담뱃잎을 이쪽 뺨에서 저쪽 뺨으로 밀어넣기만 했지. 그러고 나서 그가 말했소. '네 생각에는, 너도 거기서 같이 계산할 수 있다는 거냐?' '예, 아버지. 할 수 있어요.' 아들이 대답했는데, 긴장해서 그런지 입가가 다 실룩거렸다오.

아버지는 고개를 저었소. '자, 정 그렇다면 나는 상관하지 말고, 네 운을 한번 시험해봐라!'

'감사합니다, 아버지!' 이렇게 말하고 하우케는 다락방 자기 침실로 올라갔소. 침대맡에 앉아, 도대체 아버지가 왜 엘케 폴케르츠에 대해서 물었을까 곰곰 생각해보았지, 그는 물론 엘케를 알고는 있었소. 갈색빛이 도는 갸름한 얼굴에, 고집스러운 두 눈과 좁은 코 위에 진한 눈썹이 있는, 날씬한 열여덟 살 처녀였지. 하지만 그녀와 말 한마디 나눠본 적

없어서, 이제 폴케르츠 씨한테 가게 되면, 그 처녀가 어떤 사람인지 더 잘 살펴봐야지 싶었소. 하우케는 다른 사람이 그 자리를 뺏어가지 못하도록, 당장 갈 생각이었다오. 아직 저녁이 안 됐으니까. 그래서 하우케는 일요일에 입는 재킷에 제일 좋은 장화를 신고, 기분좋게 길을 나섰지.

옆으로 기다랗게 뻗은 제방 감독관의 집은 높은 둔덕에 있는데다, 특히 마을에서 제일 키가 큰 물푸레나무 때문에 멀찌감치 떨어진 곳에서도 잘 보였소. 현재 감독관의 할아버지, 그러니까 이 집안의 일 대 제방 감독관이 젊은 시절에 그런 물푸레나무를 현관 동쪽에 심었는데, 처음 두 번은 실패하고 자기 결혼식 날 아침에 세번째로 이 나무를 심었지. 그 나무가 갈수록 수관이 울창해지면서 옛날이나 지금이나 멈추지 않는 이곳의 바람 속에서 여전히 살랑거리고 있던 거요. 잠시 후, 후리후리한 하우케는 양측으로 무와 배추를 심어둔 둔덕을 올랐는데, 저 너머로 감독관의 딸이 나지막한 현관문 옆에 서 있는 모습이 보였소. 엘케의 약간 마른 듯한 팔은 아래로 축 늘어져 있었고, 다른 팔은 등 뒤로 쇠고리를 잡고 있는 듯했소. 담에 난 문 양쪽에 달린 쇠고리는 누가 타고 오는 말을 매어놓기 위한 것이었지. 처녀는 그 자리에서 제방 너머 바다에 눈길을 던지고 있는 듯했소. 고요한 저녁 시간의 바다에서는 해가 막 물속으로 잠겼고, 마지막 햇빛이 다갈색 처녀를 황금빛으로 물들이고 있었다오.

하우케가 약간 느릿느릿 올라가며 '이렇게 봐서는 그리 멍청하지 않은걸!' 하고 혼자 생각하다보니, 어느덧 둔덕 위에 올라가 있었소. '안녕하세요! 큰 눈으로 무얼 그리 보시나요, 엘케 아가씨?' 그는 엘케에게 다가가며 말했소.

'여기서 저녁마다 일어나는 일이긴 하지만, 매일 저녁마다 보이지는 않는 것을 보고 있어요.' 엘케가 대답했소. 쇠고리를 손에서 놓자, 쇠고리가 담에 짤랑거리며 부딪쳤소. '하우케 하이엔, 무슨 일이죠?' 엘케가 물었지.

'아가씨가 기분 나빠하지 않으셨으면 좋겠는데요, 부친께서 작은 하인을 내쫓으셨죠. 그래서 제가 이 댁에서 일할까 하고요.' 그가 대답했소.

엘케의 시선이 하우케를 훑어내렸다오. '하우케 씨는 아직 좀 힘이 약해 보이는데요! 하지만 우리에겐 튼튼한 두 팔보다 잘 보는 두 눈이 더 도움이 되죠!' 그렇게 말하면서 엘케는 탐탁지 않게 그를 쳐다보았지만, 하우케는 주눅들지 않고 당당하게 맞섰소. '자, 오세요. 감독관님은 방에 계세요, 들어가죠!' 엘케는 이렇게 말했지.

이튿날 테데 하이엔은 아들과 함께 제방 감독관의 널찍한 방에 들어섰소. 벽에는 니스를 칠한 타일을 입혔는데, 이쪽에는 돛을 활짝 펼친 범선과 물가의 낚시꾼이, 저쪽에는 농가 앞에 앉아 풀을 뜯는 소가 그려져 있어 보는 사람의 눈을 즐겁게 해주었다오. 쭉 이어지는 그 타일 벽지는 문을 닫아놓은 커다란 벽침대와 벽장 때문에 중간에서 끊겼어. 유리문을 통해서 벽장 안의 온갖 도자기 그릇과 은그릇이 다 들여다 보였소. 바로 옆으로 이어지는 응접실 문 옆에는 오목하니 파인 벽 속에 네덜란드산 괘종시계가 걸려 있었고, 그 위를 유리창으로 덮어두었소.

덩치 크고 약간 중풍기가 있는 집주인은 반질반질하게 사포질을 한 탁자 끝에 놓인 화려한 모직쿠션을 깐 안락의자에 앉아 있었소. 그는 두 손을 배 위에 올려놓고 동그란 눈으로 흡족한 듯 살찐 오리의 뼈다귀를 쳐다보고 있었지. 포크와 나이프가 접시 위에 얌전히 올려져 있었소.

'안녕하십니까, 제방 감독관님!' 테데 하이엔이 말하자, 감독관이 천천히 눈과 머리를 돌렸다오. '자네들 왔군, 테데? 앉게나. 여기까지 한참 걸렸을 텐데!' 감독관이 대답했는데, 목소리가 느끼한 게, 막 먹어치운 살찐 거위 소리가 들리는 것 같았지.

'제방 감독관님, 제가 왔습니다' 하며 테데 하이엔은 감독관의 맞은편 벽을 따라 쭉 놓인 의자에 걸터앉았소. '작은 하인 때문에 속이 좀 상하셔서, 그 자리에 제 아들을 쓰겠다고 이 녀석과 얘기해주셨다고요!'

감독관은 고개를 끄덕였소. '그래요, 그래, 테데. 근데 속이 상하다니 무슨 말인가? 우리 소택지 사람들은, 하느님이 보살피시니, 속이 상할 때면 먹을 걸로 위로를 받지!' 감독관은 앞에 놓인 나이프를 집어들고는 불쌍한 오리의 뼈를 어루만지듯이 톡톡 쳤소. '내가 아끼던 새였어. 내 손에서 모이를 받아먹었지!' 감독관은 편안하게 웃으며 덧붙였소.

'전, 그 하인 녀석이 마구간에 난리를 쳤다고 생각했죠' 하고 하이엔은 감독관의 뒷말을 흘려들으며 말했소.

'난리? 그래, 테데, 물론 그건 충분히 난리를 친 거지! 그 뚱뚱이 게으름뱅이가 송아지한테 물도 안 주고, 술에 잔뜩 취해서는 건초를 보관해둔 헛간 바닥에서 자빠져 자버렸으니. 송아지들이 목이 말라 밤새도록 울어대는 통에 내가 잠을 설쳐서 그만 점심때까지 늦잠을 잘 수밖에 없었단 말이야. 그래서야 원, 농장이 유지될 수 있겠나!'

'그래서는 안 되지요, 감독관님. 제 아들 녀석이라면 그럴 염려는 없습니다.'

하우케는 두 손을 호주머니에 찌르고 문지방 옆에 서서, 목을 뒤로 젖힌 채 맞은편 창문틀을 유심히 살펴보고 있었소.

감독관은 하우케를 올려다보더니 그를 향해 고개를 끄덕였소. '그럴 염려는 없지, 없어, 테데.' 그러고는 아버지에게도 고개를 끄덕거렸지. '당신 아들 하우케는 내 밤잠을 방해하진 않겠지. 학교 선생이 전에 그러더구먼, 하우케는 화주잔보다 주판 앞에 앉아 있는 걸 더 좋아한다고.'

하우케는 이렇게 자기를 칭찬하는 소리에 귀기울이지 않았소. 엘케가 들어와서 지나가듯이 그를 훑어보고는 날랜 손길로 남은 음식을 치웠으니까. 하우케의 눈길도 엘케에게 멈추었소. '웬걸, 그리 멍청하게 생기지도 않았는걸!' 하고 하우케는 혼잣말을 했지.

엘케가 밖으로 나갔소. '테데, 자네도 알다시피, 하느님께서는 나한테 아들을 주지 않으셨다네!' 감독관이 다시 말을 시작했소.

'그렇지요, 감독관님, 하지만 그걸로 마음 상하지는 마세요. 삼 대째에는 가문의 정신이 닳아 없어진다고 하지 않습니까. 감독관님 조부님께서 마을을 구했다는 건 우리 모두가 아직도 잘 알고 있죠!'

감독관은 잠깐 생각에 잠기는 듯하더니, 혼란스러운 표정을 지었소. '그게 무슨 말인가, 테데 하이엔? 내가 그 삼 대짼데!' 감독관은 이렇게 말하며 안락의자에서 허리를 곧추세웠소.

'예, 그래요! 나쁜 뜻이 아닙니다, 감독관님. 말이 그렇다는 거지요!' 여윈 테데 하이엔은 약간 짓궂은 눈빛으로 늙은 감독관을 쳐다보았죠.

감독관은 개의치 않고 말했다오. '늙은 여자들이 그런 미친 소리를 떠들게 내버려둬서는 안 되네, 데테 하이엔. 내 딸아이를 모르나본데, 걔는 나보다 세 배는 더 계산을 잘한다네! 내 말은, 자네 아들 하우케가 밭 말고 여기 내 방에서도 펜대나 분필을 손에 쥐고 몇 가지 배울 수 있을 거라는 얘기지. 그게 자네 아들한테 해가 되진 않겠지!'

'예, 예, 감독관님, 그럴 겁니다. 지당하신 말씀이죠!' 하이엔은 이렇게 말한 후, 그전날 아들이 생각하지 못했던 몇 가지 고용계약상의 특전을 조건으로 청하기 시작했소. 아들은 자기 임금에다가 가을에 아마로 만든 셔츠 외에 양모 양말 여덟 켤레를 추가로 받게 되었지. 그리고 봄에는 자기네 집안일 때문에 아들을 여드레간 데리고 가야 한다는 등 조건이 몇 가지 더 있었고. 감독관은 모든 조건을 수락했소. 감독관이 보기에는 하우케 하이엔이 작은 하인감으로 안성맞춤이었으니까.

'자, 얘야, 감독관이 너에게 세상이 어떤 곳인지 알게 해준다 해도, 하느님께서 널 보우하시길 바란다!' 두 부자가 감독관의 집을 떠날 때 아버지가 말했소.

그러나 하우케는 그저 조용히 대답했다오. '하느님 이야기는 관두세요, 아버지. 다 잘될 거예요.'

하우케의 말이 그리 틀리지는 않았다오. 세상이 어떤지는, 아무튼 감독관 집에서 머무는 세월이 길어질수록 더 분명해졌으니. 어쩌면 윗사람의 안목이 자신에게 도움이 되지 않을수록, 많은 것을 오로지 스스로의 힘으로 해내야 하면 할수록, 더욱 그랬던 듯싶소. 감독관의 집에는 하우케를 탐탁지 않게 보는 사람이 물론 있었다오. 바로 큰 하인 올레 페터스였는데 능력 있는 일꾼이자 입도 야무진 사내였소. 올레에게는 굼뜨고 멍청하고 맷집 좋은 이전의 작은 하인이 처음부터 구미에 더 맞았던 거지. 올레는 그자더러 귀리 한 통을 등에 지라 하며 마음대로 이리저리 부려먹을 수도 있었어. 그런데 말수는 더 적지만 지적으로는 자기보다 더 위인 하우케를 그런 식으로 대할 수가 없었거든. 하우케는 자기만의 독특한 시선으로 올레를 바라보았소. 그렇지만 올레는 아직까지 여물지 않은 하우케의 몸에 위험할 수도 있는 일을 잘도 찾아냈다오. 큰 하인이 '네가 뚱땡이 니스를 봤어야 하는데. 니스에겐 그건 일도 아니었을 거야' 라고 말하면, 하우케는 온 힘을 다해, 비록 아주 애를 먹긴 했지만, 그래도 끝까지 해치웠지. 엘케가 알아서 스스로, 아니면 자기 아버지를 통해 대체로 이런 일이 생기지 않도록 막을 수 있던 것이 하우케로서는 다행이라면 다행이었소. 전혀 낯선 그 두 사람을 서로 묶어주는 것이 무엇일까 궁금해할 수도 있겠군. 아마도—두 사람 다 계산에 재주를 타고났고, 처녀는 자기 동료가 거친 노동 때문에 망가지는 것을 차마 볼 수 없어서 그랬는지도 모르지.

성 마르틴 축일이 지나고 제방 관련 여러 가지 계산을 수정하게 되는 겨울에도 큰 하인과 작은 하인 사이의 다툼질은 줄어들지 않았소. 5월의 어느 저녁이었소. 하지만 날씨는 11월 날씨 같았지. 집안에서도 바깥 제방 뒤에서 나는 우레 같은 파도 소리가 다 들렸소. 그런데 감독관이 말한 거요. '어이, 하우케, 들어와서 네가 계산할 줄 아는지 증명해봐!'

'네, 주인님.' 하우케가 대답했지. 여기 이 지역에서는 고용주를 이렇게 부른다오. '하지만 우선 새끼 가축에게 풀을 먹여야 합니다.'

'엘케! 어디 있냐, 엘케! 올레한테 가서 새끼 가축들 좀 먹이라고 해라. 하우케는 계산을 해야 하니까!' 감독관이 외쳤소.

그래서 엘케는 서둘러 마구간으로 가, 낮 동안 사용했던 마구를 다시 제자리에 걸고 있던 큰 하인에게 주인의 말을 전했소.

올레 페터스는 걸대 옆에서 일을 하고 있다가 마치 박살이라도 낼 듯이 걸대에다 재갈을 내리쳤소. '빌어먹을 글쟁이 하인, 뒈져버려!'

엘케는 마구간 문을 닫기 전에 그 말을 들었지.

엘케가 방으로 들어오자 감독관이 물었소. '어떻더냐?'

'올레가 이미 그렇게 하려던 참이더라고요.' 딸은 입술을 약간 깨물면서 대답하고 나서, 하우케의 맞은편에 있는 거칠게 깎은 나무의자에 걸터앉았소. 그녀가 겨울밤에 직접 만든 것이었지. 엘케는 서랍에서 빨간 새 무늬가 있는 하얀 양말을 꺼내 뜨개질을 계속했소. 양말에 수놓인 다리 긴 새는 왜가리 아니면 황새 같았지. 하우케는 엘케의 맞은편에 앉아 계산에 푹 빠져 있었고, 정작 감독관은 안락의자에 앉아 졸린 듯 눈을 껌벅거리며 하우케의 펜대를 쳐다보고 있었소. 책상 위에는, 감독관의 집에서는 늘 그렇듯이, 수지 초 두 개가 타오르고 있었소. 납으로 틀을 짠 창문 두 개는 바깥에서 덧문을 내리고, 안으로 문을 잠가 둔 상태였소. 바깥에서 바람이 아무리 난리를 쳐도 안은 아늑했지. 하우케는 일을 하다가 가끔 머리를 들어 새 무늬가 있는 양말이나 갸름하고 조용한 엘케의 얼굴을 잠깐 바라보았소.

그때 안락의자에서 갑자기 요란스레 코 고는 소리가 났고, 두 젊은

이 사이에는 눈길과 미소가 오갔소. 숨소리는 점점 잦아들었지. 그래서 두 사람은 조금 이야기를 나눌 수 있었지만, 하우케는 무슨 말을 해야 할지를 몰랐다오.

그러나 엘케가 뜨개질감을 휙 추켜올리면서 완성된 새 무늬를 다 보여주자, 하우케가 책상 너머로 속삭였소. '엘케, 그걸 어디서 배웠어요?'

'뭘 배워요?' 하고 처녀가 물었소.

'새 무늬 짜는 거요.' 하우케가 말했소.

'이거요? 저 멀리 제방에 사는 트린 얀스한테요. 얀스는 뭐든 다 할 수 있죠. 전에 한때 우리 할아버지 밑에서 일했어요.'

'그때는 엘케가 태어나기 전이었죠?' 하우케가 물었어요.

'전일걸요. 하지만 얀스는 그뒤에도 우리집에 자주 왔어요.'

'얀스가 새를 좋아했어요? 고양이만 좋아하는 줄 알았더니.' 하우케가 말했지.

엘케는 고개를 저었소. '얀스는 오리를 키워서 팔죠. 그런데 지난봄에 당신이 앙고라 고양이를 죽인 뒤로 얀스의 집 뒤 오리 우리에 쥐가 나타났대요. 그래서 집 앞에 다른 우리 하나를 지으려 한다나봐요.'

'그렇군요.' 하우케는 이렇게 말하고 나지막한 소리로 휘파람을 불었소. '그러려고 고지대에서 진흙과 돌을 실어왔구나! 한데 그러면 오리 우리가 내부도로까지 나오게 되는데—허가를 받고 하는 건가요?'

'나는 몰라요.' 엘케가 말했소. 그런데 하우케가 마지막 말을 너무 큰 소리로 하는 바람에 졸고 있던 감독관이 버럭 소리쳤소. '뭐, 허가라고? 허가가 뭐 어쨌다고?' 감독관은 흥분해서 이렇게 물으며 두 사람을 번

같아 쳐다보았지.

그러나 하우케가 그 일에 대해 보고하자, 감독관은 껄껄 웃으며 그의 어깨를 툭툭 치는 것이었소. '어, 뭐야, 내부도로는 충분히 넓어. 하느님이 보우하사, 제방 감독관이 오리 우리까지는 염려하지 않아야 할 텐데!'

하우케는 자기가 노파 얀스와 그녀의 새끼 오리들을 쥐에게 넘겨준 것이 내심 마음에 걸리기도 해서, 감독관의 그 말로 만족하려고 했소. 그러나 하우케는 다시 이렇게 말했지. '그런데 주인님, 그런 사람들한테는 가볍게 경고를 주셔도 좋을 것 같은데요, 나리가 직접 하기 싫으시면, 제방 규칙을 감시해야 하는 제방 위원들을 다그치시지요!'

'뭐? 얘가 뭐라는 거야?' 감독관은 자리에서 일어나 앉았고, 엘케는 뜨던 양말을 손에서 내려놓고 건너편 하우케의 말에 귀를 기울였소.

'예, 주인님.' 하우케는 말을 이어갔소. '봄 감찰은 벌써 다 하셨습니다. 그런데도 페터 얀젠은 자기 땅의 잡초를 오늘까지도 뽑아내지 않았어요. 여름이 되면 또 도요새가 빨간 엉겅퀴꽃 주위를 좋아라 뛰놀걸요! 그리고 그 바로 옆에, 누구 땅인지 모르겠는데 제방 바깥쪽에 요람 모양으로 푹 패인 곳이 있어서요, 날씨가 좋을 때면 어린아이들이 항상 가득 모여 그 안에서 뒹굴고 놀죠. 그런데 홍수가 나면 거기가 큰일이거든요!'

감독관의 눈이 점점 커졌다오.

'그리고 또.' 하우케가 다시 입을 뗐소.

'또 뭐냐? 아직 다 안 끝났어?' 감독관이 물었소. 작은 하인이 이제 그만했으면 하는 것 같았소.

'네, 그리고, 주인님. 하르더스 위원의 딸, 뚱뚱한 폴리나 아시죠. 그 폴리나가 항상 자기 아버지 말을 목초지에서 몰아오거든요. 뚱뚱한 장딴지로 늙은 누런 암말 위에 앉아 이랴! 하면서 언제나 제방 비탈길을 비스듬하게 올라갑니다요!'

하우케는 그제야 엘케가 지혜로운 눈으로 그를 바라보며 머리를 살살 흔드는 것을 알아차렸소.

그는 입을 다물었지. 그러나 감독관이 주먹으로 책상을 내리치는 소리가 꽝 하고 울렸소. '한번 날벼락을 내려야겠군!' 느닷없이 터져나온 곰의 울부짖음 같은 목소리에 하우케는 깜짝 놀랐소. '벌금형이다! 그 뚱뚱이는 벌금형이라고 기록해둬, 하우케! 작년 여름에 그 처녀애가 내 새끼 오리 세 마리를 잡아가버렸어! 그래, 그래, 일단 적어놓으라고. 내 생각엔 네 마리였던 거 같아!' 감독관은 머뭇거리는 하우케에게 말했소.

'아이, 아버지, 오리를 잡아갔던 건 수달 아니었어요?' 엘케가 말했다오.

'큰 수달이라고?' 감독관은 씩씩대며 소리쳤소. '나도 뚱뚱한 폴리나하고 수달은 구별할 줄 알아! 아냐, 아냐, 오리 네 마리였어, 하우케—그런데 그것 말고 또 네가 떠들어대던 거 말이야. 올봄에 제방 국장하고 내가 우리집에서 같이 아침을 먹고 나서 네가 말한 그 잡초하고 네가 말한 그 웅덩이 옆을 지나갔지만, 우리 눈엔 아무것도 안 보이던걸. 그런데 너희 둘 말이야.' 감독관은 몇 번 의미심장하게 하우케와 자기 딸을 향해 고개를 끄덕이며 말했소. '너희가 제방 감독관이 아닌 걸 하느님께 감사드려! 눈은 두 개뿐인데—살펴야 하는 건 수백 가지라고!

하우케, 제방 보완공사 계산서를 들고 살펴보게. 녀석들이 너무 칠칠치 못하게 계산할 때가 많거든!'

그러고 나서 감독관은 다시 안락의자에 기대어 앉아 무거운 몸을 몇 번 심하게 움직이더니 곧장 무사태평하게 졸기 시작했소.

이런 비슷한 일이 저녁이면 왕왕 반복되었소. 하우케는 눈썰미가 있어서, 셋이서 같이 있을 때면 제방에 해가 되는 행동이나 업무태만을 감독관의 눈앞에 부지런히 들이밀었지. 감독관이 언제나 눈을 감고 있을 수는 없었기에, 업무상 관청으로 외출하는 일이 그전보다 눈에 띄게 잦아졌고, 이전에는 옛 관행대로 계속 잘못을 저지르고 있던 사람들이 느닷없이 자신들의 불법행위나 태만을 들키고는 억지로건 또 놀래서건 이 날벼락이 대체 어디서 왔나 주변을 두리번거리며 돌아보게 되었다오. 그러자 큰 하인 올레는 지체하지 않고 이 소식을 가능한 한 멀리 퍼뜨려서 주변 사람들 사이에 하우케와 그 아버지에 대한 반감이 생겨나게 만들었소. 그러나 불법에 연루되지 않거나 제방 일 자체를 중요하게 생각하던 사람들은 껄껄 웃으며, 하우케가 감독관을 뒤에서 밀어붙인 것을 기뻐했소. 그러면서 말하곤 했지. '저 머슴애가 습지를 웬만큼 가지고 있다면 좋을 텐데. 그러면 그 옛날에 있던 그런 훌륭한 제방 감독관이 또 하나 나오는 건데 말이야. 그치만 저 녀석 아버지가 가진 땅뙈기 몇 데마트*로는 어림없지!'

가을이 오자 지방관이자 제방 국장이 감찰을 나왔고, 아침을 함께하자고 졸라대는 테데 폴케르츠를 아래위로 훑어보며 이렇게 말했죠. '정

---

* 홀슈타인과 동프리슬란트에서 사용하던 면적 단위. 성인 남성 한 명이 하루 동안 풀을 맬 수 있는 면적을 기준으로 한다. 약 5700제곱미터다.

말이지, 제방 감독관, 당신 십 년은 더 젊어진 것 같군. 이번에는 감독관의 모든 제안이 날 흐뭇하게 했소. 그걸 우리가 오늘중으로 다 처리하기만 한다면 말이오!'

'국장님, 그렇게 될 겁니다, 그렇게 되고말고요.' 제방 감독관은 싱글거리며 대답했지. '이 거위구이가 원기를 북돋워줄 겁니다! 예, 다행히도, 저는 아직 원기 왕성합니다!' 그는 혹시 하우케가 주위에 있는지 방안을 둘러보았소. 그러고 나서는 점잖게 천천히 덧붙였소. '이렇게 제가 몇 년은 더 업무를 잘 볼 수 있기를 신께 바랄 뿐입니다.'

'자, 감독관, 그렇게 되도록 우리 축배를 듭시다!' 제방 국장은 자리에서 일어나며 말했소.

술잔이 마주치며 짤랑거리는 동안, 아침상을 준비하던 엘케가 미소를 머금으며 방을 나갔소. 그녀는 부엌에서 음식 쓰레기 한 바가지를 가지고 나와 바깥 문 앞에 있는 날짐승들에게 던져주러 외양간을 지나갔소. 외양간에서는 하우케 하이엔이 궂은 날씨 때문에 일찍 우리 안으로 들여놓은 소들을 먹이려 쇠스랑으로 풀을 쓸어 여물통에 넣어주고 있었지. 처녀를 보자 하우켄은 쇠스랑을 땅바닥에 꽂으며 '어, 엘케!' 하고 말했소.

엘케는 멈춰서서 그에게 고개를 끄덕였소. '네, 하우케, 좀전에 당신이 안에 있었어야 했는데!'

'그래요? 왜요, 엘케?'

'제방 국장이 아버지를 칭찬하셨거든요!'

'주인님을 칭찬했다고요? 근데 나는 왜요?'

'아니, 내 말은 제방 감독관을 칭찬했다는 거죠!'

하우케의 얼굴 위로 진한 홍조가 살짝 지나갔소. '알아요, 당신이 무슨 뜻으로 말하는지!'

'얼굴 붉히지 마요, 하우케. 국장한테 칭찬받을 사람은 사실 당신이에요!'

하우케는 미소를 머금고 엘케를 쳐다보았소. '엘케 당신도 칭찬받아야 할 사람이지요!' 하고 하우케는 말했소.

그러나 엘케는 고개를 저었지. '아녜요, 하우케, 내가 혼자 아버지를 도왔을 때는 그렇게 칭찬받은 적이 없었어요. 난 계산밖에 할 줄 몰라요. 하지만 당신은 감독관이신 아버지가 직접 봐야 하는 바깥일까지 모든 걸 다 보고 있죠. 당신이 날 밀어냈어요!'

'그럴 생각은 아니었어요. 더구나 당신을 밀어내다뇨.' 하우케는 머뭇거리며 말하고는 암소 머리를 옆으로 치웠소. '자, 얼룩아, 쇠스랑까지 먹으려 하면 어떡해!'

'내가 기분 상했다고 생각하지는 마요, 하우케.' 처녀는 잠깐 생각하고 나서 말했소. '그런 일은 보통 남자들이 하는 일이잖아요!'

그러자 하우케가 엘케 쪽으로 팔을 뻗었소. '엘케, 손 좀 줘봐요!'

엘케의 검은 눈썹 아래가 새빨갛게 물들었다오. '왜요? 난 거짓말하는 게 아닌데!' 그녀가 큰 소리로 말했지.

하우케가 뭐라고 대답하려 했지만 엘케는 벌써 외양간을 나가버렸고, 하우케는 손에 쇠스랑을 든 채, 바깥에서 엘케 주위에 몰려든 오리와 닭이 파닥거리고 꼬꼬거리는 소리를 들으며 서 있을 뿐이었지.

하우케가 일한 지 삼 년째 되던 해 1월 겨울축제가 열렸소. 이 지방 사람들이 '아이스보젤른'이라고 부르는 축제지. 바닷바람은 가라앉아도 한파가 계속되면 습지 사이의 고랑이란 고랑이 다 단단하고 판판한 수정판이 되어 울퉁불퉁하던 땅 위에 넓은 선로가 생기는데, 안에 납을 부어 만든 작은 나무공을 그 위로 던져서 과녁을 맞히는 놀이를 한다오. 날이면 날마다 가벼운 북동풍이 불었지만, 모든 게 아무 문제 없었소. 작년에는 소택지 너머 동쪽에 자리한 교회마을의 고지대 사람들이 이겼는데, 이번에는 그들이 도전을 받아 응전하기로 한 것이었지. 양쪽에서 각각 아홉 명씩 투수가 뽑혔고 주심과 심판원도 정해졌소. 애매하게 던진 공에 시비가 붙을 경우 같이 협상해야 하는 심판원으로는 언제나 사리를 분명히 가릴 줄 아는 사람들이 뽑혔는데, 건전한 상식뿐 아니라 입담도 갖춘 젊은이를 제일 선호했다오. 이런 사람들 중에는 특히 제방 감독관의 큰 하인인 올레 페터스가 늘 끼어 있었지. '악마처럼 던지기나 하시구랴, 입으로 떠드는 건 내가 돈 안 받고 해줄 테니!' 올레가 이렇게 말했소.

축제 전날 저녁이었소. 건너편 고지대의 교회 주점 별실에는 마지막 신청자들을 받아들일지 결정하기 위해 투수들이 나와 있었소. 하우케 하이엔도 신청자 명단에 끼어 있었지. 하우케는 자기 팔이 던지기 연습으로 잘 단련됐다는 걸 알고 있었지만, 투수로는 참가하지 않을 생각이었소. 경기에서 명예직을 가지고 있는 올레 페터스에게 퇴짜를 맞을까 봐, 그런 패배를 맛보고 싶지는 않았던 거지. 그런데 엘케가 마지막 순간 그의 생각을 돌려놓은 거요. '하우케, 올레는 감히 그렇게 못할 거예요. 올레는 한낱 일용직 일꾼의 아들이지만, 당신 아버지는 소도 있고 말도 있고, 게다가 이 마을에서 가장 현명한 분이라는 명망도 있잖아요!' 엘케가 말했소.

'그래도 올레가 결국 그렇게 하면요?'

엘케는 짙은 두 눈으로 하우케를 향해 눈웃음을 지으며 말했소. '올레가 그렇게 하면, 저녁 때 주인댁 딸과 아무리 춤추고 싶어도 헛물만 켜게 되는 거죠!' 그러자 하우케는 엘케를 향해 용감하게 고개를 끄덕였소.

공 던지기 놀이에 참가하고 싶은 젊은이들이 교구 주점 앞에 모여 몸을 덜덜 떨고 발을 동동거리며, 술집 옆에 있는 암벽덩어리로 지은 교회의 첨탑을 올려다보고 있었소. 여름이면 마을의 밭에서 모이를 찾아먹던 목사관 비둘기들은 방금 전까지 농부의 앞마당과 창고에서 낱알을 찾다가 이제 돌아와 교회탑 뒤에 있는 둥지를 찾아 탑의 널빤지 밑으로 사라졌고. 서쪽 해안 위에는 불타는 저녁놀이 걸려 있었지.

'내일 날씨 좋겠군!' 젊은 총각 하나가 말하면서 이리저리 서성거리기 시작했소. '근데 춥구나! 추워!' 날아다니던 비둘기가 더이상 보이지 않자, 한 총각이 안으로 들어가서는 방문 옆에 서서 귀를 세우고 엿들었소. 방안에서는 여러 사람들이 설왕설래하는 소리가 들렸다오. 제방 감독관의 작은 하인인 하우케도 총각 옆으로 다가가 섰지. '들어봐, 하우케, 자네에 대해서 큰 소리가 오가고 있어!' 하고 총각이 일러줬소. 올레 페터스의 걸걸한 목소리가 또렷이 들려왔소. '작은 하인과 애는 안 돼!'

'이리 와.' 총각은 작은 소리로 속삭이며 하우케의 소매를 잡아 방문 쪽으로 끌고 가려 했소. '여기서 들으면 저 사람들이 자네를 얼마나 높이 평가하는지 알 수 있어!'

그러나 하우케는 총각을 뿌리치고 다시 집 앞으로 나와버렸다오. '엿들으라고 우리를 내보내고 문을 닫은 건 아니잖아!'

집 앞에는 세번째 신청자가 서 있었소. 그가 말했지. '난 걱정돼, 문제가 하나 있어서. 아직 열여덟 살이 안 됐거든. 세례증서를 내놓으라고 안 하면 좋겠는데! 하우케, 넌 네 큰 하인이 잘 봐줄 거야!'

'그래, 잘 봐주겠지!' 하우케는 투덜거리며 돌멩이 하나를 길 위로 휙 찼소. '안 뽑히도록 말이야!'

방안의 소란은 더 커졌다오. 그러다가 점점 조용해졌지. 바깥에서 기다리던 사람들은 교회 첨탑에 부딪치는 나지막한 북동풍 소리를 듣고 있었고. 방안의 소리를 엿듣고 있던 총각이 다시 돌아왔소. '누구를 뽑았어?' 열여덟 살짜리가 물었소.

'저 사람!' 하고 그 총각은 하우케를 가리키며 말했소. '올레 페터스가 하우케를 애 취급했지만, 모두가 그건 아니라고 고함쳤어. 그리고 하우케의 아버지에겐 가축과 땅이 있다고 예스 한젠이 말했어. '그래, 땅이 있지, 수레로 열세 번 퍼나르면 다 없어질 땅!' 하고 올레 페터스가 말했고. 맨 마지막에 올레 헨젠이 말하는 거야. '거기 조용히 하라고! 내가 하나 가르쳐주지. 마을에서 제일 높은 사람은 누군가?' 그러자 모두들 일단 입을 다물고 생각하는 것 같더라. 그러다가 누가 말하더군. '그건 제방 감독관이지!' 그러자 모든 사람들이 대답했어. '그럼, 우리 제방 감독관이지!' '그런데 대체 누가 제방 감독관이지?' 하고 올레 헨젠이 다시 소리쳤어. '이제 곰곰이 잘 생각해보라고!' 그러자 한 사람이 작은 소리로 웃기 시작하더니, 그다음 또 한 사람이 웃고, 마지막에는 방이 전부 웃음바다가 됐어. '그러니까, 그를 불러오라고. 자네들 제방 감독관을 문 앞에서 내쫓을 순 없잖아!' 저 안에서는 아직도 웃고 있을걸. 하지만 올레 페터스의 목소리는 더이상 안 들리더라!' 방 안을 엿듣던 총각은 이렇게 이야기를 끝냈소.

그와 거의 동시에 방문이 활짝 열리더니 '하우케! 하우케 하이엔!' 하고 부르는 사람들의 목소리가 크고 명랑하게 밤하늘에 울려퍼졌지.

하우케가 안으로 들어갔을 때는, 도대체 누가 감독관이냐는 이야기들은 더이상 나오지 않았다오! 그때 하우케의 머릿속에 무슨 생각이 깨어나고 있었는지 누가 알 수 있겠나.

얼마 뒤 주인집에 다 왔을 때, 하우케는 진입로의 울타리 옆에 서 있는 엘케를 보았소. 하얗게 서리가 내린 넓고 넓은 초원 위로 달빛이 은은히 반짝이고 있었지. '엘케, 여기 서 있었어요?' 하우케가 물었죠.

엘케는 그저 고개만 끄덕였소. '어떻게 됐어요?' 하고 엘케가 물었지. '올레 페터스가 그렇게 했나요?'

'그렇게 안 할 리가 있나요!'

'그래서 어떻게 되었어요?'

'그래요, 엘케, 내가 내일 시합에 나갈 수 있게 됐어요!'

'잘 자요, 하우케!' 엘케는 이렇게 말하고는 재빨리 둔덕을 올라가서 집안으로 사라졌소.

하우케는 그녀의 뒤를 천천히 따라갔다오.

오후가 되자 제방 육지면의 동쪽으로 쭉 펼쳐진 넓은 목초지에 사람들이 새까맣게 몰려들었는데, 처음에는 그 많은 사람들이 꼼짝도 않고 가만히 서 있었소. 그러나 나무로 만든 공이 낮의 햇살을 받아 서리가 녹은 땅바닥 위를 두 번 구르고 나자, 바로 움직이면서 뒤쪽에 자리 잡은 길쭉하고 납작한 집들에서 점점 멀리 옮겨가는 것이었소. 늙은이들과 젊은이들에게 둘러싸인 채 가운데 서 있는 아이스보젤른 경기의 양쪽 참가자들은 거주지가 소택지나 고지대인 사람들이었소. 긴 윗도리를 걸친 나이 지긋한 남자들은 짤막한 파이프로 심각하게 담배를 피우고 있었고, 여자들은 머플러와 재킷을 걸치고 아이들 손을 잡고 있거나 혹은 아이를 품에 안고 있었지. 사람들이 차츰차츰 자리를 옮기며 하나씩 거쳐온 꽁꽁 언 고랑들 위로 오후 태양의 창백한 햇살이 뾰족한 갈대 끝 모서리를 뚫고 번뜩거렸지만, 공기는 아주 차갑게 얼어붙어 있었소. 하지만 공놀이는 멈추지 않고 계속 진행되었고, 모든 사람의 눈이 날아간 공을 쫓고 또 쫓았지. 오늘 그 공에 온 마을의 명예가 달려 있었으니까. 이쪽 심판은 끝이 뾰족한 흰색 쇠막대를 들고 있었고, 고지대의 심판이 든 막대는 검은색이었소. 공이 멈춰서면, 상대편 사람들의 말없는 인정 속에서 혹은 왁자한 비웃음 속에서 막대가 얼어붙은 땅바닥에 내리박혔고, 이렇게 해서 목표 지점에 먼저 도달한 쪽이 승리하는 것이었지.

모두들 말은 별로 하지 않았소. 누군가 공을 멋지게 던지면 젊은 남자들과 여자들의 탄성이 들렸지. 노인 중에는 파이프를 입에서 빼 투수의 어깨를 톡톡 치면서 '차하리스가 던지기란 이런 것이다, 하며 제 마누라를 창밖으로 던졌지!'라고 하거나 '자네 선친께서도 그렇게 던졌어. 하느님이 그를 영원히 보우하시길!'이라고 하거나 또다른 덕담을 던지는 사람들도 있었다오.

맨 처음 던질 때 하우케는 운이 없었소. 공을 던지기 위해 팔을 뒤쪽으로 뻗었을 때, 방금까지 구름에 덮여 있던 해가 나와 강렬한 햇빛이 하우케의 눈을 쏘았거든. 너무 짧게 던져진 공은 도랑에 떨어져 살얼음판에 박혔지.

'무효야! 무효! 하우케, 다시 한번 던져.' 같은 편 사람들이 소리질렀소.

하지만 고지대 심판이 반대하며 뛰어나왔소. '유효라고 봐야지! 던진 건 던진 거니까!'

'올레! 올레 페터스!' 소택지의 젊은이들이 소리쳤소. '올레는 어디 있어? 젠장, 어디에 처박혀 있는 거야?'

그런데 올레는 이미 거기에 있었다오. '그렇게 고함지르지 마! 하우케는 좀 어설픈 데가 있다니까! 내 그럴 줄 알았어.'

'에이, 뭔 소리야! 하우케는 한 번 더 던져야 해. 자네 입이 제대로 달려 있는지 한번 보여주라고!'

'물론이지!' 올레는 이렇게 대답하고는 건너편에 서 있는 고지대 심판관에게 다가가 이러쿵저러쿵 잔뜩 떠들어댔지. 하지만 다른 때 같으면 그의 말에서 번득였을 날카로움이 이번에는 보이지 않았소. 그 옆에서 의아스러워하며 눈썹을 치켜뜬 처녀가 성난 눈으로 올레를 쳐다보고 있었소. 하지만 이야기를 할 수는 없었다오. 공놀이에서 여자들은 발언권이 없거든.

'자네는 말도 안 되는 소리를 자꾸 하고 있어. 이치에 안 맞다고! 해, 달 그리고 별은 우리 모두에게 공평하게 하늘에 떠 있지. 던지기가 서툴렀어. 그리고 서투른 던지기도 어쨌든 유효한 거야!' 다른 심판이 소리쳤지.

이렇게 한참 더 실랑이를 벌였다오. 하지만 심판장의 결정에 따라 하우케는 다시 공을 던질 수 없었소.

'앞으로!' 하고 고지대 사람들이 소리치자 그쪽 심판이 검은 막대를 땅에서 뽑았고, 번호가 불린 투수가 나와 공을 날렸소. 제방 감독관네 큰 하인이 그 던지기를 보려면 어쩔 수 없이 엘케 폴케르츠 옆을 지나가야 했지. '오늘 누구 좋으라고 정신줄을 집에 놓고 나왔어요?' 앨케가 올레에게 목소리를 낮게 깔고 말했소.

그러자 올레는 격노하다시피 해서 엘케를 쳐다보았는데, 그 넙데데한 얼굴에서 즐거운 기색이 싹 달아나버렸지. '아가씨 좋으라고요! 아가씨도 정신줄을 놓고 있으니까!'

'그만 가세요, 내가 당신을 잘 알아요, 올레 페터스!' 엘케는 몸을 곧추세우며 대꾸했소. 올레는 고개를 획 돌리며 못 들은 척했소.

경기가 계속 진행되면서 검은 막대와 흰 막대도 앞으로 나아갔소. 다시 하우케가 던질 차례가 됐고, 이번에 던진 공은 목표 지점인 커다란 흰색 통이 선명하게 보이는 데까지 멀리 날아갔다오. 하우케는 이제 탄탄한 젊은 청년이었는데, 소년 시절부터 매일같이 수학과 던지기를 익혀왔지. '와아, 하우케!' 사람들 사이에서 탄성이 터져나왔소. '대천사 미카엘이 직접 던져주신 것 같은데!' 과자와 브랜디를 든 노파가 사람들 틈을 비집고 하우케에게 다가와 한 잔 가득 따라주며 권했소. '자, 오늘 화해함세. 자네가 내 고양이를 때려죽였던 때보담 오늘이 더 좋구먼!' 노파를 바라보니, 트린 얀스였소. '고맙네요, 할멈. 하지만 술은 안 마셔요.' 하우케는 호주머니에서 1마르크짜리 새 동전을 꺼내 노파의 손에 쥐여주었소. '이거 받고, 술은 할멈이 드시고요. 트린, 그럼 우리

이제 화해한 겁니다!'

'그래, 하우케!' 트린은 하우케의 말대로 돈은 챙기고 술은 자기가 들이켰지. '자네 말이 맞아. 그렇게 하는 게 나 같은 늙은이한테도 좋고!'

'오리들은 어때요?' 하우케는 노파가 바구니를 들고 가는 뒷모습을 향해 소리쳤소. 하지만 노파는 뒤도 돌아보지 않고 그저 고개만 흔들며 늙어 쭈글쭈글한 손을 허공에 대고 휘휘 저었지. '없어, 하나도 없어, 하우케. 너희 도랑에 하도 쥐가 많아서 말이야. 하느님, 절 보우하소서. 다른 걸 해서 먹고살아야 되는 건지, 원!' 그러더니 노파는 사람들 틈으로 파고들어서는 다시 여기저기에 브랜디와 꿀과자를 권하는 것이었소.

마침내 해가 제방 뒤로 떨어졌소. 해가 없어지자 붉은 기가 도는 보라색 노을이 떠올라왔지. 검은 까마귀가 그 아래로 날아 지나가는데 순간적으로 마치 금박을 입힌 듯이 보였소. 저녁이 된 거요. 습지 풀밭에서는 새까맣게 무리 지은 사람들이 멀리 시커멓게만 보이는 집들에서 통 쪽으로 차츰차츰 가까이 옮겨가고 있었소. 이제 아주 세게 잘만 던지면 한번에 통에 닿을 수 있는 거리였지. 소택지 사람들 순서가 왔고. 하우케가 던지게 되었소.

석회를 칠한 통이 습지 위에 널찍하게 드리워진 제방의 저녁 그림자 속에서 하얗게 두드러져 보였소. '이번에도 저 통은 우리 차지일 거야!' 고지대 사람들 중 누군가가 소리쳤소. 고지대 사람들이 거의 목표 지점에 근접해 있었으니까. 최소한 10피트*는 앞서고 있었거든.

하우케의 홀쭉한 모습이 사람들 틈에서 걸어나왔소. 프리슬란트인

---

* 1피트는 약 30센티미터다.

특유의 길쭉한 얼굴에 회색 눈동자를 지닌 하우케는 앞쪽의 통을 보고 있었고, 늘어뜨린 손에는 공이 들려 있었지.

그 순간 자신의 귀에 대고 '저 새는 너한테 너무 큰 것 같은데'라고 말하는 올레 페터스의 걸걸한 목소리가 들렸소. '저 통을 회색 냄비로 바꿔줘야 할까나?'

하우케는 고개를 돌리고 흔들림 없는 눈빛으로 올레를 노려보았소. '난 소택지를 위해 공을 던진다! 넌 대체 어느 편이야?'

'나도 소택지 편이라고 생각해. 넌 엘케 폴케르츠를 위해 던지잖아!'

'비켜!' 하우케가 소리치며 다시 자세를 잡았소. 하지만 올레는 머리를 더 바짝 들이댔지. 그때 갑자기, 하우케가 어떻게 손쓰기도 전에 웬 손이 훼방꾼을 낚아채서는 뒤쪽으로 끌고 갔고, 올레가 질질 끌려가며 비칠비칠 몸을 부딪쳐대는 모습에 사람들이 웃어댔소. 올레를 낚아챈 것은 결코 우람한 손이 아니었다오. 하우케가 언뜻 돌아보니 옆자리에선 상기된 얼굴에 검은 눈썹이 화난 듯 치켜올라간 엘케 폴케르츠가 소매 매무새를 바로잡고 있었소.

그러자 하우케의 팔에 강철 같은 힘이 솟구쳤소. 그는 약간 몸을 수그린 채 공을 손에 들고 몇 차례 무게를 가늠해보았지. 그가 팔을 뒤로 젖히자, 양편은 모두 쥐죽은 듯 조용해졌다오. 모든 사람의 눈이 날아간 공의 뒤를 좇았고, 공이 공기를 가르는 소리가 들렸소. 던지기 지점에서 멀리 떨어진 곳에서 갑자기 한 마리 은갈매기가 소리를 내지르며 제방에서 날아오르는 바람에 그만 날개에 공이 가려져버렸소. 그와 동시에 멀리서 '탁' 하고 통에 부딪치는 소리가 들려온 거요. '하우케, 만세!' 소택지 사람들이 소리쳤고, '하우케! 하우케 하이엔이 이겼다!' 하는 소리가 수런수런 요란하게 번져나갔지.

모든 사람이 주위에서 몰려들었지만, 하우케는 옆에 있는 손 하나만 붙잡았다오. 사람들이 다시 '하우케, 왜 그냥 서 있어? 공이 통을 맞혔어!' 하고 소리치는데도, 하우케는 고개만 끄덕거릴 뿐 그 자리를 떠나지 않았소. 자기가 붙잡았던 작은 손이 자기 손에 꼭 쥐여 있다는 것을 알아차린 뒤에야 하우케는 말했소. '말씀하신 게 맞을 겁니다. 저도 이겼다고 생각해요!'

그후 모두들 집으로 돌아가기 시작했고, 엘케와 하우케는 각각 따로 떨어진 채 무리에 휩쓸려 감독관의 둔덕 옆에서 고지대 쪽으로 굽어 올라간 곳에 있는 술집 쪽으로 걸었소. 그러나 둔덕에서 두 사람은 무리를 빠져나와, 엘케는 자기 방으로 가고, 하우케는 둔덕 위 집 뒤 축사 문 앞에 서서 시꺼먼 인파가 느릿느릿 교회 주점으로 올라가는 것을 바라보았소. 주점에는 춤출 사람들을 위한 방이 준비되어 있었지. 어둠이 점점 넓게 퍼져나갔소. 주변이 점차 고요해졌고, 등 뒤의 축사에서 가축들만 움직이고 있었소. 위쪽 고지대 주점에서 연주하는 클라리넷 소리가 벌써 들려오는 것 같았소. 그때 집 귀퉁이를 돌아서 옷자락이 사그락거리는 소리가 들렸고, 작고 또박또박한 발걸음이 목초지를 거쳐 고지대로 난 오솔길을 올라가는 소리도 들렸소. 하우케는 어스름한 어둠 속에서도 걸어가는 그 모습이 엘케라는 것을 알아보았지. 엘케도 춤을 추러 술집으로 가는 거였다오. 하우케의 목에 뜨거운 피가 솟구쳐 올랐소. 그녀 뒤를 좇아 함께 가야 하지 않을까? 하지만 하우케는 여자 앞에서는 영웅이 못 되었소. 고민만 하다가 그냥 멀거니 서서 어둠 속 엘케를 시야에서 놓쳐버리고 말았지.

엘케를 따라잡아야 하나 걱정할 일도 없어지고 나자, 하우케 역시 엘케와 같은 길을 걸어 마침내 교회 옆 술집에 닿았는데, 술집 앞과 복도에 몰려든 사람들의 떠들어대는 소리며 고함소리, 그리고 바이올린과 클라리넷이 내는 쇳소리가 어찌나 윙윙대던지 정신이 다 나갈 정도였소. 하우케는 별 생각 없이 '길드 홀'로 같이 밀려들어갔소. 홀은 그리 크지 않았고, 한 발 앞조차 보이지 않을 만큼 사람들로 꽉 들어차 있었지. 하우케는 입을 다물고 문기둥 옆에 서서 소란스러운 무리를 바라보았소. 사람들이 꼭 바보같이 보였소. 오늘 오후에 있었던 경기를 아직도 기억하며 한 시간 전 공 던지기 경기에서 이긴 사람을 누가 알아볼까 염려할 필요는 전혀 없을 듯했소. 모두들 자기 파트너만 쳐다보며 빙글빙글 돌고 있었으니까. 하우케의 눈은 오직 한 여자만을 찾고 있었는데, 마침내 그 여인이 있는 것이 보였소—바로 저기! 엘케는 사촌인 젊은 제방 위원과 춤을 추고 있었지. 엘케가 금세 시야에서 사라져버렸다오. 하우케로서는 아무 관심이 없는 소택지와 고지대의 다른 여자들만 보였고 말이오. 바이올린과 클라리넷 소리가 갑자기 뚝 멈추더니 춤도 끝났소. 하지만 곧 다시 다른 춤이 시작됐지. 머릿속에서 엘케가 과연 약속을 지킬까, 올레 페터스와 춤을 추며 자기 옆을 지나가지는 않을까 하는 생각이 스쳐갔소. 그런 생각을 하다보니 하마터면 소리를 지를 뻔했소. 그렇다면—만약 정말 그러면, 어떻게 한다지? 하지만 이번 춤에 엘케는 전혀 참여하지 않은 듯했고, 마침내 이번 춤도 다 끝나 다른 춤, 한창 유행하는 투스텝이 이어졌소. 미친 듯이 음악이 시작되자, 젊은 남자들이 아가씨들에게 달려갔고, 벽에 걸린 등불도 일렁거렸지. 하우케는 목을 길게 빼고, 춤추는 사람들을 살펴보았소. 그런데 저기 세번째 쌍에 올레 페터스가 있었소. 같이 추는 사람은 누구지? 덩치가 큰 습지대 총각 하나가 앞에 서 있는 탓에 상대의 얼굴이 가려져 있었소! 그러나 춤은 자꾸 빨라졌고, 올레가 자기 파트너와 함께 빙그르르 돌았소. '폴리나! 폴리나 하르더스다!' 하우케는 하마터면 소리를 지를 뻔하다가, 바로 안도의 한숨을 내쉬었소. 그런데 엘케는 어디 있을까? 춤출 짝이 없는 걸까, 아니면 올레와 추기 싫어 춤을 청하는 남자를 모두 거절했을까? 음악이 다시 끝나고, 새 춤이 시작되었소. 하지만 엘케는 역시 보이지 않았지! 그런데 올레가 뚱뚱한 폴리나를 여전히 팔에 안은 채 새 춤 대열에 끼어 있는 거요. '그래, 그래. 25데마트를 가진 예스 하르더스도 곧 은퇴하셔야겠군! 그런데 엘케는 어디에 있지?' 하우케는 혼잣말을 했소.

하우케는 문설주 자리를 벗어나 자꾸 홀 안으로 밀고 들어갔소. 그러다 어느 순간 문득 그녀 앞에 서 있었지. 엘케는 구석에서 자기보다 나이가 더 많은 친구와 같이 앉아 있었소. '하우케!' 엘케가 갸름한 얼굴로 그를 올려다보며 말했소. '여기 있었어요? 난 당신이 춤추는 건 못 봤는데!'

'나도 춤 안 췄어요.' 하우케가 대답했소.

'왜요, 하우케?' 엘케는 몸을 반쯤 일으키며 물었소. '나랑 출래요? 올레가 추자는 걸 허락 안 했어요. 다시는 안 올 거예요!'

그러나 하우케가 춤출 준비를 하지 않는 거요. '고마워요, 엘케. 하지만 나는 잘 못 춰요. 사람들이 당신을 비웃을 거예요, 그러면……' 하우케는 갑자기 말문이 막힌 듯 잿빛 눈으로, 마치 나머지 말은 두 눈으로 할 수밖에 없다는 듯이 진심을 담아 엘케를 바라보았소.

엘케가 조용히 물었소. '무슨 말이죠, 하우케?'

'내 말은, 엘케, 나에게 오늘 하루는 이 이상 더 좋을 수 없어요.'

'그래요, 당신이 경기에서 이겼지요.'

'엘케!' 하우케는 거의 들리지 않는 소리로 엘케를 재촉했소.

그러자 엘케의 얼굴이 새빨갛게 달아올랐지. '가요! 왜 그러는데요?' 그러고는 눈을 내리깔았소.

엘케의 친구가 어떤 총각의 춤 신청을 받고 나갔을 때, 하우케는 큰 소리로 말했다오. '엘케, 난 경기에서 이긴 것보다 더 좋은 것을 얻었다고 생각해요!'

엘케는 한참을 눈을 내리깔고 바닥만 쳐다보고 있었소. 그러다가 천천히 눈을 들었는데, 그녀 본성의 차분한 힘이 실린 눈길이 하우케의 눈과 마주치자, 마치 여름의 바람처럼 무언가가 하우케의 마음속으로 밀려들어오는 것이었소. '하우케, 당신 마음이 시키는 대로 해요! 우린 서로의 마음을 잘 알고 있잖아요!' 엘케가 말했소.

그날 저녁 엘케는 더이상 춤추지 않았고, 두 사람은 집으로 돌아오는 길에 서로 손을 잡고 있었소. 창공에서 별들이 말없이 고요한 소택지 위를 반짝거리며 비췄지. 가벼운 동풍에 매서운 추위가 실려왔지만, 두 사람은 목도리도 숄도 두르지 않고, 갑자기 봄이라도 찾아온 듯 걸어갔다오.

하우케는 물건 하나를 생각해두고 있었소. 그 물건을 적절히 쓰는 날이 미래의 어느 날일지 불확실하지만, 그걸로 조용한 축하의 자리를 준비할 생각이었소. 그래서 그다음 일요일, 시내의 늙은 금세공사 안데르젠에게 가서 굵은 금반지를 하나 주문했지. '손가락 내보게나, 굵기를 재야지!' 하고 안데르젠은 하우케의 약지를 잡았소. '그런데 자네 같은 사람들과 달리 자네 손가락은 그렇게 굵지 않은걸!' 그러나 하우케는 '새끼손가락을 재주세요!' 하며 새끼손가락을 내밀었소.

금세공사는 좀 놀라며 하우케를 쳐다보았소. 하지만 농사꾼 총각애가 무슨 생각을 하는지 자기와는 아무 상관이 없었지. '그럼 처녀애들 반지 중에서 하나를 찾아야겠어!' 금세공사가 말하자, 하우케의 두 뺨이 빨개졌다오. 마침 작은 금반지 하나가 새끼손가락에 딱 맞아서, 하우케는 금반지를 사기로 하고 서둘러 반짝거리는 은화로 값을 지불했지. 마치 성대한 의식을 치르는 듯이 두근두근 심장이 방망이질하는 소리를 들으며 하우케는 반지를 조끼 주머니에 넣었소. 그때부터는 마치 조끼 주머니가 반지를 담기 위해 달려 있다는 양 초조함과 뿌듯함을 느끼며 반지를 매일 넣고 다녔다오.

그렇게 반지를 늘 넣고 다니니까, 옷을 갈아입을 때면 반지를 이 조끼 주머니에서 새 조끼 주머니로 옮겨넣어야 했소. 반지가 주머니에서 해방될 기회는 아직 생길 기미가 보이지 않았지. 주인 앞에 바로 나설까 하는 생각도 물론 머릿속을 스쳤소. 자신의 아버지 역시 여기 토착민이니까 안 될 것도 없을 듯했지! 하지만 좀더 차분하게 생각해보면, 제방 감독관이 작은 하인인 자기를 비웃고 말 것이 분명했소. 그렇게 해서 하우케와 제방 감독관의 딸은 서로 옆에서 그냥저냥 나날을 보냈소. 엘케 역시 처녀답게 아무 소리 안 했지만, 두 사람은 언제나 손을 잡고 다니는 것 같았다오.

겨울 축제가 있고 나서 일 년 뒤 올레 페터스는 일을 그만두고 폴리나 하르더스와 결혼식을 올렸소. 하우케가 예상한 대로 폴리나의 아버지는 은퇴를 했고, 이제는 뚱뚱한 딸 대신 유쾌한 사위가 누런 암말을 타고 목초지로 가서, 전에 그 딸이 그렇게 했듯이, 돌아오는 길에는 언제나 제방을 거꾸로 거슬러 올라갔지. 하우케는 큰 하인이 되었고, 더 어린 총각이 그의 자리에 들어왔소. 처음에 제방 감독관은 하우케를 큰 하인으로 올려주려고 하지 않았소이다. '작은 하인으로 있는 게 더 나아!' 혹은 '여기 서재에 재가 필요하다고!' 감독관은 중얼거리곤 했지. 그러나 엘케가 '아버지, 그럼 하우케가 떠날 거예요!' 하고 반대하자 감독관은 불안해졌고, 그렇게 해서 하우케는 결국 큰 하인으로 승진했는데, 그래도 예전처럼 제방 감독 일을 계속 도왔다오.

다시 일 년이 지나자 하우케는 엘케에게 자기 아버지가 많이 쇠약해져서, 주인이 여름에 아버지 농장에 보내주는 며칠로는 더이상 안 되겠다고 털어놓기 시작했소. 아버지가 힘든 상황인데, 자식으로서 더이상 그냥 지켜볼 수만은 없다는 것이었소. 여름 저녁날이었지. 두 사람은 황혼 속에서 집 앞 커다란 물푸레나무 아래 서 있었소. 엘케는 한동안 말없이 물푸레나무 가지를 올려다보았소. '나는 아무 말도 하고 싶지 않았어요, 하우케, 난 당신 스스로 옳은 결정을 내릴 거라고 믿었거든요' 하고 엘케가 말했소.

'그럼 난 이 댁에서 떠나야 해요, 그리고 다시 돌아올 수 없어요.' 하우케가 말했소.

두 사람은 한동안 입을 다물고, 제방 저 너머 바닷속으로 떨어진 붉은 저녁노을을 바라보았소. '당신이 알아야 할 게 있어요. 오늘 아침에 당신 아버지한테 가봤는데, 안락의자에서 잠이 드셨더라고요. 제도용

펜을 손에 들고 계셨고 탁자 위에는 반쯤 그린 제도용 판이 놓여 있더군요. 아버님께서 잠에서 깨셔서 나와 십오 분가량 힘겹게 이런저런 이야기를 나누었는데, 내가 일어나 가려고 하자 아주 불안해하시며 내 손을 붙들고 못 가게 하셨답니다. 마치 마지막이 될까봐 두려워하시는 것 같더라고요. 하지만……'

엘케가 더 말하기를 머뭇거리자, '하지만 뭐요, 엘케?' 하고 하우케가 물었소.

엘케의 뺨 위로 눈물이 몇 방울 흘렀소. '하지만 전 그저 제 아버지만 생각했어요. 당신이 없으면 우리 아버지는 힘드실 거예요.' 그러고는 이 말을 용기를 내서 할 수밖에 없다는 듯이 덧붙였소. '우리 아버지도 죽음을 준비하시는 듯싶을 때가 많아요.'

하우케는 아무 대답도 하지 않았소. 갑자기 조끼 주머니 속의 반지가 움직이는 것처럼 가슴이 뭉클했지. 하지만 이 예상치 못한 삶의 충동에 대한 자신의 불쾌감을 억누르기도 전에 엘케는 계속 말을 이었소. '아녜요, 화내지 마요, 하우케! 당신도 그렇게는 우리를 떠나지 않을 거라고 난 믿어요!'

그러자 그는 황급히 그녀의 손을 붙들었고, 엘케도 굳이 손을 빼지 않았다오. 한참 동안 젊은 두 사람은 깊어가는 어둠 속에서 그렇게 나란히 서 있다가, 손을 놓고 헤어졌소. 돌풍이 일더니 물푸레나무 잎사귀 사이로 소리내며 불어와 집 앞쪽의 덧문이 덜컹거렸소. 그러나 서서히 밤이 다가오며 넓디넓은 평원 위로 적막이 내려앉았소.

하우케가 제방 감독관에게 사직하겠다는 말은 않고서 엘케의 도움으로 일을 그만두고 나자, 새 하인 두 명이 들어왔소. 그러고 나서 몇 달이 지나, 테데 하이엔이 죽었다오. 그는 죽기 전에 아들을 침대로 불렀지. '여기 앉아봐라, 아들아.' 그는 희미한 목소리로 말했소. '가까이 와! 두려워할 것 없다. 내 옆에 있는 분은 날 부르러 온 하느님의 검은 천사일 뿐이야.'

가슴이 먹먹해진 하우케는 벽 쪽에 붙은 어두운 침대로 가까이 다가 앉았다오. '말씀하세요, 아버지, 하실 말씀을요!'

'그래, 아들아, 아직 할 말이 있다.' 노인은 이렇게 말하며 손을 이불 위로 뻗었소. '네가 아직 어린 사내애인 채로 제방 감독관 밑으로 일하러 갔을 때, 네 마음속에는 언젠가 제방 감독관이 되겠다는 생각이 있었지. 그 생각이 나한테도 옮아와서, 나도 차츰 네가 제방 감독관감이라고 생각하게 됐단다. 하지만 네가 받을 유산은 그런 직위를 받기에는 너무 초라했지. 네가 감독관 일을 하는 동안 난 아끼며 살았다, 재산을 늘리겠다고 생각했어.'

하우케는 아버지의 손을 힘껏 쥐었고, 노인은 하우케를 보기 위해 몸을 일으켜 앉으려 했소. '그래, 그래, 아들아. 저기 장롱 맨 위 서랍에 서류가 들어 있다. 안테 볼러스 노파가 목초지 5.5데마트를 가지고 있는 걸 너도 알 거다. 근데 몸을 제대로 쓸 수 없는 나이라 임대료만으로는 살기 힘들었어. 그래서 내가 성 마르틴 축제 때마다 일정한 금액을 줬고, 돈이 있을 때면 더 주기도 했지. 그 대가로 노파가 목초지를 나한테 넘겨줬단다. 법적으로 모든 게 다 잘 처리되었어. 그 노파도 지금 다 죽게 생겼더라. 우리 소택지 사람들의 고질병인 암에 걸렸거든. 네가 노파에게 더이상 돈을 줄 필요는 없다.'

하우케의 아버지는 한동안 눈을 감고 있었소. 그러고는 말했지. '많은 땅은 아니다. 하지만 네가 집에 있을 때보다는 더 많아졌지. 네가 인생을 사는 데 도움이 되었으면 좋겠구나!'

아들이 감사의 말씀을 드리는 사이 노인은 잠이 들었소. 노인은 더 이상 걱정할 것이 없었지. 바로 며칠 후 하느님의 검은 천사가 테데 하이엔의 눈을 영원히 감겼고, 하우케는 아버지의 유산을 물려받았소.

장례를 치르고 난 다음날 엘케가 찾아왔소.

'엘케, 와줘서 고마워요!' 하고 하우케는 인사말을 건넸소.

그러나 엘케는 '그냥 들른 게 아녜요. 당신 집을 좀 정리해주려고요, 당신이 집에서 제대로 살 수 있게 말예요! 당신 아버지는 숫자와 도면을 보느라 주변을 그리 살피시지 않았고, 또 그렇게 돌아가셨으니 많이 어수선하겠지요. 집에 생기가 돌도록 다시 정리를 좀 해주려고요!'

하우케는 신뢰에 가득찬 회색빛 눈으로 그녀를 바라보았지. '정리를 좀 해줘요, 나도 좋아요.'

엘케가 청소를 시작했다오. 아버지가 생전에 쓰던 그대로 놓여 있던 제도판은 먼지를 털어내 바닥에 내려놓고, 제도 펜과 연필, 분필은 조심스럽게 장롱 서랍 속에 넣었소. 젊은 하녀를 불러와 온 방안의 가구를 새로 잘 배치하고 보니, 방안이 더 밝고 더 커 보이는 듯했소. 엘케는 미소를 띠며 말했소. '이런 일은 우리 여자들만이 할 수 있죠!' 아버지를 잃은 슬픔에도 불구하고 하우케는 행복한 눈으로 그런 모습을 바라보았고, 필요하면 직접 돕기도 했다오.

9월 초순이었는데, 해질녘에 엘케가 생각했던 대로 모든 것이 다 정리되었소. 엘케는 하우케의 손을 잡고 검은 눈으로 그를 바라보며 고개를 끄덕였다오. '자, 이제 우리집으로 가서 저녁을 먹어요. 아버지께 당신을 데리고 가겠다고 약속했거든요. 저녁을 먹고 나서 집으로 돌아오면, 집이 편안하게 맞아줄 거예요!'

그들이 감독관의 널찍한 거실에 들어섰을 때, 덧문은 이미 잠겨 있었고 방안에는 촛불 두 대가 탁자 위에서 타고 있었소. 감독관은 안락의자에서 일어나려 했으나 몸이 무거워 다시 풀썩 주저앉으며, 옛 하인에게 큰 소리로 말했지. '옳거니, 옳거니, 하우케, 이렇게 옛 친구들을 찾아주다니! 이리 가까이, 더 가까이 오게나!' 하우케가 감독관의 의자에 다가가자, 감독관은 하우케의 손을 자신의 살진 둥그런 두 손으로 부여잡았소. '그래, 그래, 젊은이, 마음을 편히 먹게나. 우리 모두 어차피 죽어, 자네 아버지는 좋은 분이셨어! 엘케, 구이를 상에 올리도록 해라. 기운을 돋워야지! 우리가 할 일이 많아, 하우케! 가을철 감찰이 곧 있을 거야. 제방이며 수문이며 계산할 게 산더미처럼 쌓여 있어. 서쪽 간척지 옆에 최근에 생긴 제방 피해도 있고. 어디서부터 시작해야 할지 모르겠구먼. 하지만 자네는 다행히 나보다 한참 젊고, 또 자네는 착한 젊은이지, 하우케!'

감독관은 이렇게 길게 말하며 자기 속내를 풀어놓은 뒤 의자에 털썩 주저앉아, 애타게 기다리는 눈빛으로 문 쪽을 바라보았소. 엘케가 구이 접시를 들고 들어왔지. 하우케는 미소를 띠고 감독관 옆에 서 있었소. '자, 앉게나. 불필요하게 시간 보내지 말자고. 식으면 맛이 없어!' 하고 감독관이 말했소.

하우케는 자리에 앉았소. 엘케 아버지의 일을 함께하는 것이 당연하게 여겨졌지. 그리고 가을 감찰이 다가왔을 때, 또 그후 몇 달이 흐른 뒤 그는 감독관의 제방 업무 대부분을 해내고 있었소."

선생은 말을 멈추고 주위를 둘러보았다. 갈매기 고함소리가 창에 부딪쳤고 복도에서는 누군가 장화에서 진흙을 털어내는지 탁탁 발 구르는 소리가 들렸다.

제방 감독관과 위원들이 문 쪽으로 고개를 돌렸다. "무슨 일이지?" 감독관이 물었다.

선원용 방수모를 쓴 건장한 사내가 방으로 들어왔다. "나리, 저희 둘, 한스 니켈스와 제가 봤습니다. 백마의 기사가 제방이 갈라진 틈으로 뛰어들어갔어요!"

"어디서 보았나?" 감독관이 물었다.

"그럴 데라곤 물웅덩이 하나뿐이죠. 하우케 하이엔 간척지가 시작되는 얀젠의 목초지요."

"한 번밖에 못 봤나?"

"한 번밖에 못 봤습니다. 그것도 꼭 그림자처럼요. 하지만 그렇다고 그게 꼭 처음 있는 일이란 건 아니죠."

제방 감독관이 자리에서 일어났다. "실례합니다." 그는 내 쪽으로 몸을 돌리며 말했다. "재해 예상 지역이 어딘지, 바깥에서 좀 살펴봐야겠군요." 감독관은 소식을 전하러 온 사람과 함께 방을 나갔고, 나머지 사람들도 일어나 뒤를 따랐다.

나는 커다랗고 휑한 방에 선생과 단둘이 남게 되었다. 창문 앞쪽에 앉아 있던 손님들 등짝에 가려져 잘 보이지 않던 창은 커튼이 쳐져 있지 않아서 이제는 바깥이 그대로 내다보였다. 폭풍이 검은 구름을 하늘

멀리 밀어내고 있었다. 늙은 선생은 자리에 앉아서, 입술 위에 거의 연민까지 어린 거만한 미소를 띠고 있었다. "여기는 너무 텅 비어버렸군. 내가 방으로 모셔도 되겠소? 나는 이 집에서 묵고 있거든. 여기 제방 위 날씨는 내가 잘 알지. 뭐, 걱정할 일은 없어요." 선생이 말했다.

나는 그의 제안을 감사히 받아들였다. 그 방에 있다보니 나도 으슬으슬 한기가 들기 시작했기 때문이다. 둘이서 촛불을 하나 들고 고미다락방으로 통하는 계단을 올라갔다. 다락방 역시 서쪽으로 쭉 뻗어 있었고, 창에는 짙은 색 모직 커튼이 드리워져 있었다. 작은 책장에는 책들이 꽂혀 있고, 그 옆에는 두 노교수의 초상화가 걸려 있었다. 탁자 앞에는 커다란 팔걸이의자도 놓여 있었다. "편하게 앉으시오!" 친절한 주인이 말하며 양철 주전자가 하나 얹힌 채 아직까지 불길이 빨갛게 타고 있는 작은 난로 속으로 토탄 몇 덩이를 던져넣었다. "잠깐만 기다려요! 곧 끓을 거요. 그러면 그로크주 한 잔 만들어드리지, 한잔하면 기분이 산뜻해질 거라오!"

"그러실 필요 없어요. 선생이 들려주시는 하우케의 인생 이야기를 들으면, 졸리지 않을 겁니다!" 내가 말했다.

"그래요?" 선생은 내가 편안하게 안락의자에 앉는 것을 명민한 눈길로 바라보며 고개를 끄덕였다. "그런데, 어디까지 이야기를 했더라? 아, 그래!

그러니까 하우케가 자기 아버지의 유산을 받았는데, 안테 볼러스 노파도 또 죽어서, 그 습지 풀밭까지 자기 소유 땅이 늘어났지. 그런데 아버지가 돌아가신 이후로, 아니 더 정확하게 말하자면, 아버지의 마지막 말씀을 듣고 나서부터 하우케의 마음속에 어떤 것이 자라나기 시작했소. 그 싹은 하우케가 소년 시절부터 진작 품고 있었던 것이긴 하지만 말이오. 하우케는, 만약 새 제방 감독관이 있어야 한다면, 자신이 바로 적임자라고 거듭거듭 생각했소. 그걸 누구보다 잘 알았던 아버지, 마을에서 가장 현명한 사람이었던 그 아버지가 이 말을 마지막 선물처럼 유산에 덧붙여 남겨주셨던 거요. 아버지 덕분에 얻게 된 볼러스의 목초지는 감독관으로 올라가는 첫 디딤돌이 되어줄 것이고! 감독관이 되려면 물론 이 목초지와 함께 다른 토지도 더 소유해야 하니까! 아버지는 홀로 외로이 지내는 동안 검소하게 생활하면서 아낀 돈으로 새로운 토지의 소유자가 되었소. 하우케도 그렇게 할 수 있었고, 아니 그 이상도 할 수 있었지. 아버지의 힘은 이미 소진되었지만, 하우케는 앞으로도 오래 아주 어려운 일까지 할 수 있으니까! 물론 이런 쪽으로 애를 쓰다보니 옛 주인의 일을 봐주면서 너무 엄격하고 딱 부러지게 행동하는 바람에 그는 마을에서는 친구 하나 얻지 못했소. 또 그의 오랜 적대자인 올레 페터스가 최근에 상속을 받아 부자가 되기 시작했고 말이오! 하우케의 머릿속에 여러 얼굴이 줄줄이 스쳐지나가며 모두 하나같이 사나운 눈으로 그를 쳐다보는 것이었소. 그러자 이들에 대한 앙심에 사로잡힌 하우케는 그들을 붙잡기라도 할 듯이 손을 뻗쳤지. 이 모든 사람이 오직 하우케만이 운명적으로 부름받은 그 직책에서 그를 밀쳐내려고 했으니까. 이런 생각이 늘 하우케를 떠나지 않고서, 언제나 마음속에 도사리고 있었소. 그렇게 하우케의 젊은 가슴속에서는 명예심과 사랑과 더불어 명예욕과 증오도 함께 커갔지. 하우케는 그러나 명예욕과 증오 이 둘을 자기 마음속 깊이 감춰두었기에, 엘케조차도 그것을 알아차리지 못했다오.

다시 새해가 되었고 결혼식이 있었소. 신부는 하우엔 집안의 친척이었고, 하우케와 엘케 둘 다 손님으로 초대받아 갔소. 가까운 친척 한 분이 참석하지 않는 바람에 두 사람은 결혼식 만찬에서 바로 옆자리에 앉게 되었소. 두 사람의 얼굴 위에 살짝 스치는 미소만으로 그들이 기뻐한다는 것을 알 수 있었지. 하지만 엘케는 그날 시큰둥하게 사람들의 수다와 유리잔이 부딪쳐 짤랑거리는 소리만 듣고 있었소.

'왜 그래요?' 하우케가 물었소.

'아, 아무것도 아녜요. 그냥 여기 사람들이 너무 많아서요.'

'하지만 너무 슬퍼 보이는데요.'

엘케는 고개를 흔들었소. 두 사람은 다시 입을 다물었지.

그때 그녀의 침묵 때문에 하우케의 마음속에 질투심 같은 것이 치솟아, 늘어진 테이블보 아래로 남몰래 그녀의 손을 잡았소. 하지만 그녀는 꿈쩍하지 않고, 그를 믿는다는 듯 손을 맞잡았다오. 날이면 날마다 아버지의 허약해져가는 모습을 지켜보아야만 했던 엘케는 버려진 기분에 휩싸이기라도 한 걸까? 하우케는 그렇게 물어볼 생각은 하지 못했소. 그러나 조끼 주머니에서 금반지를 꺼냈을 때는 마치 숨이 멎는 것 같았지. '껴볼래요?' 하우케는 엘케의 가녀린 약지에 반지를 끼워주며 떨리는 목소리로 물었소.

탁자 맞은편에는 목사 부인이 앉아 있었소. 목사 부인은 갑자기 포크를 내려놓고 옆에 앉은 사람에게 몸을 돌리며 말했소. '맙소사, 저 처녀 얼굴이 사색이 됐어!'

하지만 엘케의 얼굴에는 다시 핏기가 돌아왔소. '하우케, 기다릴 수 있나요?' 엘케가 나지막한 소리로 물었지.

영리한 프리슬란트 사람인 하우케는 잠깐 동안 생각했소. 그러고는 물었지. '뭘 기다릴까요?'

'당신도 알잖아요. 내가 말할 필요가 없지요.'

'당신 말이 맞아요, 그래요, 엘케, 기다릴 수 있어요— 머지않은 일이라면요!'

'오, 전 그게 임박한 게 두려운걸요! 하우케, 그렇게 말하지 마요. 지금 우리 아버지의 죽음을 이야기하고 있는 거잖아요!' 엘케는 다른 한쪽 손을 가슴에 올렸소. '그때까지는 이 금반지를 여기 끼고 있을게요. 내 살아생전에 이걸 당신이 돌려받을까 걱정하진 마요!'

그리고 두 사람은 미소를 지었고, 다른 때였다면 엘케가 아파서 소리 지를 정도로 으스러져라 손을 꼭 마주잡았다오.

목사 부인은 한순간도 놓치지 않고, 금색 실로 짠 모자 레이스 아래 검은 불꽃처럼 이글거리며 타오르는 엘케의 눈을 쳐다보고 있었소. 그러나 탁자 주위가 점점 더 소란스러워지는 바람에 목사 부인은 젊은 사람들이 하는 말을 하나도 알아들을 수 없었다오. 하지만 옆 사람에게 다시 몸을 돌리지도 않았소. 막 싹트는 결혼의 인연을 목사 부인이 방해하는 일은 거의 없었소. 남편인 목사에게 들어올 결혼식 주례비 때문이라도 그런 일은 없지. 여기서 일어나고 있는 것도 역시 그런 일인 듯 보였다오.

엘케의 예감이 적중했소. 부활절이 지난 어느날 아침 감독관 테데 폴케르츠가 침대에서 죽은 채로 발견되었소. 그의 얼굴로 보아 분명 평안한 죽음을 맞았을 거요. 감독관은 몇 달 전부터 살기 싫다는 말을 여러 차례 했다오. 즐겨먹던 오리 오븐 구이 요리조차 도통 당기지 않는다고 했지.

마을에서는 성대한 장례식이 치러졌소. 건너편 고지대의 교회를 빙 둘러싼 묘지 서쪽에 쇠창살이 둘러진 묘가 하나 있었지. 널찍한 푸른 묘석이 물푸레나무를 가리고서 솟아올라 있었는데, 그 묘석 위에는 이빨이 삐죽삐죽한 죽음의 이미지가 새겨져 있었소. 그 형상 아래에는 큰 글자로 이렇게 적혀 있었소.

> 모든 것을 먹어치우는 것은 죽음,
> 재능도 지식도 가져가버리네.
> 현명한 사람이 이제 떠나갔으니,
> 신이여 그에게 부활의 은총을 허락하소서.

그것은 전 제방 감독관 폴케르츠 테드젠의 무덤이었소. 이제 새 무덤을 하나 팠고, 그곳에 그 아들인 죽은 제방 감독관 테데 폴케르츠가 묻히게 되었지. 아래 소택지에서 어느새 장례 행렬이 다가오고 있었는데, 교구의 모든 마을에서 참가한 수많은 마차들의 행렬이었소. 행렬 맨 앞에 묵직한 관이 있었는데, 감독관의 마구간에 있던 푸른색을 띤 검고 반지르르한 말 두 마리가 관을 끌고 고지대로 이어지는 모래 언덕을 올랐다오. 말의 꼬리와 갈기가 매서운 봄바람 속에 휘날렸소. 교회를 빙 두른 묘지는 울타리까지 사람들로 가득찼소. 담장을 끼고 있는 입구 문 위에까지 사내애들이 꼬마 아이들을 팔에 안고 올라 앉았소. 모두들 안장을 지켜보려는 것이었지.

아래쪽 소택지에 있는 감독관의 집에서는 엘케가 거실과 객실에 장례식 만찬을 차리고 있었소. 각 식기 세트 옆에는 오래 묵은 포도주가 한 병씩 놓여 있었지. 빠지지 않고 와서 그날 함께 자리한 제방 국장과 목사의 자리에는 고급 포도주를 한 병씩 놓았고. 모든 것이 다 준비되자, 엘케는 마구간을 지나 안마당의 대문 앞으로 갔소. 가는 도중 아무도 마주치지 않았소. 하인들은 말 두 필을 끌고 운구 행렬에 끼어 있었으니까. 안마당 대문 앞에 서서 상복을 봄바람에 펄럭거리며, 엘케는 건너편 마을에서 마지막 마차가 교회 쪽으로 올라가는 것을 보았소. 잠시 후 거기에서 한바탕 소란이 일더니 쥐죽은듯한 고요가 뒤따르는 것 같았소. 엘케는 두 손을 모았소. 이제 구덩이로 관을 내릴 차례였던 거요. '그래서 그대는 다시 흙으로 돌아갈지니!' 마치 그 자리에서 그 말이 들려오기라도 하듯, 엘케는 자기도 모르게 나지막한 소리로 따라했소. 그러자 눈에는 눈물이 차올랐고, 가슴 위에 깍지 끼고 있던 손이 무릎으로 떨어졌다오. '하늘에 계신 우리 아버지!' 엘케는 온 정성으로 기도 드렸소. 이제는 이 거대한 소택지 농장의 여주인이 된 엘케는 주기도문이 끝나고 나서도 오랫동안 꼼짝 않고 서 있었소. 죽음과 삶에 대한 상념이 그녀의 마음속에서 서로 다투기 시작했지.

멀리 마차 바퀴가 구르는 소리에 정신이 퍼뜩 들었소. 눈을 뜨니, 벌써 마차가 한 대씩 빠른 속도로 소택지를 지나 농장으로 다가오는 것이 보였소. 엘케는 몸을 일으켜세워 다시 한번 잘 살펴보고는, 아까 왔던 대로, 마구간을 지나 성대하게 차려놓은 거실로 되돌아갔소. 거기에도 역시 아무도 없었고, 부엌에 있는 하녀들이 수런거리는 소리만 담장 너머로 들릴 뿐이었지. 잔칫상은 너무나 고요하고 외롭게 서 있었소.

창문과 창문 사이에 걸린 거울은 하얀 천으로 덮여 있었고, 붙박이 벽난로의 놋쇠 손잡이까지 천으로 덮여 있었소. 방안에는 번쩍거리는 것이라곤 아무것도 없었지. 엘케는 아버지가 살아생전 마지막 잠을 주무셨던 벽침대 앞문이 열려 있는 것을 보고 다가가 문을 꾹 밀어 닫았소. 그 순간 무심코 문 위 장미와 패랭이꽃 무늬 사이에 금박으로 쓰인 격언을 읽었다오.

하루 일과를 충실히 마친 그대
저절로 잠이 오는구나.

그것은 할아버지가 새겨놓은 글씨였지! 엘케는 벽장으로 눈길을 던졌소. 거의 텅 비어 있었지만 유리문 너머로 닦아서 윤을 낸 우승컵이 보였다오. 아버지가 즐겨 이야기하던, 젊은 시절 링라이텐* 시합에 나가 받은 상이었지. 엘케는 우승컵을 벽장에서 꺼내 제방 국장의 식기 옆에 놓았소. 그리고 창가로 다가갔소. 벌써 집 둔덕으로 마차가 올라오는 소리가 들렸던 거지. 마차가 한 대씩 차례로 집 앞에 멈췄고, 손님들은 장례식에 참석하러 왔을 때보다 한결 경쾌하게 마차에서 뛰어내렸소. 모두들 손바닥을 비비고 수다를 떨면서 방안으로 들어왔지. 잠시 후 사람들은 김이 모락모락 나는 음식이 차려진 식탁에 둘러앉았고, 거실에는 제방 국장과 목사가 자리했소. 식탁 주변에 소음과 왁자한 수다가 퍼져나갔는데, 죽음 때문에 무시무시한 적막이 내렸던 적이 있기는

* 공중에 작은 고리를 걸어두고, 말을 달리면서 창 끝으로 고리를 꿰어 빼내는 경기.

했나 싶을 정도였소. 엘케는 손님들을 주시하면서 장례식 만찬에 빠진 게 없는지 살피며 하녀들을 데리고 말없이 식탁 주변을 돌아다녔소. 하우케 하이엔도 거실에서 올레 페터스와 다른 소지주들 옆자리에 앉아 있었지.

식사가 끝나자 구석에서 하얀 사기 파이프를 가지고 나와 다들 피우기 시작했고, 엘케는 다시 분주하게 손님들에게 커피를 대접했소. 그날은 커피도 풍족하게 나왔지. 거실에서는 방금 안장된 감독관이 쓰던 탁자 옆에서 제방 국장이 목사 그리고 백발의 제방 위원 예베 만너스와 대화를 나누고 있었소. '여러분, 모든 게 잘되었군요, 제방 감독관의 장례를 명예롭게 치렀는데, 이제 새 제방 감독관은 어디서 구해오지요? 만너스, 내 생각에는 이 자리의 영예를 당신이 받아야 할 것 같습니다!'

늙은 만너스는 미소를 지으며 백발을 덮고 있던 검은 비로드모자를 벗었소이다. '제방 국장님, 제가 맡으면 재임기간이 너무 짧지 않을까 싶은데요. 떠난 테데 폴케르츠가 제방 감독관이 되었을 때, 그때 제가 제방 위원이 되었는데, 그게 벌써 사십 년 전입니다!'

'그게 뭐 흠입니까, 만너스. 그러면 일을 그만큼 더 잘 아는 거고 어려울 게 없다는 거죠!'

하지만 만너스는 고개를 저었소. '아닙니다, 아네요, 아니죠, 국장님. 제가 현재 맡고 있는 자리에 그냥 두시면, 이렇게 몇 년 더 제가 같이 해나갈 겁니다!'

목사가 그의 말을 거들었지. '요 최근 몇 년 동안 실제로 그 일을 맡아 했던 사람을 시키지 않을 이유가 있습니까?'

제방 국장이 목사를 쳐다보았소. '목사님, 무슨 말씀인지 모르겠

군요!'

그러자 목사는 나이 지긋한 두 사람에게 뭔가를 느릿느릿 진지하게 설명하는 하우케가 있는 거실 쪽을 손가락으로 가리켰소. '저기 서 있죠. 저기, 길쭉한 프리슬란트인의 체격에 영리한 회색 눈과 뾰족한 코, 두 눈 가운데가 불룩한 사람 말입니다! 죽은 감독관의 큰 하인이었고, 지금 자기 땅을 조금 가지고 있죠. 아직 좀 젊긴 하지만요!'

'삼십대 같은데요.' 제방 국장은 하우케를 찬찬히 살펴보며 말했소.

'아직 스물네 살도 채 안 됐어요' 하고 제방 위원이 일러주었소. '하지만 목사님 말씀이 맞습니다. 최근 몇 년간 제방이나 수로 등과 관련해 제방 감독관 측에서 나온 좋은 업적은 다 저 사람이 낸 거죠. 늙은 감독관은 결국 있으나 마나였고요.'

'그런 건가요? 그래요? 여러분 생각에는 저 사람이 자기 옛 주인의 자리에 들어갈 사람이라는 거죠?' 제방 국장이 물었소.

'저 사람이면 될 겁니다. 그런데 저 사람한테는, 여기 사람들이 '발밑의 진흙'이라고 부르는 게 없어요. 자기 아버지가 15데마트를 가지고 있었고, 저 사람이 20데마트쯤 가지고 있을 겁니다. 하지만 그 정도로 제방 감독관이 된 사람은 지금까지 아무도 없었어요.'

그 말에 목사가 무어라고 반박할 양으로 막 입을 뗐는데, 그때 한참을 방안에서 머물고 있던 엘케 폴케르츠가 갑자기 그들에게 다가왔소. '제가 한 말씀 드려도 괜찮을까요? 오류 때문에 부당한 일이 일어나서는 안 되기 때문에 이러는 것뿐입니다' 하고 엘케가 제방 국장에게 말했다오.

'엘케 아가씨, 말씀하세요! 젊은 아가씨의 예쁜 입술에서 나오는 지혜는 언제나 듣기 좋지요!' 제방 국장이 대답했소.

'지혜까지는 아니고요, 국장님, 전 그저 사실을 말씀드리고자 할 뿐입니다.'

'그럼요, 사실도 들을 수 있어야지요, 엘케 아가씨!'

엘케는 다른 사람이 듣지나 않는지 검은 두 눈으로 옆을 살폈소. 말을 시작하자, 그녀의 가슴은 한층 더 고동쳤지. '국장님, 제 대부이신 예베 만너스 씨께서 국장님께, 하우케 하이엔이 단지 20데마트 정도 가지고 있다고 하셨습니다. 그건 현재로서는 맞습니다. 하지만 필요하다면 하우케는 이 농장, 그러니까 제 아버지의 농장이었고 이제는 제 소유인 이 농장에다 20데마트를 합한 땅을 자기 소유라고 할 수 있을 겁니다. 그렇게 하면 제방 감독관이 되기에 충분하겠지요.'

늙은 만너스는 대체 지금 누가 그런 얘기를 하고 있는지 꼭 봐야겠다는 듯 하얀 머리를 엘케 쪽으로 쭉 내밀었소. '뭐라고? 얘야, 네가 지금 뭐라고 말하는 거냐?' 만너스가 말했소.

그러나 엘케는 검은 리본을 당겨 조끼에서 반짝이는 금반지를 끄집어냈지. '전 약혼했어요, 대부님, 이게 약혼 반지예요. 하우케 하이엔이 제 약혼자입니다.'

'그런데, 그게 언제냐. 내가 널 세례 때 물에서 안아 올렸으니까 물어봐도 되겠지, 엘케 폴케르츠, 언제 그런 일이 있었냐?'

'벌써 한참 전입니다. 하지만 제가 성인이 된 이후예요, 대부님. 아버지는 이미 허약해지셨고, 제가 아버지를 잘 알기 때문에, 신경쓰게 해드리고 싶지 않았답니다. 이젠 돌아가셨으니까, 딸자식이 하우케라는 남자 곁에 있으면 잘 살 거라는 사실을 아실 거예요. 일 년의 애도 기간 동안 입을 닫고 있어야 하지만, 하우케 때문에, 그리고 또 간척지 때문에 이야기를 할 수밖에 없었습니다.' 엘케는 제방 국장에게 몸을 돌리고는 '국장님, 용서하시기 바랍니다' 하고 말했소.

세 남자는 서로 쳐다보았소. 목사는 껄껄 웃었고, 제방 위원은 '흠, 흠!' 하는 소리만 연신 내고 있었고, 제방 국장은 무슨 중요한 결정을 앞두고 있을 때처럼 이마를 문질렀지.

'그래, 아가씨! 헌데 여기 간척지에서는 부부 사이의 재산권이 어떻게 되어 있나요? 솔직히 난 그 복잡한 일에 대해서 지금 정확히 알지 못하거든요.'

'그건 국장님이 신경 안 쓰셔도 됩니다. 제가 결혼식 전에 제 신랑에게 재산을 양도할 거라서요. 저도 자존심 좀 세우려고요.' 엘케는 미소를 지으며 덧붙였소. '전 마을에서 제일 가는 부자와 결혼하고 싶거든요!'

'자, 만너스, 대부로서 제가 젊은 제방 감독관과 옛 감독관의 따님을 결혼시키는 데 아무 반대 없으시겠죠!' 목사가 말했다.

노인은 조용히 고개를 저었소. '우리 주께서 축복해주시길!' 하고 만너스는 경건하게 말했소.

제방 국장은 엘케에게 손을 내밀었소. '엘케 폴케르츠 아가씨, 진실하고 현명하게 말씀하셨어요. 아가씨의 확고한 해명에 감사하고, 또 앞으로도, 오늘보다는 더 좋은 일로 아가씨 댁 손님으로 오고 싶네요. 그런데 새 제방 감독관이 이렇게 젊은 처녀 덕에 결정됐다는 게 참 놀라운 일이군요!'

'국장님.' 엘케는 너그러운 국장을 다시 한번 진지한 눈빛으로 바라보며 말했소. '적임자가 있다면 여자라도 도와야지요!' 그런 뒤 엘케는 옆방 객실로 가서 아무 말 없이 하우케 하이엔의 손에 자기 손을 올렸다오.

몇 년이 흘렀소. 테데 하이엔의 조그만 집에는 이제 건장한 일꾼이 처자식과 함께 살고 있었소. 젊은 제방 감독관 하우케 하이엔은 아내인 엘케 폴케르츠와 함께 엘케 아버지의 농장에 거주했지. 여름이면 집 옆에 선 커다란 물푸레나무가 예나 다름없이 쏴쏴 소리를 냈소. 그러나 저녁이면 그 나무 아래 벤치에 젊은 부인만 외로이 집안 일감을 손에 들고 앉아 있는 것이 보였소. 부부에게는 아직 아이가 없었다오. 남편에게는 하루 일을 다 마쳐도 또다른 할 일이 있었소. 예전에 하우케가 보조로 일하긴 했지만 전 제방 감독관의 업무에는 아직도 처리되지 않은 일이 많이 남아 있었으니까. 그 당시 하우케도 건드리지 않는 게 좋겠다고 여겼던 일들이었지. 그러나 이제는 모두 처리해야만 했던 거요. 하우케는 단호하게 조처했소. 자기 소유로 늘어난 땅의 경작 일까지 더 생겼지만 하우케는 그 일에 작은 하인을 부리지 않으려 했소. 그래서 부부가 얼굴을 마주볼 수 있는 때는 교회에 가는 일요일 말고는 대개는 하우케가 급히 때우는 점심식사 때와 해뜰녘, 해질녘뿐이었지. 두 사람의 나날은 계속된 노동의 연속이었지만, 그러나 그들에게는 만족스러웠다오.

그런데 그런 생활에 찬물을 끼얹는 말이 나돌게 되었지. 어느 일요일, 소택지와 고지대의 젊은 토지 소유주들 가운데 시끌벅적한 한 무리가 교회가 끝나고 나서 술집에 앉아 술을 마셨소. 네댓 잔쯤 술이 들어가니, 그렇게 높은 사람들은 그 당시에는 아직 술안줏감으로 건드리지 못했던지라 비록 왕이나 정부에 대해서는 아니지만, 지방관과 상급 관리, 특히 지방세와 부담금에 대한 이야기가 나오게 된 거요. 이야기가 길어질수록 그들 눈에는 그 세금이 탐탁지 않아 보였고, 특히 새로운 제방 부담금이 못마땅했지. 여태까지 잘 버텨오던 수문과 배수로가 지금 몽땅 보수가 필요하다더라, 제방에는 매번 개흙 백 수레를 갖다부어야 할 곳이 생긴다는데, 에라이 염병할 거!

고지대 사람 중 하나가 말했소. '그게 다 당신네 그 똑똑한 제방 감독관에게서 나온 거라고. 그자는 언제나 머리를 굴리면서 다니고, 온갖 일에 다 끼어들지.'

그렇게 말한 사람 맞은편에 앉아 있던 올레 페터스가 말했소. '그래, 마르텐, 자네 말이 맞아. 그는 음흉하고 제방 국장한테 잘 보이려 굴지. 하지만 이제 제방 감독관이니 어쩌겠어!'

'왜 그자에게 감독관 직책을 줬어? 자네들은 이제 그 값을 톡톡히 치러야 할걸.'

올레 페터스는 껄껄 웃었소. '그래, 마르텐 페더스, 우리 사정이 그런걸, 그건 어쩔 수 없어. 전 감독관은 자기 아버지 덕에 됐고, 새 감독관은 자기 마누라 덕에 됐지.' 왁자한 웃음소리가 술상 주위에 터진 것으로 보아 올레의 이 말에 사람들이 크게 동조한다는 걸 알 수 있었지.

그런데 사람들이 다 들을 수 있는 술집 탁자에서 했던 말이라, 발 달린 말이 곧 고지대 마을과 소택지 마을에 다 퍼져나갔고, 결국 하우케의 귀에까지 들어가게 된 거요. 또다시 하우케의 마음속에서는 자기를 음해하려는 사람들의 얼굴이 스치고 지나갔지. 술집에서 터져나온 웃음은 실제 그랬던 것보다 더 모욕적으로 비웃듯 귓가에 쟁쟁 울렸소. '개새끼들!' 하우케는 소리 지르면서 마치 그들을 채찍질하기라도 할 듯이 잔인하게 노려보며 눈을 번뜩였소.

엘케가 그의 팔 위에 손을 올리며 말했소. '내버려둬요, 모두들 당신처럼 되고 싶은 거예요!'

'바로 그거라니까!' 하우케는 화를 내며 대꾸했소.

'그리고 올레 페터스 본인도 처가에 들어가 살지 않아요?' 그녀가 말을 이었다.

'그래요, 엘케. 하지만 폴리나와 결혼해서 얻은 걸로는 제방 감독관이 되기에 부족했지!'

'차라리, 그 자신이 감독관이 되기에 부족했다고 말해요!' 엘케는 이렇게 말하며 남편을 돌려세웠고, 그러자 하우케는 거울을 보게 되었소. 두 사람은 창문과 창문 사이의 거울 앞에 서 있었거든. '여기 제방 감독관이 서 있네요! 이 사람을 보세요. 감독관직을 감당할 수 있는 자만이 그 자리를 갖는 거예요!'

'당신 말이 다 맞아요.' 하우케는 곰곰 생각하며 말했소. '그렇지만…… 자, 엘케, 난 동쪽 배수로에 가봐야겠어요. 문이 또 안 닫혀!'

엘케는 하우케의 손을 잡았소. '자, 먼저 날 좀 봐요! 당신 눈이 멍하니 먼 데를 보고 있는데, 왜 그래요?'

'아무것도 아니에요, 엘케, 당신 말이 맞아요.'

하우케는 나갔소. 하지만 수문 수리는 바로 잊어버렸지. 다른 생각이 있었던 거요. 몇 년 동안 마음속에 늘 품고 다녔지만, 밀려드는 제방 업무 때문에 반쯤만 정리해놓고 완전히 뒤로 밀어놨던 생각이 이제 다시 그의 마음을 온통 사로잡았소. 그 어느 때보다도 세차게, 마치 갑자기 날개가 돋아나기라도 한 듯했지.

하우케는 자기도 모르는 사이에 어느새 바닷가 제방 위에 올라와 있었고, 거기서 보면 남쪽 방향으로 시내를 향해 길이 하나 쭉 뻗어 있었소. 이쪽 방향으로 펼쳐지는 마을은 하우케의 왼쪽으로 벌써 종적을 감췄지. 그는 널찍한 제방 앞쪽 충적지에 연신 눈길을 주며 바다 쪽을 향해 계속 걸었소. 누가 옆에서 같이 걸었다면, 하우케의 눈 뒤에서 얼마나 집요한 머리 회전이 일어나고 있는지 알 수 있었을 거요. 마침내 그는 발길을 멈췄소. 제방 앞 충적지는 여기서 제방과 합쳐져 거기 붙은 좁다란 선으로 남아 있을 뿐이었지. '이제 진행해야 해!' 하우케는 혼잣말을 했소. '내가 이 일을 한 지 칠 년이야. 마누라 덕에 감독관이라는 말은 더는 하면 안 되지!'

하우케는 여전히 그대로 선 채, 날카롭고 신중한 눈빛으로 제방 앞 푸른 충적지를 사방으로 훑어보고 있었소. 그런 다음 녹색의 좁다란 띠가 자기 앞에서 광활한 평지로 뒤바뀌는 곳까지 돌아왔소. 그런데 세찬 해류가 제방까지 바짝 몰아쳐 이 평지를 뚫고 올라와서는, 만조 때면 충적지를 몽땅 육지에서 분리시켜 섬으로 만들고 있었소. 그 너머로 엉성한 나무 다리 하나를 걸쳐두어 가축과 건초와 곡식을 실은 마차가 다닐 수 있었소. 이제 썰물 때가 되었고, 9월의 황금빛 태양이 약 백 보 너비의 개펄과 그 가운데에 난 깊은 수로 위에 비쳐 반짝거리고 있었소. 바닷물이 그 수로를 통해 여전히 들어오고 있었지. 한참 동안 그 물놀이를 지켜보던 하우케는 '저건 제방으로 막을 수 있어!'라고 혼잣말을 했소. 눈을 들어 자신이 서 있는 제방 위에서부터 수로를 지나, 떨어져 있는 육지의 가장자리를 따라 남쪽으로 갔다가, 거기서 계속되는 수로를 거쳐 제방에 바짝 붙은 다음 다시 동쪽으로 돌아오는 가상의 선을 머릿속에서 그었소. 머릿속에 그린 선은 새로운 제방이었다오. 그때까지 오직 하우케의 머릿속에서만 존재했던 그 측면도는 구상부터 새로운 것이었지.

'그러면 약 천 데마트의 간척지가 새로 생길거야.' 그는 혼자 미소 지으며 말했소. '그리 크지는 않지만……'

또다른 계산이 이어졌소. 이곳의 제방 앞 충적지는 공동체 소유니까, 공동체 구역 내 소유지의 규모에 따라 일정 지분이 주민들 각자에게 돌아가거나 아니면 정당하게 사들이는 대로 지분이 돌아갈 거라는 계산이었소. 하우케는 자기 소유지 몫으로 지분을 얼마나 받을지, 엘케의 아버지에게 받은 소유지 몫으로는 얼마나 받을지, 그리고 결혼한 후 반은 막연히 미래에 이득이 될 거라는 생각으로 반은 양치기 사업 확장을 위해 직접 사들인 소유지 몫으로는 얼마를 받을지 합산하기 시작했소. 그것은 상당히 많은 땅이었다오. 하우케는 올레 페터스의 땅을 몽땅 사들이기도 했지. 자기 땅 일부에서 홍수가 났을 때 제일 좋은 양들이 물에 빠져 죽자, 올레는 그만 지긋지긋해졌던 거요. 그러나 그건 정말 드문 사고지. 하우케가 기억하기로, 아무리 심한 홍수 때라도 그곳에는 가장자리에만 물이 찼기 때문이오. 만일 모든 땅을 다 자신이 만들 새로운 제방으로 두르게 된다면, 얼마나 좋은 유목지와 밭이 생길 것이며, 그 가치는 또 얼마나 되겠는가! 하우케는 머릿속 그런 생각에 도취된 듯했소. 그러나 그는 손톱으로 손바닥을 꽉 누르며 자신의 눈앞에 있는 것을 밝고 명료하게 보려고 애썼소. 제방 없는 커다란 평지, 지금은 맨 바깥쪽 가장자리에서 더러운 양떼가 느릿느릿 풀을 뜯으며 돌아다니고 있지만, 다음 몇 년 동안 당장 어떤 폭풍과 홍수의 희생양이 될지는 아무도 모르는 일이었소. 그러나 제방을 쌓는다면, 그는 엄청난 일과 싸움 그리고 짜증을 자초할 게 뻔했지요! 그럼에도 불구하고, 제방을 내려와 오솔길로 소택지를 지나 자기 집 둔덕으로 가고 있을 때, 하우케는 마치 커다란 보물을 지고 집에 가는 것 같았다오.

현관에서 엘케가 그를 맞았소. '수문은 어땠어요?' 엘케가 물었소.

하우케는 비밀스러운 미소로 그녀를 내려다보았지. '곧 다른 수문이 필요하게 될 거예요. 새 수로와 새 제방도 필요하고!' 그는 이렇게 말했소.

'무슨 말인지 모르겠네요. 당신 뭘 할 생각인데요?' 엘케가 같이 방으로 들어가면서 물었소.

'내가 하려는 건,' 하고 하우케는 느릿느릿 말하며 잠깐 말을 끊었소. '제방 앞 넓은 땅, 우리 농장 맞은편에서 시작해 서쪽으로 펼쳐져 있는 충적지를 제방을 쌓아 단단한 간척지로 만드는 거예요. 우린 거의 삼십 년 동안 큰 홍수 없이 조용하게 지내왔어요. 하지만 심한 홍수가 다시 와서 충적지를 망치면, 단 한 방에 모든 게 끝장나요. 구태의연하게 관행을 따르다보니 오늘날까지 저렇게 방치한 거지!'

엘케는 놀라움에 가득차서 그를 바라보았소. '그 말은 자기 얼굴에 침 뱉기군요!' 하고 엘케가 말했소.

'그래요, 엘케. 지금까지는 다른 할 일이 많았어요!'

'그래요, 하이케, 확실해요. 당신은 충분히 할 만큼 했어요!'

하우케는 전 감독관의 안락의자에 앉아 두 손으로 양 팔걸이를 꼭 붙잡았소.

'당신, 그럴 용기는 있어요?' 아내가 물었소.

'있어요, 엘케.' 그는 황급히 대답했지.

'너무 성급하게 굴지 마요, 하우케. 이건 생사가 걸린 일이에요. 거의 모든 사람들이 당신에게 반대할 거고, 당신의 노고와 걱정에도 고마워하지 않을 거예요!'

그는 고개를 끄덕였소. '알고 있어요!'

'그런데 그게 실패한다면요!' 엘케가 다시 소리쳤지. '어렸을 적부터 내가 들어온 말은, 수로는 막을 수 없다는 거예요. 그러니까 거기에 손을 대서는 안 된다고 했죠.'

'그건 게으른 사람들의 핑계였어요! 대체 무엇 때문에 수로를 막을 수 없지?'

'그 이유는 못 들었어요. 어쩌면 수로를 메워도 또 뚫리니까 그랬는지도 모르죠. 물살이 너무 세서요.' 엘케가 말했소. 무슨 기억이 떠올랐는지, 엘케의 진지한 눈에는 거의 짓궂은 미소가 떠올랐소. '제가 아이였을 적에, 한번은 하인들이 그 이야기를 하는 걸 들었죠. 거기에 제방이 버티고 서 있으려면, 제방에 살아 있는 생명을 집어넣어야 한다더군요. 백 년 전에 다른 쪽 제방 공사를 하면서 집시 아이를 엄마에게 돈을 두둑이 주고 사서 둑에 넣고 막았대요. 하지만 요즘 같은 시대에 누가 자기 애를 팔겠어요!'

하우케는 머리를 저었소. '우린 애가 없으니 다행이군요. 안 그랬으면 당장 우리 아이를 내놓으라고 했을걸!'

'우리 아이는 못 줘요!' 엘케는 두렵다는 듯이 자신의 몸을 두 팔로 감쌌다오.

그러자 하우케도 미소를 지었소. 그러나 엘케는 다시 물었지. '그리고 그 어머어마한 비용은요? 그 생각은 해봤어요?'

'해봤어요, 엘케. 들어가는 것보다 얻는 것이 훨씬 더 많을걸요. 낡은 제방의 유지 비용도 새 제방 덕분에 상당 부분 덜 나오게 될 거예요. 우리가 직접 일할 거고, 마을에 여든 대도 넘는 우마차가 있고, 여기엔 젊은 일손도 부족하지 않지. 당신이 날 괜히 제방 감독관으로 만들었을까, 엘케. 내가 누구인지 사람들에게 보여주겠어요!'

엘케는 남편 앞에 쪼그리고 앉아 걱정스럽게 그를 바라보았지. 그러다 한숨을 내쉬며 일어났소. '난 일을 계속해야겠어요.' 엘케는 손으로 그의 뺨을 천천히 쓰다듬었다오. '당신도 당신 일을 해요, 하우케!'

'알았어요, 엘케! 우리 둘 다 할 일이 있지!' 그는 진지한 미소를 띠며 말했소.

사실 두 사람에게는 할일이 충분히 많았소. 그러나 이제 참으로 무거운 짐이 남편인 하우케의 어깨에 지워진 참이었소. 일요일 오후, 하루 일과가 끝난 뒤에도 하우케는 종종 유능한 측량기사와 함께 계산 문제와 도면, 그리고 제도 작업에 몰두했소. 혼자 있을 때도 마찬가지라, 한밤중이 훌쩍 지나서야 일이 끝날 때가 많았지. 그러면 하우케는 부부가 함께 쓰는 침실로 살그머니 들어갔소. 거실의 눅눅한 벽침대는 하우케의 농장에서는 더이상 사용하지 않았으니까. 그러면 아내는 두근거리는 가슴으로 남편이 다가오길 기다리면서도, 남편이 이제라도 푹 쉬도록 누워서 눈을 감고 자는 척을 했소. 그러면 하우케는 아내의 이마에 입맞추며 사랑의 말을 나지막이 속삭이고 나서는 자기도 잠을 청하며 누웠는데, 첫닭 울음소리와 함께 겨우 잠들 때가 많았다오. 겨울 폭풍이 오면 하우케는 연필과 종이를 들고 제방으로 나가, 바람결에 모자가 다 벗겨져서 기다란 잿빛 머리카락이 상기된 얼굴에 흩날리는 채로 서서 도면을 그리고 기록했소. 얼음이 길을 가로막지 않게 되자, 바로 하인 하나를 데리고 밀물에 잠긴 갯벌로 보트를 타고 나가서는 추와 장대를 이용해 아직 확실하지 않은 조수의 깊이를 쟀고. 엘케는 하우케 걱정에 자주 가슴을 졸였다오. 하지만 하우케는 눈치채지 못했지. 집으로 돌아왔을 때 엘케가 손으로 자기 손을 꽉 잡을 때와 평소에는 너무나 고요한 그녀의 두 눈이 번쩍거리는 것을 볼 때를 빼고는 말이오. 한번은 아내가 그를 보내주지 않으려 하자, 하우케는 '참아요, 엘케. 신청서를 내기 전에 나부터 먼저 명확히 알아야 하니까!' 하고 말했소. 그러자 엘케는 고개를 끄덕이고 그를 가게 해주었지. 시내에 있는 제방 국장에게 말을 타고 가는 일도 자주 있었고, 집안 살림과 농사일이 끝난 뒤에도 일은 밤늦은 시간까지 이어졌소. 농사일과 사무적인 일을 제외한 다른 사람들과의 교유는 거의 없어졌고, 아내와의 교유조차 점점 줄어들었소. '지겨운 세월이야, 그리고 오래 걸릴 거야.' 엘케는 이렇게 혼잣말을 하고는 일하러 갔다오.

마침내 태양과 봄바람에 여기저기 얼음이 다 녹았을 때, 하우케의 마지막 준비 작업도 끝났소. 상급 관청에서 허가를 받기 위해 제방 국장에게 보내는 청원서, 특히 공공의 복지와 간척지의 개발을 위하여 예의 제방 앞 충적지의 제방 건설을 주장하는 제안서에는, 몇 년 이내에 그 간척지에서 약 천 데마트에 대한 세금을 매길 수 있기 때문에 영주의 재정 수익도 높일 수 있다는 내용이 깨끗이 정서되어 있었소. 현재와 미래의 수문과 배수로, 그 외 관계된 모든 공간에 대한 설계도와 도면을 첨부해 모아 넣은 튼튼한 서류철에는 제방 감독관의 직인이 찍혀 있었지.

'이거요, 엘케. 당신이 축복해줘요!' 젊은 감독관이 말했소.

엘케는 그의 손을 잡고 말했소. '우린 굳건히 함께 뭉칠 거예요.'

'그럽시다.' 하우케가 대답했소.

청원서는 말 탄 심부름꾼 편으로 시내로 보내졌소.

손님이야 벌써 알아차리셨겠지," 하며 선생은 이야기를 중단하고 고운 눈으로 다정하게 나를 바라보았다. "지금까지 들려드린 이야기는 내가 이 간척지에서 사십 년 가까이 활동하는 동안 지각 있는 사람들이 전해준 것이나 혹은 그런 사람들의 손자, 증손자의 이야기에서 엮어낸 것이라는 사실을 말이오. 그런데 선생이 지금까지 내게 들은 이야기와 이후 결말을 조화롭게 엮을 수 있도록 이제부터 할 이야기는, 그 당시나 또 지금이나 만성축일 무렵에 베틀이 윙윙 돌아가기 시작할 때면 온 소택지 마을에서 들리는 말들 그대로라오.

그 당시 제방 위에 서면, 제방 감독관의 농장에서 북쪽으로 약 오륙백 보 떨어져 그리고 몇천 보 개펄 쪽으로 나가, 맞은편 소택지 연안에서 좀 떨어진 곳에 사람들이 '예베르스 모래밭' 혹은 '예베르스 섬'이라고 부르던, 만조시에 물에 잠기는 조그만 섬이 하나 보였소. 당시 선조들은 그 작은 섬을 양 치는 풀밭으로 사용했다오. 그때는 거기에 풀이 자랐으니까. 하지만 그것도 중단되고 말았는데, 그 작은 섬이 두세 차례, 그것도 한여름에 바닷물에 잠기는 바람에 풀이 다 죽어버려서 양

치는 풀밭으로도 사용할 수 없게 됐거든. 이렇게 해서 갈매기와 해안을 날아다니는 새들, 그리고 한번씩 찾아드는 물수리 말고는 아무도 거길 찾지 않게 되었지. 달 밝은 저녁에 제방에서 보면 연무만 옅게 혹은 짙게 섬 위로 떠다닐 뿐이었고. 달빛이 동쪽에서 섬을 비출 때면, 물에 빠져 죽은 양들의 하얗게 삭은 해골 몇 대와, 어쩌다 거기 갔는지 모를 한 마리 말의 뼈대가 보인다는 얘기가 있었소.

3월 말, 하루 일과를 마치고 나온 테데 하이엔 집의 날품팔이꾼과 젊은 제방 감독관의 하인 이벤 욘스가 제방 위에서 나란히 서서, 희끄무레한 달무리에 거의 다 가려진 섬을 물끄러미 쳐다보고 있었소. 뭔가 이상한 것이 두 사람을 거기 붙들어놓는 것 같았지. 날품팔이꾼은 두 손을 호주머니에 찌르고 몸을 덜덜 떨었소. '자, 이벤, 조짐이 안 좋은데, 집으로 가세!'

이벤은 껄껄 웃으며 말했지만 그 목소리에는 공포감이 배어 있었다오. '에이, 뭔 소리 하는 거야! 저거 살아 있는 짐승 아냐, 커다란 짐승인데! 제기랄, 누가 저걸 개펄로 내온 거야! 봐, 저놈이 모가지를 우리 쪽으로 쭉 빼는군! 아니, 고개를 숙이는걸, 뭘 먹는데! 근데 저기에는 먹을 거라곤 아무것도 없을 텐데! 저게 대체 뭐지?'

날품팔이가 대꾸했소. '그게 우리랑 뭔 상관이야! 안녕, 이벤, 자네가 같이 안 간다면, 나 혼자 집으로 가겠네!'

'그래, 그래, 자넨 마누라가 있으니, 따뜻한 침대 안에 들어가겠지! 우리집 내 방에는 3월의 찬바람뿐이라고!'

'그럼, 안녕!' 하고 날품팔이는 제방 위에서 집을 향해 터벅터벅 걸으며 소리쳤소. 하인은 걸어가는 사람을 몇 번씩 돌아보았소. 그러나 무시무시한 것을 보고 싶은 욕심이 그를 계속 붙들어두고 있었지. 그때 제방 위로 마을 쪽에서부터 땅딸막한 검은 형체가 다가오는 것이었소. 제방 감독관의 사환이었소. '무슨 일이야, 카르스텐?' 하고 하인이 물었소.

'저요? 아무것도 아녜요. 한데 주인님께서 할 얘기가 있다시는데요, 이벤 욘스!'

하인의 눈은 또다시 섬을 향해 있었소. '곧 가지, 내 곧 갈게!' 하고 하인이 말했소.

'뭘 그리 쳐다보는 거예요?' 사환 소년이 물었소.

하인은 팔을 들어 말없이 섬을 가리켰지.

'아하! 저기 말 한 마리가 가고 있네요, 백마군요. 악마가 타는 것이 분명한데. 말이 어떻게 예베르스 섬에 갔을까요?' 소년이 속삭이듯 말했어요.

'나는 몰라, 카르스텐. 진짜 말이긴 한가!'

'맞아요, 맞아, 이벤, 봐요, 진짜 말처럼 먹고 있잖아요! 하지만 누가 저기에 데려다 놓았을까요. 우리 마을에는 그렇게 큰 배가 없는데! 어쩌면 저것도 그냥 양인지도 모르죠. 페터 옴이 그러는데 달빛 아래서는 둥근 토탄을 열 무더기만 쌓아놔도 온 마을처럼 크게 보인다더라고요. 아니, 봐요! 이젠 펄쩍펄쩍 뛰네요. 저건 말이 틀림없어요!'

두 사람은 잠깐 동안 말없이, 건너편 어렴풋한 형체를 쳐다보며 서 있었소. 달은 높이 하늘에 떠서 넓은 개펄을 비추고 있었는데, 마침 차오르는 밀물을 맞아 반짝거리는 개펄 바닥이 물에 씻겨가기 시작했소. 개펄 위의 광대한 공간에서는 짐승 소리 하나 없이 그저 나지막한 물

소리만 들릴 뿐이었소. 제방 뒤의 소택지도 텅 비어 있었소. 소들은 모두 아직 외양간에 있었고. 움직이는 것은 아무것도 없었다오. 두 사람이 말, 백마라고 생각하는 형체만 저기 예베르스 섬에서 움직이는 것 같았다오. '더 밝아질 거야. 하얀 양뼈가 반짝거리는 게 분명히 보이는데!' 하고 하인이 적막을 깨며 말했소.

'저도요.' 사환이 대답하며 목을 길게 뺐소. 그러더니 갑자기 생각난 듯이 하인의 소맷부리를 끌어당겼지. '이벤, 말뼈, 아까 거기 있던 말뼈는 어디 있어요? 안 보이는데요!'

'나도 안 보이는데! 거 이상하네!' 하인이 말했소.

'그리 이상할 것도 없어요, 이벤! 어떤 때는, 그게 언제인지는 모르지만, 밤에 뼈가 일어나서 마치 살아 있는 것처럼 움직인대요!'

'그래? 그건 여편네들의 미신이야!' 하고 하인이 말했소.

'그럴지도 모르죠, 이벤.' 사환 소년이 말했소.

'한데, 네가 날 데리러 왔었지! 가자, 집으로 가야겠어! 여기에 있어 봤자 별 거 없어.'

소년이 움직이려고 하지 않자 하인이 억지로 몸을 돌려세워 길을 가게 했소. 유령 같은 섬에서 한참 멀어지고 나자, 이벤이 말했소. '카르스텐, 들어봐라. 네가 무슨 촉새인 양 안 끼어드는 데가 없는 녀석이라며? 직접 알아보고 싶은 마음이 굴뚝 같겠구나!'

'그래요' 하고 카르스텐은 답했고, 부르르 떨면서 덧붙였소. '맞아요, 그러고 싶어요, 이벤!'

사환 소년이 이렇게 말한 뒤 자기 말에 힘을 싣듯 손을 내밀자, 하인이 말했지. '진심이야? 그럼 내일 저녁에 우리 배를 띄우자. 네가 예베

르스 섬으로 타고 가는 거다. 난 그동안 제방 위에 서 있을 테니.'

'그래요' 하고 소년이 대답했지. '내가 가면 되죠! 채찍을 갖고 올게요!'

'그렇게 해!'

둘은 천천히 높은 둔덕 위로 올라가 말없이 주인집에 도착했소.

다음날 저녁 같은 시간, 하인은 외양간 문 앞에 세워둔 커다란 돌 위에 앉아서 사환 소년이 채찍을 휙휙 휘두르며 다가올 때까지 기다렸소. '거 이상하게 피리 소리가 나는구나!' 하인이 말했소.

'물론이죠, 잘 보세요. 줄에다 못도 끼워넣었어요.' 하고 사환이 대답했소.

'그래, 가자!' 하인이 말했소.

그전날처럼 동쪽 하늘에 달이 높이 떠서 밝게 내리비추고 있었다오. 얼마 지나지 않아 두 사람은 다시 제방 위에 서서 마치 성운처럼 물속에 떠 있는 예베르스 섬을 건너다보았소. '또 시작이군. 점심 지나서 여기 왔는데, 그때는 없었거든. 하지만 하얀 말뼈가 있는 걸 어제 똑똑히 봤잖아!' 하고 하인이 말했소.

소년이 목을 쑥 뺐지. '지금은 뼈가 없는데요, 이벤.' 소년이 속삭였소.

'그래, 카르스텐, 어떠냐? 아직도 저 섬에 건너가고 싶어 몸이 근질근질해?' 하인이 물었소.

카르스텐은 잠깐 생각해보더니 채찍을 허공에 대고 휘둘렀소. '이벤, 배나 띄우세요!'

건너편에서 돌아다니던 짐승은 고개를 치켜들고 머리를 육지 쪽으로 쭉 빼는 듯했지. 그러나 두 사람에게는 그런 모습이 더이상 보이지 않았소. 벌써 제방을 내려가 배를 대어둔 자리까지 가 있었으니까. '자, 타!' 하인이 배의 밧줄을 풀며 말했소. '네가 돌아올 때까지 기다리마! 배를 동쪽에 대. 거기서 언제든 땅에 오를 수 있거든!' 사환은 잠자코 고개를 끄덕이고는 채찍을 손에 쥐고 달밤 속으로 배를 저어 나갔소. 하인은 제방 아래로 다시 돌아와 두 사람이 좀전에 서 있던 자리로 돌아갔지. 이내 건너편에서 널따란 수로가 닿아 있는 울퉁불퉁하니 어두운 지점에 배가 정박하더니 땅딸막한 형체 하나가 땅으로 풀쩍 뛰어내리는 것이 보였소. 사환이 휙휙 채찍질하는 소리 아닌가? 그러나 차오르는 밀물 소리일 수도 있겠다 싶었소. 북쪽으로 몇백 발자국 떨어진 곳에 둘이서 백마라고 얘기하던 것이 보였소. 그런데 그때! 사환의 모습이 그쪽으로 다가간 거요. 그러자 그 짐승은 놀란 듯이 고개를 쳐들었소. 사환이 채찍으로 휘갈겼고 이번에는 분명히 그 소리가 들렸소. 그런데 무슨 생각을 한 거람? 사환이 몸을 돌려 갔던 길을 도로 돌아오는 거요. 건너편에서는 동물이 계속 풀을 뜯는 듯했고, 거기서 히힝거리는 말 울음소리는 들려오지 않았소. 흰색 물띠 같은 것이 그 위로 간간이 지나가는 것 같았지. 하인은 무엇에 홀린 듯 건너편을 바라보고 있었소.

그때 배가 이쪽 물가에 닿는 소리가 들렸고, 곧 어스름 속에서 사환이 이쪽 제방으로 올라오는 것이 보였소. '그래, 카르스텐, 뭐였어?' 하고 하인이 물었소.

소년은 고개를 흔들며 말했지. '아무것도 아니었어요! 배에서 내리기 바로 전까지는 보였단 말이죠. 그런데 섬에 내리자, 글쎄 그 짐승이 어디로 기어들어갔는지, 제기랄. 달빛은 충분히 밝았거든요. 그런데 그 자리에 가니까, 양 대여섯 마리의 허연 뼈다귀뿐이고, 조금 더 가니 허옇고 기다란 대가리가 붙은 말뼈도 있었는데, 휑한 그 눈구녕으로 달빛이 비치고 있더라고요!'

'흠! 너 제대로 본 거야?'

'예, 이벤, 옆에서 본걸요. 망할놈의 푸른 도요새 한 마리가 뼈다귀 뒤에서 웅크리고 있다가 소리를 내지르며 날아오르는 바람에 기겁해서 몇 번 채찍을 내리 갈겼더랬죠.'

'그게 다야?'

'네, 이벤. 더는 몰라요.'

'그걸로 됐어.' 하인은 이렇게 말하고는 사환의 팔을 잡아 자기 쪽으로 끌어당기며 건너편 섬을 가리켰소. '저기 뭐가 보이지, 카르스텐?'

'정말 다시 돌아다니고 있네요!'

'다시라고? 내가 내내 건너편을 보고 있었는데, 저게 없어진 적이 없었어. 네가 곧장 저 괴물에게로 달려들던걸!'

사환은 하인을 뚫어져라 쳐다보았소. 여느때에는 그렇게 겁 모르던 소년의 얼굴에 갑자기 경악의 표정이 어렸지. 하인도 그걸 놓치지 않았고. '가자! 집으로 가자고. 여기서는 살아 있는 것처럼 걸어다니는데, 건너편에는 뼈다귀만 누워 있단 거로군. 이건 너나 나나 이해할 수 있는 수준 이상의 일이야. 이 일에 대해서는 조용히 입 다물어. 이런 건 함부로 이야기하면 안 돼!' 하인이 말했소.

그래서 두 사람은 몸을 돌리고 나란히 터벅터벅 발걸음을 재촉했소.

둘 다 아무 말도 하지 않았고, 둘 옆의 소택지도 침묵에 잠겨 있었소.

하지만 달이 넘어가고 며칠 밤이 지난 뒤 또 일이 생긴 거요.

하우케 하이엔은 말 시장이 열릴 시간에 맞춰 말을 타고 시내로 갔소. 말 시장에 볼일이 있던 건 아니었지. 그렇지만 저녁때쯤 집에 돌아올 때는 말 한 마리를 더 끌고 왔소. 털이 거칠고, 갈비뼈를 다 셀 수 있을 정도로 야윈 말이었다오. 눈은 게슴츠레하고 움푹 들어가 있었지. 엘케는 남편을 맞으러 대문 앞으로 나왔소. '맙소사! 이 늙은 백마를 어디다 쓰려고요?' 엘케가 물었지. 하우케가 말을 집 앞 물푸레나무 아래로 끌고 와 세우자, 엘케는 그 불쌍한 짐승이 다리를 절기까지 하는 것을 보게 됐소.

그러나 젊은 제방 감독관은 껄껄 웃으면서 거세된 갈색 수말에서 펄쩍 뛰어내리며 말했소. '괜찮아요, 엘케, 비싸게 준 것도 아니고!'

영리한 아내가 대답했소. '싼 게 비지떡이라는 건 당신도 아시죠.'

'항상 그런 건 아니에요, 엘케. 저 말은 기껏해야 네 살 먹었는걸. 더 자세히 한번 봐요! 못 먹고 학대를 받았을 뿐이야. 우리집 귀리를 먹으면 좋아질걸요. 내가 직접 돌보겠어요, 사람들이 이 말한테 너무 많이 먹이지 못하도록 말이지.'

그러는 동안 말은 고개를 숙이고 목 아래로 갈기를 길게 늘어뜨렸소. 남편이 하인들을 부르는 동안, 엘케는 말 주위를 돌며 이리저리 살펴보았소. 그녀는 머리를 흔들며 말했다오. '이런 말이 우리집 마구간에 들어온 건 처음이야!'

그때 사환 소년이 집 모서리를 돌아 나오다 갑자기 놀란 눈으로 멈춰 섰소. 하우케가 말했소. '카르스텐, 왜 그리 소스라치나? 내 백마가

마음에 안 드나?'

'네, 오, 네, 주인님, 왜 마음에 안 들겠습니까!'

'그럼 말들을 마구간으로 들여놓게. 먹이는 주지 마, 내가 곧 거기로 갈 거야!'

사환 소년은 조심스럽게 백마의 고삐를 잡고 나서 방어라도 하려는 듯 원래 키우던 친숙한 갈색 수말의 고삐도 서둘러 움켜쥐었소. 하우케는 아내와 방으로 들어갔소. 엘케는 남편을 위해 따뜻하게 데운 맥주를 준비해두었고, 빵과 버터도 차려져 있었소.

이내 배가 불렀소. 그는 일어나 아내와 함께 방안을 서성거렸지. 저녁 햇살이 벽 타일 위에서 어른거리고 있었고. 하우케는 말했소. '엘케, 어떻게 저 말을 사게 되었는지 이야기해줄게요. 나는 한 시간 동안 제방 국장 댁에 있었어요. 제방 국장은 좋은 소식을 전해줬거든. 내 도면과는 이것저것 달라지겠지만, 중요한 건 내 측면도가 받아들여졌고, 며칠 이내에 새 제방 공사 명령이 나올 수 있다는 얘기예요!'

엘케는 자기도 모르게 한숨을 쉬었소. '그러니까 결국 허가가 난 거네요?' 그녀는 걱정스럽게 말했소.

'그래요, 부인. 앞으로 힘들겠죠. 하지만, 내 생각에 하느님은 그 일을 위해 우리를 만나게 해주신 거라 믿어요! 우리 농장은 지금 제대로 되어가고 있고, 농장일 대부분은 당신이 맡아 해낼 수 있지. 십 년 후를 생각해봐요. 그때는 우리 재산은 지금과는 다를 거예요.'

엘케는 하우케의 첫 말에는 스스로도 확신하며 그의 손을 꽉 잡았지만, 마지막 말에는 기뻐할 수 없었소. '그 재산은 다 누굴 위한 건가요?' 엘케가 말했소. '당신은 다른 여자를 구해야겠군요. 난 당신에게 아이

를 못 낳아줬으니.'

엘케의 눈에서 눈물이 솟아올랐소. 그러나 하우케는 그녀를 끌어안고 말했소. '그 일은 하느님께 맡깁시다. 지금도 그렇지만 우리는 아직 우리 노동의 열매를 즐길 만큼 충분히 젊잖아요.'

하우케가 그녀를 안고 있는 동안 엘케는 검은 눈으로 오래오래 그를 바라보았소. '용서해요, 하우케. 난 가끔 낙담한 여자가 되곤 해요!'

하우케는 고개를 수그려 그녀의 얼굴에 키스했다오. '당신은 내 아내고, 난 당신 남편이에요, 엘케! 그건 변하지 않을 거예요.'

그러자 엘케의 팔이 그의 목을 세게 감싸안았소. '당신 말이 맞아요, 하우케. 그리고 앞으로 생기는 일은 모두 우리 둘이 함께 겪을 거예요.' 그러고 나서 그녀는 얼굴을 붉히며 그를 놓아주었소. '당신, 백마에 대해 이야기하려고 했죠.' 엘케가 나지막한 소리로 말했소.

'그랬지, 엘케. 제방 국장이 전해준 좋은 소식 덕분에 내 머리와 가슴이 온통 기쁨으로 가득찼다고 말했죠. 그래서 다시 말을 타고 시내 밖으로 나오는데, 항구 뒤편 댐 위에서 웬 남루한 사내와 마주쳤어요. 방랑자인지 땜장이인지, 정체 모를 그 사내가 백마의 고삐를 잡아끌고 가더군요. 그런데 백마가 고개를 들어 멍청한 눈으로 날 쳐다보잖아요. 마치 나한테 뭘 부탁하고 싶다는 것처럼. 그때 수중에 돈도 충분히 가지고 있었더랬죠. '어이, 여보쇼! 그 늙은 말을 끌고 어디로 가는 중이오?' 하고 내가 말했어요.

사내가 멈춰섰고, 백마도 멈추더라고요. '팔러 갑니다!' 사내가 말하고는 나를 향해 교활하게 고개를 끄덕였어요.

'나한테는 안 팔겠죠!' 하고 내가 익살스럽게 소리쳤죠.

'팝지요! 용맹한 말이라서 백 탈러* 밑으로는 안 팝니다요.' 그가 그렇게 말하더군요.

나는 그자를 보며 껄껄 웃었거든요. '그렇게 비웃지는 마십쇼. 돈은 꼭 안 주셔도 됩니다! 저는 이 말이 필요 없습죠. 내가 데리고 있으면 망가지기만 하죠. 나리가 데리고 가시면 곧 모양이 달라질 거외다!' 사내가 말했죠.

그 말을 듣고 말에서 뛰어내려 백마의 아가리를 들여다보았는데, 보니까 아직 젊은 말이더라고요. '얼마면 되겠소?' 하고 묻는데, 그 말이 날 또 애원하듯이 쳐다보잖아요.

'30탈러 주십쇼! 고삐도 끼워드립죠' 하고 그자가 말했지.

그러고는, 엘케, 난 그 사내가 내미는 갈퀴 같은 갈색 손을 잡았어요. 이렇게 해서 그 백마가 우리 것이 되었는데, 내 생각에도 참 싸게 잘 산 것 같아요! 다만 기이한 것은, 내가 말을 데리고 떠나기 무섭게 뒤에서 웃음소리가 들려 돌아보니, 글쎄 그 떠돌이 사내가 그 자리에서 다리를 쩍 벌리고서 뒷짐을 지고는 꼭 악마처럼 내 등 뒤에다 대고 껄껄거리더군요.'

그러자 엘케가 말했소. '퉤! 그 백마가 옛 주인의 나쁜 기운을 당신에게 묻히지 않아야 할 텐데! 하우케, 당신이 부디 그 말을 잘 키우길 빌어요!'

'최소한 내가 하는 것만큼은 크겠죠!' 하고 하우케가 말했소. 그리고 미리 사환에게 일렀던 대로 마구간으로 갔소.

---

* 독일에서 18세기 중엽까지 통용되던 화폐 단위.

그런데 그날 저녁만 하우케가 백마에게 먹이를 준 것이 아니었소. 그는 계속해서 직접 먹이를 주었고, 그 백마에게서 눈을 떼지 않았다오. 자기가 흥정을 잘했다는 걸 남들한테 보여주고 싶었던 거지. 아무튼 잘못 보고 산 건 아니어야 했거든. 그렇게 해서 몇 주 지나지 않아 백마의 자세가 바로 섰소. 거친 털은 점점 빠져 없어지고, 반짝거리며 푸른 반점을 띤 털이 드러났지. 어느날 하우케가 마당에서 이리저리 끌고 다녀보니, 튼튼한 다리로 날렵하게 걷기도 하는 것이었소. 하우케는 그 이상한 말장수를 생각했소. '그자는 바보거나 아니면 이 말을 훔친 불량배였어!' 그는 혼자서 중얼거렸다오.

말은 하우케의 발자국 소리만 들어도 바로 머리를 흔들며 그를 향해 히히힝거렸소. 하우케도 이제는 아랍 사람들이 찾는다는 얼굴에 군살 없는 말이 어떤 것인지 알게 되었지. 그 얼굴에는 불타는 갈색의 두 눈만이 빛나고 있었소. 하우케는 백마를 우리에서 끌어내어 가벼운 안장을 얹어주었소. 그런데 그 위에 올라타기 무섭게 말은 환호성처럼 히힝거리는 소리를 목에서 토해내는 거요. 말은 하우케를 태우고 쏜살같이 둔덕을 내려가 제방 쪽으로 달려갔다오. 그러나 말 위의 사람은 흔들림 없이 그대로 타고 있었고, 제방 위에 올라서자 말은 좀 조용해져서 마치 춤추듯 가볍게 걸으며 머리를 바다 쪽으로 돌렸소. 사람은 번쩍거리는 말 목을 톡톡 두드리고 쓰다듬어주었소. 그러나 백마는 이런 애무가 더는 필요하지 않았소. 백마와 사람은 완전히 하나가 된 듯했지. 하우케는 북쪽으로 제방을 한참 내달리고 나서, 말 머리를 가볍게 돌려 다시 농장으로 돌아왔다오.

하인들이 아래쪽 진입로에 서서 주인이 돌아오기를 기다리고 있었소. 주인은 말에서 내리며 '자, 욘, 이 말을 타고 소택지를 돌아다녀봐. 마치 요람을 타고 가는 것 같거든!' 하고 말했소.

하인이 풀어준 안장을 사환이 마구간에 갖다놓는 동안, 백마는 햇빛이 내리비추는 소택지 풍경을 향해 고개를 흔들며 큰 소리로 히힝거렸소. 그러고 나서 백마는 주인의 어깨에 고개를 올리고 느긋하게 주인의 애무를 받았지. 그런데 하인이 뛰어올라 말 등에 타려고 하자, 백마는 갑자기 옆으로 펄쩍 비껴 뛰더니 예쁜 두 눈을 주인에게 향한 채 꼼짝하지 않고 그대로 서 있는 거요. '저런, 이벤, 다쳤나?' 주인은 하인이 일어나는 걸 도와주었소.

하인은 열심히 엉덩이를 문질렀소. '주인님, 괜찮습니다. 하지만 이 백마는 악마나 타려나봐요!'

'그리고 나도 탄다네! 그럼 고삐를 잡고 목초지로 데리고 가게!' 하우케가 껄껄 웃으며 말했소.

하인이 약간 머쓱해하며 주인이 시키는 대로 하자, 백마는 가만히 이끄는 대로 따랐다오.

며칠 후 저녁 늦게 하인과 사환이 마구간 앞에 함께 서 있었소. 제방 너머로 저녁노을이 저물고, 노을빛 속 간척지는 이미 깊은 어둠에 싸여 있었지. 멀리서 그저 이따금씩 놀란 듯한 소 울음소리나, 족제비나 물쥐에게 물려 죽어가는 종달새의 비명만 들려왔고. 하인은 문설주에 기대어 짧은 파이프로 담배를 피우고 있었는데, 연기는 애저녁에 눈에 들어오지도 않았지. 하인과 사환은 아직 아무 말도 나누지 않았소. 사환은 뭔가 마음에 걸리는 게 있었지만, 무뚝뚝한 하인에게 어떻게 다가가야 할지 몰랐다오. '이벤! 예베르스 섬에 있는 말뼈 알죠!' 마침내 사환이 입을 뗐소.

'그게 뭐?' 하고 하인이 물었소.

'그래요, 이벤, 그게 뭐냐고요? 에베르스 섬엔 이제 그게 없더라고요. 낮에도 없고 달밤에도 없어요. 내가 제방에 스무 번은 더 올라가봤거든요!'

'오래된 뼈라 서로 부딪쳐서 다 부서져버렸겠지?' 이벤은 태연히 담배를 계속 피웠소.

'하지만 달밤에도 나가봤어요. 에베르스 섬에서 왔다갔다하는 것도 없었다고요!'

'그래. 뼈가 조각난 거야, 그러니까 더이상 일어설 수 없게 되었을 거라고!'

'농담 마요, 이벤! 이제야 알 거 같다고요. 그게 어디 있는지 이제 말할 수 있단 말이에요!'

하인이 갑자기 사환에게 고개를 돌렸소. '그래, 그게 대체 어디 있다는 게야?'

'어디 있냐고요?' 사환이 단호하게 하인의 말을 반복했소. '우리 마구간에요. 섬에서 사라진 뒤로 우리 마구간에 있어요. 주인님이 늘 직접 먹이를 주시는 것도 다 이유가 있어요. 난 알아요, 이벤!'

하인은 한참 동안 밤하늘을 향해 연기를 뻑뻑 뿜어냈소. '멍청하기는, 카르스텐. 우리 백마? 그 말이 진짜 살아 있던 말이었다면 그럴 수도 있겠지! 너같이 세상 이치에 빤한 젊은 놈이 어떻게 그런 할망구들의 미신을 믿고 자빠져 있는 거야!'

그러나 사환의 마음은 돌이킬 수가 없었소. 악마가 백마에 붙었다면,

백마가 살아 있지 말라는 법 있는가? 아니 그 반대지, 악마가 들었으니까 백마가 살아 있는 거지, 그래서 더 나쁜 거고! 사환은 여름 저녁에도 그 백마를 들여놓은 마구간에 들어가면, 백마가 불 같은 대가리를 홱 돌릴 때마다 깜짝깜짝 놀라곤 했다오. 그럴 때면 사환은 '악마한테나 꺼져버려!' 하고 투덜거리며 '너하고 같이 있을 날도 얼마 남지 않았다!' 하고 말했지.

사환은 남몰래 다른 일을 찾아보았고, 일을 관둔 후 만성축일쯤에 올레 페터스 집의 하인으로 들어갔소. 그 집에는 제방 감독관의 귀신 들린 말에 대한 사환의 이야기를 열심히 들어줄 사람들이 많았지. 올레 페터스의 뚱뚱한 부인 폴리나, 정신이 오락가락하는 폴리나의 아버지, 전 제방 위원 예스 하르더스가 공포를 즐기며 그 이야기를 들었다오. 그리고 이들은 나중에 제방 감독관에게 앙심을 품었거나 아니면 그런 말을 쑥덕거리기 좋아하는 사람들에게 그 이야기를 전해주었고 말이오.

이러는 사이 이미 3월 말에 제방 국장을 통해서 새 제방 건설 명령이 내려왔소. 하우케는 우선 제방 위원들을 소집했고, 어느 날인가 교회 옆 술집에 제방 위원들이 모두 출석한 자리에서 지금까지 차곡차곡 불어난 문서의 핵심 사항을 낭독했소. 하우케가 제출한 신청서, 제방 국장이 쓴 보고서의 요지, 그리고 무엇보다도 하우케가 제안한 측면도가 승인되었다는 내용을 포함하여, 새 제방은 이전처럼 급경사가 아니라 바다 쪽으로 완만하게 경사지도록 한다는 최종 통지서를 읽었지. 그러나 듣고 있던 제방 위원들은 기뻐하지 않았고 하다못해 그저 만족스러운 표정조차도 짓지 않았소.

'그래요, 그래.' 한 늙은 제방 위원이 말했소. '이거 난처한데, 제방 국장이 제방 감독관 편을 들고 있으니 반대해봤자 소용도 없겠군!'

'데틀레프 빈스, 당신 말이 맞을 거요.' 다른 위원이 말했지. '봄 작업이 코앞에 닥쳤는데, 기다란 제방까지 지어야 한다는 거군. 그러면 만사 제치고 그 일만 해야 되는데.'

하우케가 말했소. '올해 그 일을 끝내면 됩니다. 그렇게 빨리 되지는 못하겠지요.'

그 말에 수긍하는 사람은 없었소. 그런데 또다른 위원 한 사람이 새로운 문제를 화제에 올렸소. '제방 감독관의 측면도 말인데. 제방의 바다 쪽 측면이 너무 넓소. 거인 키도 그보다는 작겠소이다! 그 자재는 어디서 가져오나? 공사는 언제 끝나고?'

'올해 안 끝나면 내년에 끝납니다. 그건 전적으로 우리에게 달려 있습니다!' 하고 하우케가 말했소.

불쾌한 너털웃음이 좌중에 왁자하니 퍼졌소. '그런데 그런 불필요한 일을 왜 하는 거요. 새 제방이 이전 것보다 더 높아지는 것도 아닌데. 내 말은, 그 옛날 제방도 벌써 삼십 년 이상 버티고 있다는 거요' 하고 새로운 목소리 하나가 소리쳤소.

그러자 하우케가 말했소. '맞는 말씀이십니다. 삼십 년 전에 제방이 무너졌고, 그보다 앞에 삼십오 년 전에도 무너진 적이 있고, 거기서 다시 사십오 년 전에도 한 번 무너졌습니다. 제방이 경사도 심하고 말도 안 되게 지어지긴 했지만, 그동안은 우리가 큰 홍수 피해 없이 살았죠. 그러나 새 제방은 아무리 큰 홍수가 나더라도 백 년, 또 그다음 백 년을 그대로 서 있을 겁니다. 바다 쪽 경사가 완만해서 파도와 정면으로 맞서지 않기 때문에 안 무너질 거니까요. 그러니 여러분은 자신과 또 자손을 위해서 안전한 땅을 얻게 될 것이고, 바로 그 때문에 영주와 제방 국장도 저를 밀어주고 있는 겁니다. 여러분 스스로의 이익을 위해서 이 점을 아셔야 합니다!'

좌중이 이 말에 당장 대답하지 못하고 있는데, 머리가 하얀 노인 한 분이 힘겹게 자리에서 일어났소. 하우케의 부탁으로 제방 위원직에 머무른 엘케의 대부 예베 만너스였소. '하우케 하이엔 제방 감독관, 당신은 우리에게 큰 불안감과 비용을 발생시키고 있어요. 하느님이 날 쉬러 가게 해주실 때까지는 자네가 그 일을 안 하고 기다리기를 난 바랐소이다. 하지만, 당신 말은 맞고, 지각 없는 사람들이나 시비를 걸 수 있을 거요. 우리의 게으름에도 불구하고 소중한 제방 앞 충적지를 폭풍우와 파도의 침범으로부터 하느님이 지켜주신 걸 우리는 매일매일 감사해야 할 게요. 하지만 우리의 모든 지식과 능력을 동원하여 스스로 그 땅을 지키고, 더이상 신의 관용을 거스르지 않도록 스스로 손을 써야 할 때가 이제 온 것 같소. 여러분, 난 백발노인이오. 제방을 세우는 것도, 제방이 무너지는 것도 보았소. 하지만 하우케 하이엔이 하느님이 그에게 허락하신 통찰력으로 구상하고 또 여러분을 대신하여 영주에게 관철시킨 제방은 여러분 생전 어느 누구도 그게 무너지는 걸 보지 못할 거요. 여러분이 그에게 직접 고마워하지 않겠다 해도, 언젠가는 여러분의 자손들이 영예의 화관을 그에게 바치지 않을 수 없을 거요!'

예베 만너스는 다시 자리에 앉았소. 그는 파란색 손수건을 호주머니에서 꺼내 이마의 땀을 닦아냈지. 이 노인은 여전히 유능한 사람, 그리고 나무랄 데 없이 정의로운 사람으로 알려져 있었지만, 좌중은 그의 말에 찬성하고 싶지 않아 계속 침묵을 지키고 있었소. 하우케 하이엔이 말을 이어받았소. 그의 안색이 창백해진 걸 모두가 보고 있었지. '예베만너스 위원님, 여기 이 자리에 함께해주시고, 또 말씀해주셔서 감사합니다. 다른 제방 위원 여러분께서는 당연히 저에게도 큰 부담이 되는 이 새로운 제방 건설이 이제 최소한 더는 뒤바뀔 수 없는 사안이라 여겨주시고, 그에 따라 이제 무엇이 필요한지 결정하도록 합시다!'

제방 위원 중 누군가가 '말씀하시오!' 하고 말했소. 그러자 하우케는 새 제방의 지도를 탁자 위에 펼쳤소. '아까 어떤 분이 물으셨죠, 그 많은 흙을 어디서 가져올 거냐고요. 보시다시피, 제방 앞 충적지가 멀리 개펄로 펼쳐지는데, 제방선 외부의 길쭉한 땅이 그대로 버려져 있습니다. 여기 이 땅에서, 그리고 새 간척지로부터 제방을 따라 남북으로 이어지는 제방 앞 충적지에서 흙을 가져올 수 있습니다. 물이 있는 쪽에 쓸 만한 개흙층이 하나 있을 뿐이지만, 안쪽이나 가운데에서는 모래도 가져올 수 있습니다. 그러나 일단은 새 제방의 선을 제방 앞 충적지 위에 표시할 제방 기사부터 불러야 합니다! 제가 제방 계획 작업을 할 때 도움을 주었던 제방 기사가 이 일에 가장 적합할 겁니다. 그리고 진흙이나 다른 자재를 운반하기 위해서는 말 한 필이 끄는, 채 달린 수레를 달구지 목수에게 의뢰해야 하고요. 개펄의 수로를 막고, 모래 말고는 별 쓸모 없는 제방 안쪽 면을 메워야 하는데, 제방을 빼곡히 채울 짚이 몇백 대분이나 필요할지는 지금으로서는 말씀드릴 수 없습니다. 어쩌면 이 소택지에서 감당할 수 있는 것보다도 더 많이 필요할 수도 있습니다! 일단 이 모든 것을 어떻게 조달하고 마련할지 의논하도록 하지요. 여기 바다를 막고 있는 제방 서쪽 면의 새 수문도 나중에 능력 있는 목수에게 제작을 위탁해야 하고요.'

위원들은 테이블에 빙 둘러서서, 눈을 가늘게 뜨고 도면을 훑어보고 난 후 서서히 말을 꺼내기 시작했소. 하지만 뭔가 마지못해 이야기하는 듯한 분위기였지. 측량 기사를 데리고 오는 것이 문제되자, 젊은 위원 중 한 사람이 말했소. '제방 감독관님이 충분히 생각하셨겠지요. 누가 그 일에 적합할지는 감독관 자신이 제일 잘 아실 겁니다.'

그러나 하우케가 대꾸했소. '여러분이 위원이시니까, 제 생각이 아니라 여러분의 생각을 말씀해주십시오, 야콥 마이엔 위원님. 여러분이 더 나은 제안을 말씀해주시면, 제 제안은 그냥 무효화시키겠습니다!'

'감독관의 제안이 옳을 겁니다' 하고 야콥 마이엔이 말했소.

하지만 나이가 지긋한 어떤 제방 위원에게는 그 생각이 마땅치 않았다오. 자기 조카가 하나 있는데, 측량으로는 여기 이 소택지에서 아직 그만한 사람이 없을 정도로, 제방 감독관의 아버지인 고 테데 하이엔을 능가한다는 것이었지!

그래서 두 측량 기사에 대해 논의한 결과 두 사람에게 공동으로 일을 맡기기로 결정되었소. 수레, 짚 조달과 다른 사안들도 모두 비슷하게 진행되었고, 늦은 시간이 되어서야 하우케는 기진맥진한 채 당시 타고 다니던 수말을 타고 집으로 돌아왔소. 몸무게는 자기보다 더 나가지만 인생은 더 가볍게 살았던 전 제방 감독관이 물려준 낡은 안락의자에 앉아 있자니, 어느 새 아내가 그 옆에 다가왔소. '하우케, 당신 너무나 피곤해 보이는군요.' 엘케가 가녀린 손으로 하우케의 이마에 흐트러진 머리카락을 쓸어 넘겨주었지.

'좀 피곤하네요!' 하우케가 대답했소.

'일은 잘돼가요?'

'되고 있어요. 하지만 내 스스로 바퀴를 밀어야 하니까요. 누가 그걸 다시 뒤로 잡아끌지나 않으면 다행이지!' 그는 쓴웃음을 지으며 말했소.

'하지만 모두가 다 바퀴를 뒤로 잡아끄는 건 아니죠?'

'그렇지는 않아요, 엘케. 당신의 대부이신 예베 만너스는 좋은 분이에요. 그분이 삼십 년만 더 젊었으면 좋겠어요.'

몇 주 후 제방선이 그어지고 수레 대부분이 조달되자, 제방 감독관은 새 간척지의 지분 소유주와 옛 제방 뒤쪽의 땅 소유주를 모두 교회 주점에 소집했소. 작업과 비용의 분배 계획을 설명하고 이견이 있으면 들어보는 자리였지. 새 제방과 새 수문이 옛 제방의 유지비를 줄여준다면 옛날 제방 뒤쪽의 땅 소유주들 역시 자기 몫을 하고 또 부담해야 했으니까. 이 계획을 짜는 것이 하우케로서는 만만치 않은 일이어서, 제방 국장이 제방 일을 위한 사환 외에 제방 서기도 배정해주지 않았더라면, 아무리 매일같이 밤늦도록 일했더라도, 그렇게 빨리 끝내지는 못했을 거요. 하우케가 녹초가 되어 잠자리를 찾을 때, 아내 역시 이전처럼 그냥 잠든 척하며 그를 기다리지는 않았소. 엘케도 매일같이 일이 많아서, 밤이면 깊은 우물 바닥에 빠진 듯 업어가도 모를 지경으로 잠에 빠져들었거든.

하우케가 자기 계획서를 큰 소리로 낭독하고 나서, 사흘 동안 열람용으로 주점에 게시해놓았던 서류를 다시 탁자 위에 펼쳐놓았을 때, 진지한 사내들은 그의 성실한 노고에 경의를 갖추며 살펴보고, 조용히 숙고한 뒤 제방 감독관의 합리적인 아이디어를 받아들였소. 하지만 새로 생길 땅의 지분을 자기 스스로, 혹은 그 아버지나 전 소유주가 남에게 팔아 넘겨버린 사람들은, 새로운 제방 작업으로 자신들의 옛 땅도 비용부담이 덜어질 수 있다는 건 생각하지 않고, 자기들과는 아무 상관 없는 새 간척지에 드는 경비에 같이 끌어들였다고 불평했소. 또 새 간척지의 지분을 받은 어떤 사람들은 그 지분을 그냥 도로 가져가도 된다, 헐값에 그 지분을 내놓겠다며 고함쳤고. 그 지분의 대가로 부담하게 되는 만만찮은 의무 때문에 그 땅을 유지할 수 없다는 것이었소.

격분한 얼굴로 식식거리며 문설주에 기대고 서 있던 올레 페터스가 소리치며 끼어들었소. '여러분, 제방 감독관을 믿기 전에 먼저 곰곰이 생각해보시오! 제방 감독관은 계산에 밝아요. 지분의 대부분이 이미 저 사람 것이고, 내 지분도 홍정해서 사들였소. 그걸 손에 넣고 나서, 이 새 간척지에 제방을 만들기로 결정한 거라고요!'

그 말이 끝나자 좌중은 한순간 쥐죽은듯 조용해졌소. 제방 감독관은 서류를 펼쳐놓은 탁자 옆에 서 있다가, 고개를 들고 올레 페터스 쪽을 바라보았소. '당신도 잘 알지, 올레 페터스.' 제방 감독관이 말했소. '당신이 날 음해하고 있다는 걸. 알면서도 그러는 건, 나한테 오물을 던지면, 결국 그 오물이 조금이라도 나한테 달라붙게 된다는 걸 누구보다 잘 알기 때문이지! 사실은, 당신이 당신 지분을 팔아치우고 싶어했는데, 그 당시에 내가 양 사육에 땅이 필요했던 것뿐이오. 더 알고 싶으시다면 말해주겠는데, 당신이 술집에서 입에 담았던 더러운 말, 내가 마누라 덕에 제방 감독관이 됐다는 그 말이 날 흔들어 깨웠고, 스스로 제방 감독관이 될 수 있다는 걸 여러분에게 보여주고 싶었소. 올레 페터스, 그래서 난 전 제방 감독관이 진작 했어야 하는 일을 한 것이오. 그 당시 당신의 지분이 내 것이 되었다고 나한테 앙심을 품고 있는 것 같은데, 당신도 들었잖소? 지금 부역이 너무 많다고, 자기 지분을 헐값에 팔겠다고 하는 사람들이 여기 이렇게나 많소이다!'

모여 있던 사람들 중 소수의 인원 사이에서 동의의 웅성거림이 들렸지. 사람들 사이에 서 있던 늙은 예베 만너스가 커다란 소리로 외쳤소. '잘했소, 하우케 하이엔! 하느님께서 당신 사업이 이루어지게 하실 거요!'

올레 페터스가 입을 다물고 일단 저녁을 먹으러 사람들이 흩어지긴 했지만, 이야기는 끝나지 않았소. 두번째 소집에서 비로소 모든 것이 정리되었는데, 그것도 하우케가 다음달 자신에게 할당된 짚 세 마차분 대신 네 마차분을 떠맡은 다음에야 가능했다오.

성령강림제를 알리는 종소리가 온 마을에 울려퍼질 무렵, 드디어 공사가 시작되었소. 제방 앞 땅에서 파낸 개흙을 제방선 위에 쏟아놓기 위해 수레가 제방 앞 충적지를 떠나 쉴 새 없이 제방선으로 왔소. 또 그만큼의 수레가 충적지에서 새로 흙을 실어오기 위해 제방선에서 출발했지. 내려놓은 흙을 옮겨서 다지기 위해 괭이와 삽을 든 남자들이 제방선에 서 있었고. 엄청난 분량의 짚도 마차로 실어와 내렸다오. 짚은 제방 내부 쪽에 사용한 모래와 부슬부슬 성긴 흙 같은 가벼운 자재 위를 덮어씌우는 데만 쓰이진 않았소. 제방이 한 구간씩 차츰 완성되면, 야금야금 뜯어먹는 파도로부터 보호하기 위해 거기에 뗏장을 입히고 그 위에 군데군데 단단한 짚 거적을 씌웠지. 공사 십장들이 여기저기 돌아다니면서, 폭풍이 몰아치면 입을 커다랗게 벌리고 서서 바람과 천둥에 대고 큰 소리로 명령했소. 그 사이를 제방 감독관이 그즈음 자기의 애마가 된 백마를 타고 돌아다녔소. 그가 빠르고 간략하게 지시할 때, 일꾼들을 칭찬할 때, 또 물론 그런 일도 으레 생기기 마련이지만 게으른 일꾼이나 서투른 일꾼을 가차 없이 쫓아낼 때면 백마는 하우케를 태우고 이리 날고 저리 날아다녔지. '아무짝에도 쓸모가 없어! 당신 게으름 때문에 제방을 망치면 안 되지!' 제방 감독관은 고함쳤소. 간척지에서 하우케가 올라올 때면 멀리서부터 말의 씩씩거리는 숨소리가 들렸고, 그래서 일꾼들은 더 세게 일감을 쥐었다오. '자, 힘내! 백마의 기사가 온다!'

일꾼들이 아침 빵을 들고 떼지어 바닥에 앉아 있는 아침식사 시간이면, 하우케는 빈 작업장을 따라 말을 달리며 예리한 눈으로 허술하게 삽질한 곳을 찾아냈다오. 하우케가 말을 타고 사람들에게 와서 어떻게 작업해야 하는지 설명하면 사람들은 연신 빵을 뜯어먹으면서 그를 올려다보았소. 하지만 사람들로부터 동의라든가 어떤 의견 하나도 듣지 못했지. 한번은 아침식사를 하기에는 좀 늦었다 싶은 시간이었는데, 하우케가 제방 어딘가에 유난히 작업이 잘된 것을 발견한 거요. 그래서 근처에서 아침을 먹던 일꾼들에게 다가가 말에서 뛰어내리며, 저기에서 누가 일을 저리 깔끔하게 처리했느냐고 쾌활하게 물었지. 그러나 사람들은 그저 소심하고 울적하게 그를 쳐다보면서, 느릿느릿하게 내키지 않는다는 듯 몇 사람의 이름을 댈 뿐이었소. 하우케가 어떤 사람에게 말고삐를 잠시 맡겼는데, 그는 고삐를 두 손으로 잡고 양처럼 순하게 서서, 늘 그렇듯이 주인을 바라보고 있는 백마의 아름다운 눈을 겁에 질려 쳐다보고 있었소.

'어이, 마르텐! 자네 다리에 벼락이라도 맞았나? 왜 그렇게 서 있어?' 하우케가 물었소.

'감독관님 말이, 무슨 못된 짓이라도 꾸미는지 너무 조용해서요!'

하우케가 껄껄 웃으며 손수 말고삐를 잡자, 말은 곧 그의 어깨에 대고 애교를 부리듯이 머리를 비볐지. 일꾼 몇 사람은 쭈뼛거리며 말과 그 위에 앉은 사람을 올려다보았고, 다른 사람들은 자기하고는 아무 상관 없다는 듯 묵묵히 아침 빵을 먹으면서, 음식 냄새를 좇아 날렵한 날개를 퍼덕이며 사람 머리에 거의 닿다시피 날아 내려오는 갈매기들에게 이따금 빵 부스러기를 던져주었다오. 한동안 제방 감독관은 먹이를 구걸하는 새들이 일꾼들이 던져준 빵 조각을 부리로 낚아채는 모습을 멍하니 바라보았소. 그러다가 안장에 올라타고는 일꾼들을 돌아다보지도 않고 달려가버렸지. 그가 떠나가자 일꾼들 사이에서 커지는 말소리가 그의 귀에 마치 자신에 대한 조롱처럼 들렸소. '뭐지?' 그는 혼자 생각했소. '모두가 나에게 반대할 거라는 엘케의 말이 맞았나? 저 하인들과 서민들, 저들 중 많은 사람이 내 새로운 제방 덕에 살림살이가 좀 나아지고 있을 텐데?'

말에 박차를 가하자 백마는 미친 듯이 간척지로 내달렸소. 예전에 자기 집에 있던 사환이 백마의 기사에 대해 꾸며낸 무시무시한 이야기를 하우케는 아무것도 모르고 있었지. 하지만 야윈 얼굴에 두 눈은 뚫어질 듯 불타오르고, 망토를 휘날리는 모습이며, 또 타고 있는 백마는 번쩍이며 빛을 발하는 모습은 정말이지 소문이 다 무색할 정도였다오!

이렇게 여름과 가을이 지나갔고, 11월 말까지 작업을 하다가 혹한과 눈 때문에 공사가 중단되었소. 일을 마무리 짓지 못한 채, 간척지를 그냥 내버려두기로 결정했지. 제방은 평지에서 8피트 높이로 솟아 있었소. 서쪽에 바다를 막는 수문이 세워질 위치에는 자리를 남겨두었소. 위쪽 옛날 제방 앞 수로도 손을 못 대고 있었고. 그래서 그 자리에 혹은 새 제방에 큰 피해를 입히지는 않는다 해도, 지난 삼십 년간 그랬던 것처럼 밀물이 간척지 안으로 들어올 수 있었지. 이렇게 해서 인간의 손이 벌인 사업을 위대하신 신께 넘기고, 봄 햇살 아래 제방을 완성할 수 있을 때까지 신의 가호에 맡겼다오.

그 사이에 제방 감독관의 집에 경사가 생겼소. 결혼 구 년 차에 아이가 태어난 거요. 아이는 빨갛고 쭈글쭈글했고 신생아 여아답게 7파운드* 정도 나갔소. 다만 이상하게도 소리 내서 울지 않아 산모 마음이 좋지 않았다오. 최악은 출산 사흘째에 엘케가 심한 산욕열로 헛소리를 하며 남편도, 늙은 산파도 못 알아본 일이었소. 자기 아이를 보았을 때 하우케를 사로잡은 주체할 수 없는 기쁨은 깊은 슬픔으로 바뀌었지. 시내에서 의사를 불러왔고, 의사는 침대 옆에 앉아서 엘케의 맥을 짚어보고 처방을 쓰고는, 난감해하며 주위를 이리 보고 저리 보기만 했소. 하우케는 고개를 흔들었소. '의사도 어쩔 수 없어, 오직 하느님만 도울 수 있어!' 그는 기독교를 향한 자신의 믿음을 가다듬었지만, 오히려 기도를 주저하게 되었소. 노의사가 돌아가고, 병자가 환각 속에 소리 지르는 동안 하우케는 창가에 서서 겨울의 풍경을 뚫어져라 쳐다보며 두 손을 모았소. 경건함에서 나온 행동이었는지 아니면 엄청난 불안감 속

* 1파운드는 약 450그램이다.

에서 자신을 잃지 않으려 그랬는지는 그 자신도 몰랐다오.

'물! 물!' 하고 병자가 신음했소. '날 잡아줘요! 하우케, 날 잡아줘!' 엘케가 소리 질렀지. 그러다가 목소리가 잦아들었는데, 마치 우는 것처럼 들렸소. '바다로, 바다로? 오, 하느님, 더이상 그이가 안 보여요!'

그러자 하우케는 돌아서서 간병인을 침대에서 밀어냈소. 그는 무릎을 꿇고 아내를 끌어안았지. '엘케! 엘케, 날 봐, 내가 옆에 있어요!'

그러나 그녀는 열에 들뜬 눈을 크게 뜨고 절망한 듯 정신없이 주위를 두리번거릴 뿐이었소.

하우케는 아내를 베개 위에 다시 눕혔소. 그러고는 두 손을 깍지 꼈지. '하느님, 하느님, 저에게서 아내를 데려가지 마십시오! 당신도 아시다시피 저는 아내 없이는 살 수 없습니다!' 그러고는 마치 혼자서 곰곰 생각하는 듯하다가, 더 나지막한 소리로 덧붙였소. '저도 당신이라고 언제나 당신이 원하는 대로 하실 수도 없다는 것, 당신도 그리하지 못하신다는 걸 잘 압니다. 하지만 당신은 언제나 지혜로우시고, 당신의 지혜대로 행동하셔야만 합니다. 오, 하느님, 제게 한 말씀만 하소서!'

갑자기 고요해진 듯했소. 그는 조용한 숨소리만 듣고 있었소. 하우케가 다시 침대로 돌아오니 아내는 편안히 잠들어 있었지. 단지 간병인이 경악한 눈으로 그를 쳐다보았소. 하우케는 문 여는 소리를 들었소. '누구요?' 하고 그가 물었소.

'하녀 안 그레테가 왔다 갔어요, 하이엔 씨. 온수 주머니를 갖다주러요.'

'그런데 왜 그렇게 놀란 눈으로 저를 쳐다보는 겁니까, 레프케 부인?'

'제가요? 아까 기도 때문에 깜짝 놀랐답니다. 그렇게 기도해서는 죽어가는 사람을 살릴 수 없어요!'

하우케는 사람의 마음속을 파고드는 듯한 눈길로 레프케를 쳐다보았소. '부인도 우리 안 그레테처럼, 네덜란드 양복 수선공 얀테의 비밀 집회에 나갑니까?'

'그럼요, 하이엔 씨, 저희 두 사람의 신앙은 살아 있는 것이랍니다!'

하우케는 대답하지 않았소. 그 당시 크게 붐이 일었던 분리주의적 경건주의 집회가 프리슬란트인들 사이에서도 창궐하고 있었다오. 몰락한 수공업자나 술 때문에 직장에서 잘린 학교 선생이 그 모임에서 중심 역할을 맡고 있었고, 창녀, 늙은 여인, 젊은 여인, 게으름뱅이와 외로운 사람들이 열심히 비밀 집회에 나갔는데, 그런 집회에서는 누구든 성직자가 될 수 있었지. 제방 감독관의 집에서는 하녀 안 그레테와 그녀에게 반한 사환이 일이 없는 저녁 시간을 거기서 보내고 있었소. 물론 엘케는 그 집회에 대한 우려를 하우케에게 숨기지 않았지. 그러나 하우케는 신앙 문제는 간섭하지 말아야 한다고 했소. 그게 남에게 해를 끼치는 것도 아니고, 술집에 가는 것보다는 낫다고 생각했거든!

그렇게 비밀 집회 일은 마무리되었던 터라, 지금도 하우케는 아무 말 않고 있었소. 그러나 정작 하우케에 대해서 다른 사람들은 침묵하지 않았소. 그가 기도할 때 했던 말이 집집마다 퍼져나갔지. 하우케가 하느님의 전능하심을 부인했다, 전능하지 않은 신이라면 도대체 뭐냐? 하우케는 무신론자다, 악마가 씐 말 이야기가 결국 사실일지도 모른다는 식이었소.

하우케는 이 일에 대해서는 아무것도 모르고 있었소. 며칠 동안 그의 귀와 눈은 오직 아내에게만 쏠려 있었지. 그에게는 아이조차도 더이상 세상에 존재하지 않았다오.

노의사가 다시 왔고, 그러고 나서는 매일같이 왔는데, 어떤 때는 하루에 두 번이나 와서 밤새도록 머물다가 다시 처방전을 써줬고, 하인 이벤 욘스가 그걸 들고 부리나케 약국으로 말을 타고 갔소. 그러다가 어느 사이엔가 의사의 얼굴이 온화해지더니 하우케에게 다정하게 미소 지으며 고개를 끄덕였다오. '됐소! 됐어요! 하느님이 도와주셨소!' 그리고 어느 날, 의사의 의술이 병을 이겼는지 하우케의 기도를 듣고 사랑의 하느님께서 어떤 해결책을 발견하실 수 있었는지, 엘케와 단둘이 있게 된 노의사가 눈으로 웃으며 말했소. '부인, 이제는 자신 있게 말씀드릴 수 있겠소. 오늘은 의사로서 경사스러운 날이오. 부인 상태가 안 좋았는데, 이제 부인은 다시 이 세상 사람이 되었소!'

그러자 엘케의 검은 눈이 마치 빛의 바다처럼 환해졌소. '하우케! 하우케, 어디 있어요?' 엘케는 큰 소리로 남편을 불렀고, 하우케가 아내의 밝은 목소리를 듣고 방으로 들어와 침대로 달려오자, 아내는 남편의 목을 감싸안았지. '하우케, 여보, 나 살았어요. 당신 곁에 있어요!'

의사는 호주머니에서 비단 손수건을 꺼내 이마와 볼을 훔치고는 고개를 끄덕이며 방을 나갔소.

사흘 뒤 저녁, 네덜란드 양복 수선공의 비밀 집회에서 신앙심 깊은 연사, 제방 공사에서 쫓겨났던 슬리퍼 제조업자가 신의 특성에 대해 청중에게 연설했소. '그런데 신의 전능함을 부인하는 자, 하느님 당신이 원하시는 걸 당신이 할 수 없음을 알고 있다고 말하는 자, 우린 그 불쌍한 자가 누구인지 다 알고 있습니다. 그는 마치 무거운 돌덩이처럼 우리 마을을 짓누르고 있습니다. 그는 하느님께 버림받아, 하느님의 적, 죄의 친구를 찾아내어 자신의 위안으로 삼습니다. 인간의 손은 어떤 막대기라도 의지할 걸 찾아야 하니까요. 그러나 여러분은 그렇게 기도하는 자를 조심하십시오, 그의 기도는 저주입니다!'

이 말 역시 집집마다 퍼져나갔소. 작은 마을에서 무슨 말이 안 퍼지겠소! 하우케의 귀에도 들어갔지. 그는 이에 대해 한 마디도 하지 않았소. 아내에게조차도 말이오. 그저 가끔씩 아내를 격렬하게 끌어안을 뿐이었지. '엘케, 날 버리지 마요. 날 버리면 안 돼요!' 그러면 엘케는 놀라움에 가득찬 눈으로 그를 올려다보았소. '버리지 말라뇨? 내가 당신 말고 누굴 믿고 따르겠어요?' 그러나 잠시 후 엘케는 그의 말을 이해했소. '그래요, 하우케, 우리는 서로에게 충실할 거예요. 우리가 서로 필요하기 때문만은 아녜요.' 그리고 두 사람은 각자 자기 일을 하러 갔지.

여기까지는 그럭저럭 괜찮았소. 그러나 활기차게 일은 했지만 그의 주변은 늘 고독했고, 그의 마음속에서는 다른 사람들에 대한 반항심과 배타심이 자리잡아가고 있었소. 하지만 오직 자기 아내에게만은 언제나 한결같았으며, 아기의 요람 옆이 마치 영원한 구원의 장소이기라도 한 듯 밤낮으로 거기에서 무릎을 꿇었다오. 그러나 하인들과 일꾼들에게는 한층 엄격해졌소. 전에는 일이 서툰 자나 태만한 자들을 조용히 꾸짖어 고쳐주었지만 이제는 호되게 야단쳐서 기겁하게 만들었기 때문에, 가끔 엘케가 조용히 수습하러 가기도 했다오.

봄이 가까이 오자, 다시 제방 작업이 시작됐소. 이제 새로 세울 수문을 보호하기 위해 서쪽 제방선의 빈자리를 안에서 밖으로, 또 밖에서 안으로도 반원형으로 임시 방파제를 만들어 메웠소. 수문과 마찬가지로 중앙 제방도 쑥쑥 높아졌소. 그러나 제방 감독관에게 일이 수월해진 것은 아니었지. 겨울에 세상을 뜬 예베 만너스의 자리에 올레 페터스가 제방 위원으로 들어왔거든. 하우케는 이걸 굳이 막으려고 하지 않았소. 그러나 아내의 대부였던 예베 만너스에게서 받은 용기를 북돋워주는 말이나 왼쪽 어깨를 다정하게 두드려주는 격려 대신 그 후임자에게서 받은 것은 은근한 저항과 불필요한 반론이었고, 딱히 이유도 없이 투쟁을 해야 했지. 올레는 비중 있는 인물이긴 했지만, 제방 일에 총명한 사람은 아니었소. 올레에게는 예전부터 이 '글쟁이 하인'이 언제나 성가신 존재였을 뿐이지.

바다와 소택지 위로 다시 맑디맑은 하늘이 펼쳐지고, 간척지는 다시 튼실한 소들로 알록달록해졌고, 소들의 울음소리가 넓게 드리운 고요를 한번씩 깨뜨렸다오. 종달새가 높은 하늘에서 쉴 새 없이 노래했소. 그래서 한숨 돌리는 찰나에 갑자기 종달새 노래가 뚝 하고 멈추면 그제야 비로소 종달새의 노랫소리를 새삼 의식할 수 있었지. 악천후 때문에 공사가 중단되는 일은 없었고, 수문은 칠하지 않은 목조 구조를 이미 세워둬서, 단 하룻밤도 임시 제방의 보호를 받을 필요가 없게 됐소. 신이 이 새로운 공사에 은총을 베풀어주시는 듯했지. 남편이 백마를 타고 제방에서 돌아오면, 아내 엘케의 두 눈이 웃음으로 맞아주었소. '이제 착한 짐승이 되었구나!' 엘케는 말하며 번쩍이는 말 목을 두드려주었다오. 아내가 아이를 안고 있으면 하우케는 말에서 뛰어내려 아직 어린 딸아이를 팔에 안고 이리저리 흔들었소. 그러다 갈색 눈으로 아기를 쳐다보는 백마에게 '이리 와봐. 너도 영광을 누려야지!' 하고 말했지. 그러고는 어린 빙케를, 그게 아이의 세례명인데, 안장에 앉힌 채 백마를 끌고 둔덕을 한 바퀴 돌았소. 어떤 때는 오래된 물푸레나무도 빙케에게 인사할 영광을 누렸다오. 하우케는 흔들거리는 나뭇가지 위에 아이를 앉히고 그네를 태웠소. 아이의 엄마는 문간에 서서 눈웃음을 지었지. 하지만 아이는 웃지 않고, 귀여운 코 양옆 두 눈으로 멍하니 멀리 바라볼 뿐, 조그만 두 손으로 아버지가 내밀어준 막대기를 잡을 생각도 하지 않았소. 하우케는 그 일을 신경쓰지 않았다오. 어린아이에 대해 아는 것도 없었고. 그러나 엘케는 같은 시기에 출산한 하녀의 품에 안긴 옅은색 눈동자의 여자아이를 쳐다보며 '우리 아이는 아직 자네 아이만큼 자라질 못했어, 스티나!' 하고 고통스럽게 말했지. 그러면 하녀는 손을 붙들고 있던 통통한 사내아이를 예뻐 죽겠다는 듯이 휙휙 흔들어대면서 큰 소리로 외쳤소. '예, 마님, 아이들마다 다 다르죠. 이 아이는 두 살도 안 됐을 때 광에서 사과를 훔쳐냈어요!' 엘케는 통통하게 살진 머슴애의 곱슬머리를 눈가에서 밖으로 쓸어주면서 자기 아이를 가만히 꼭 끌어안았다오.

10월에 들어서자, 양쪽으로 중앙 제방과 연결되는 서쪽에 벌써 새 수문이 견고하게 들어섰소. 중앙 제방은 수로 옆 빈자리 말고는 완만한 경사를 이루며 바다 쪽으로 떨어지고 있었는데, 만조 때보다 십오 피트 더 높게 솟아 있었소. 중앙 제방의 북서쪽 모퉁이에 서면 예베르스 섬을 지나 개펄까지 탁 트여 보였다오. 물론 거기는 바람 역시 더 드세서, 머리카락이 휘날려 전망을 보려면 모자를 꼭 붙들고 있어야 했지.

폭풍우가 들이닥친 11월 말, 남은 일이라고는 옛 제방에 바짝 붙어 있는 틈을 메우는 것뿐이었소. 수로를 통해서 바닷물이 옛 제방 북쪽면 바닥에서 새 간척지로 들어왔으니까. 양편으로는 제방의 벽이 들어서 있었고. 이제 그 사이의 깊은 웅덩이를 없애야 했소. 건조한 여름 날씨라면 일이 더 쉬웠을 테지. 하지만 폭풍우가 갑자기 불기 시작하면 전체 제방이 위험해질 수 있으니까, 지금이라도 웅덩이를 메우는 작업을 해야 했다오. 하우케는 이제 공사를 마무리하기 위해 전력을 다 기울였소. 비가 쏟아지고, 바람이 윙윙거렸소. 사나운 백마를 탄 하우케의 여윈 모습이 동에 번쩍 서에 번쩍하며 제방 북쪽의 위아래 구멍 옆에서 일하는 사람들의 새까만 무리 속에 나타났소. 이젠 아래쪽, 제방 앞에서 개흙을 실어와야 하는 수레 옆에서도 하우케의 모습이 보였소. 개흙을 그득 실은 수레 한 대가 개펄 수로에 도착해서 흙을 내려놓고 있었고. 쏴 하는 빗소리와 윙윙 바람소리를 가르며 가끔씩 제방 감독관의 날카로운 명령이 울려퍼졌소. 그는 그날만큼은 혼자 지시를 내리고 싶었다오. 차례대로 수레 번호를 부르며 한꺼번에 몰려들지 않도록 하고 있었지. '중지!' 하는 외침이 그의 입에서 떨어지자, 아래쪽에서는 일손이 멈췄소. '짚! 짚 한 마차분 내려!' 그가 위를 향해 외치자, 위에 멈춰 있던 마차에서 짚이 쏟아져내려 아래의 젖은 개흙 위로 떨어졌소. 아래쪽에서는 그 사이로 사내들이 이리저리 뛰면서 짚을 짓어밟기며 위를 향해 자기네들까지 파묻지는 말라고 소리 질렀소. 새 수레가 도착했고, 하우케는 다시 위로 올라가, 백마 위에서 구덩이를 내려다보며 일꾼들이 삽질로 짚을 파 엎는 것을 쳐다보고 있었소. 그는 해안호로 눈길을 던졌소. 바람이 매섭게 불고 있었는데, 물 끝자락이 제방으로 점점 올라오고, 파도가 더 높아지는 것이 보였소. 사람들은 흠뻑 젖은 채, 입가의 공기를 턱턱 잘라내듯이 몰아치는 바람에 맞서 힘든 일을 하느라 제대로 숨도 못 쉬었지. '견딥시다, 여러분! 견딥시다!' 그는 사람들이 있는 아래쪽을 향해 소리쳤소. '1피트만 더 높이, 그럼 이런 홍수에도 끄떡없어!' 폭풍우의 온갖 소음 사이로 일꾼들이 일하는 소리가 들려왔소. 웅덩이 속으로 집어던진 개흙덩이가 철퍼덕 쏟아지는 소리, 수레바퀴가 덜거덕거리는 소리, 위에서 던진 짚이 우수수 떨어지는 소리가 쉴 새 없이 계속되었지. 그런데 그 와중에 누런 개 한 마리가 추위에 오들오들 떨면서 어쩔 줄 모르고 사람과 수레 사이에서 이리저리 치이며 깨갱댔던 거요. 그러다가 갑자기 저 아래 구덩이에서 그 조그만 짐승의 비명소리가 울려오는 것이었소. 하우케가 내려다보니, 위에서 누가 던졌는지 개가 구덩이로 떨어져 있었소. 하우케의 얼굴이 노여움으로 벌게졌다오. '멈춰! 중지!' 그는 수레 쪽을 향해 소리쳤소.

'왜요? 불쌍한 개새끼 하나 때문에 그러시는 건 아니죠?' 하고 밑에서 거친 목소리가 올라왔소.

'멈추라고 했어. 개를 이리 데리고 와! 우리 공사장에서 불경스러운 일은 있을 수 없어!'

그러나 누구도 손을 움직이지 않았고, 찐득찐득한 진흙을 담은 삽 몇 개가 울부짖는 강아지 옆으로 왔다갔다할 뿐이었지. 이때 하우케가 백마에 박차를 가하자 말은 고함을 내지르며 제방을 달려내려갔고 모두 길을 비켜섰소. '그 개! 나한테 내놔!' 하우케가 외쳤소.

웬 손이 부드럽게 그의 어깨를 쳤는데, 꼭 고인이 된 예베 만너스 노인의 손길 같았소. 돌아보니 예베 만너스 노인의 친구였다오. '조심하게, 제방 감독관! 여기 이 사람들 중에 당신 친구는 아무도 없다네. 강아지 일은 그냥 사람들이 하는 대로 내버려둬!' 노인이 넌지시 귀띔해주었소.

바람이 윙윙 불고, 비가 후드득 쏟아지고 있었소. 사람들은 삽을 땅에 꽂는가 하면 몇몇은 아예 내동댕이치고 말았지. 하우케는 노인 쪽으로 고개를 기울이며 말했소. '제 백마 좀 잡아주시겠습니까, 하르케 옌스 씨?' 노인이 말고삐를 잡기 무섭게, 그는 구덩이로 달려내려가 낑낑대는 작은 개를 팔에 안아 올렸소. 그러고는 순식간에 다시 말에 올라앉아 제방 위로 돌아갔소. 하우케는 마차 옆에 서 있는 사람들을 훑어보았소. '누구요? 누가 이 개를 던졌소?' 하고 그가 소리 질렀지.

순간 모두 침묵했소. 제방 감독관의 여윈 얼굴에서 분노의 불꽃이 뿜어져 나왔고, 사람들 모두 하우케에게 미신적인 두려움을 가지고 있었으니까. 그때 우마차에서 목이 두툼한 사내가 하우케 앞으로 걸어나왔다오. '내가 하지는 않았소만, 제방 감독관' 하고 사내는 씹는담배 꽁지를 한입 물어뜯어 느긋하게 입속에 밀어넣으며 말했소. '하지만 그렇게 한 사람은 옳은 일을 한 거요. 당신 제방이 오래 견디려면, 뭐든 살아 있는 것이 들어가야 하거든!'

'살아 있는 것? 그건 어느 교리문답서에서 배운 건가?'

'교리문답에서 배운 것이 아닙니다, 나리!' 하고 사내는 대꾸했고, 그의 목에서는 뻔뻔한 웃음소리가 터져나왔소. '기독교라면 당신 못지않았던 우리네 할아버지들도 이미 알고 있던 거요! 아이가 더 좋죠. 아이가 안 되면 개라도 좋고!'

'그런 이단 교리는 꺼내지도 마. 자네를 던져넣으면 둑이 더 잘 막아내겠군.' 하우케가 소리 질렀소.

'우!' 하는 소리가 여러 사람의 목에서 터져나왔고, 제방 감독관은 자기를 빙 둘러싼 격분한 얼굴과 불끈 쥔 주먹을 보았소. 그들이 자기 편이 아니란 걸 하우케는 알고 있었소. 제방 걱정에 그의 마음속으로 공포감이 밀려들었소. 지금 이 사람들이 모두 삽을 내던져버린다면 어떻게 되겠소? 눈길을 아래쪽으로 돌려보니 예베 만너스 노인의 친구가 다시 보였소. 노인은 일꾼 사이를 돌아다니며 이 사람 저 사람에게 말을 건네고, 어떤 사람에게는 웃어주고, 또 어떤 사람에게는 다정한 얼굴로 어깨를 두드려주었는데, 그러자 한 사람 두 사람 다시 삽을 집어 드는 것이었소. 잠시 후 일은 제대로 돌아가고 있었죠. 하우케로서는 뭘 더 바라겠소? 개펄의 물줄기는 막아야 하고, 강아지는 안전하게 외투 밑에 숨겨놓고 있었고. 그는 돌연 단호하게 백마의 머리를 가까운 수레 쪽으로 돌렸소. '짚을 모서리로!' 그는 명령조로 소리쳤고, 마부는 기계적으로 그의 말에 따랐소. 곧 짚이 구덩이 속으로 부스럭거리며 쏟아져내렸고, 사방에서 모든 팔이 다시 바쁘게 움직이기 시작했다오.

그렇게 한 시간 동안 작업이 계속되었소. 여섯시가 넘었고, 이미 짙은 어스름이 밀려들었지. 비는 그쳐 있었고, 하우케가 십장들을 말 옆으로 불러모았소. '내일 아침 네시에 모두 다시 현장으로 나오시오. 달이 떠 있을 거요. 하느님과 함께 일을 마무리합시다! 그리고 한 가지 더!' 하우케는 사람들이 가려고 하자 소리쳤소. '이 개를 아시오?' 하며 하우케는 망토 안에서 달달 떨고 있는 강아지를 끄집어내고 물었소.

일꾼들은 모른다고 했소. 한 사람만이 '그 개는 며칠 내내 마을에서 얻어먹고 돌아다녔소. 주인이 없소!' 하고 대답했지.

'그렇다면 내 거로군!' 제방 감독관이 대답했소. '잊지들 마시오, 내일 아침 네시!' 그리고 말을 타고 떠났소.

집에 돌아오자, 안 그레테가 막 문을 나서고 있었소. 안 그레테는 깨끗한 옷차림이었는데, 지금 양복 수선공의 비밀 집회에 가는 게 틀림없다는 생각이 하우케의 머릿속을 스쳤지.

'앞치마를 펼치게!' 하고 그녀에게 말하자, 안 그레테는 엉겁결에 주인이 시키는 대로 했고, 하우케는 진흙투성이의 강아지를 던져주었소. '빙케에게 갖다주게, 놀이친구 삼으라고 말이야! 그전에 먼저 씻기고 따뜻하게 해줘. 그것도 하느님 뜻에 맞는 일을 하는 거지, 그놈은 꽁꽁 얼어붙었어.'

안 그레테는 주인이 시키는 대로 할 수밖에 없어, 그날은 비밀 집회에 가지 못했다오.

다음날 새 제방에 마지막 삽질을 했소. 바람은 가라앉았고, 갈매기와 물떼새가 육지와 바다 위를 오가며 우아하게 날고 있었소. 북해 해안가에 요즘도 보이는 흑기러기떼가 천의 목소리로 꽥꽥거리는 소리가 예베르스 섬에서 들려왔소. 광활한 습지대를 뒤덮었던 하얀 아침 안개 속에서 차츰차츰 금빛 가을 해가 떠올라 인간의 손이 빚은 새로운 작품을 비추어주었소.

몇 주가 지난 뒤 영주 측의 전문위원회가 제방 국장과 함께 새 제방을 시찰하러 왔다오. 테데 폴케르츠의 장례식 이후 처음으로 큰 연회가 제방 감독관의 집에서 벌어졌지. 모든 제방 위원들과 주요 관계자들이 초대되었다오. 식사가 끝나고 손님들과 제방 감독관의 마차가 모두 떠날 채비를 마쳤소. 엘케는 제방 국장의 손에 이끌려 갈색 수말이 발굽을 달그닥거리는 이륜 경마차에 올라탔소. 제방 국장이 뒤따라 마차에 올라타고 말고삐를 잡았지. 제방 국장은 감독관의 영리한 부인을 직접 태워주고 싶어했다오. 명랑한 분위기 속에서 마차들은 둔덕에서 길로 나가, 새 제방으로 가는 비탈길을 올랐고, 새 제방 위에서 새로 생긴 간척지를 빙 돌아보았소. 그 사이 가벼운 북서풍이 일더니, 새 제방의 북쪽과 서쪽에서 밀물이 밀려올라왔소. 그러나 새 제방의 완만한 경사가 떨어지는 파도를 보다 누그러지게 만들어주고 있다는 걸 누구라도 분명하게 알 수 있었지. 영주측 위원들의 입에서 제방 감독관에 대한 찬사가 쏟아져 나왔고, 그 바람에 간간이 제방 위원들 쪽에서 느릿느릿 제기된 이의도 이내 파묻혀버리고 말았소.

시찰도 이렇게 지나갔소. 그런데 어느 날, 제방 감독관이 은밀히 자부심을 느끼며 새 제방을 따라 말을 달리다가 흐뭇한 말을 듣게 된 거요. 사실 자기가 아니었다면 존재하지 않았을 간척지, 그의 땀과 밤샘의 노고가 녹아 있는 이 간척지가 종국에는 왕녀의 이름을 따 '새 카롤리네 간척지'라고 불리게 된 데 대한 의문이 하우케의 마음속에 없었던 건 아니었소. 그러나 어쨌든 간척지 이름은 그렇게 붙여졌지. 관련 문서에는 다 그 이름이 쓰였고, 그중 몇 개는 빨간색 독일 고딕체로 적혀 있기도 했소. 하우케가 눈을 들어보니, 맞은편에서 스무 걸음 정도 간격을 두고 일꾼 두 명이 농기구를 들고 걸어오고 있었소. '기다려!' 하고 뒤에 오던 사람이 앞서가는 사람을 부르는 소리가 들렸소. 그러나 앞서 가던 사람은 간척지로 접어드는 비탈길에 막 들어서더니 뒤쪽 일꾼에게 이렇게 소리쳤다오. '다음에 보세, 옌스! 이미 늦었어. 나는 여기서 진흙을 다져줘야 해.'

'어디?' 하고 뒤에 오던 사람이 물었소.

그러자 앞서 가던 사람이 대답했지. '여기, 하우케 하이엔 간척지에서 말이야!'

일꾼은 비탈길을 터벅터벅 걸어내려가면서, 밑에 있는 온 소택지 사람들에게 다 들리도록 커다랗게 소리 질렀소. 하우케에게는 마치 자신의 명성이 널리 선포되는 듯 느껴졌다오. 그는 안장 위에서 몸을 세우고 백마에게 박차를 가하며 흔들리지 않는 눈길로 왼쪽으로 넓게 펼쳐진 풍경을 바라보았소. '하우케 하이엔 간척지!' 하고 나지막이 되뇌면서. 그것은 영원히 변하지 않을 이름처럼 들렸지! 그들이 아무리 대들어도 내 이름만은 인정하지 않을 수 없었던 것이야. 공주의 이름, 그건 낡은 문서 속에서나 존재하다 머지않아 좀먹어버리지 않겠는가? 하고 그는 생각했소. 백마가 의기양양하게 달렸소. 하우케의 귓전에는 '하우케 하이엔 간척지! 하우케 하이엔 간척지!' 하는 소리만 웅웅 울려퍼졌다오. 하우케의 생각 속에서 새 제방은 세계 8대 불가사의 중 하나라도 된 듯했지. 프리슬란트 천지에 내 제방 같은 것은 없어! 하우케는 말이 이리저리 춤추듯이 달리는 대로 내버려두었소. 자신이 모든 프리슬란트 사람의 중심에 서 있는 것 같았소. 그는 다른 사람들보다 머리 하나만큼 더 솟아 있었고, 날카로우면서도 동정어린 시선으로 사람들을 훑어보았지.

제방을 쌓은 지 삼 년이 흘렀소. 새 제방의 진가는 입증되었고, 보수비용도 얼마 되지 않았지. 간척지에는 이제 사방에 하얀 토끼풀이 피어, 제방으로 둘러싸인 목초지 위를 걸어가노라면, 여름 바람이 달콤한 향기의 구름을 가득 실어다주었다오. 이제 지금까지는 계산상으로만 이야기해왔던 지분을 실제 지분으로 바꾸어, 지주들에게 배당된 땅을 모두 영구 소유로 토지대장에 올려줄 때가 되었지. 하우케는 가만히 있지 않고 그전에 새 땅을 더 사들였소. 올레 페터스는 심술 가득한 얼굴로 그냥 가만히 뒷전에 물러나 있었지. 새 간척지에는 그의 땅이 하나도 없었으니까. 아무 불만과 다툼 없이 토지 분배가 끝날 수는 없었지만, 그러나 그 일도 그럭저럭 마무리되었소. 제방 감독관은 그날도 그렇게 무사히 넘겼다오.

그후 하우케는 농장주로서 또 제방 감독관으로서 제 임무를 다하면서 가장 가까운 식구들하고만 외로이 살았소. 옛 친구들은 이미 세상을 떠났고, 새로 친구를 사귀는 성격도 못 되었지. 그러나 그의 가정은 평화로웠고, 말수 없이 조용한 아이도 그 평화를 깨지 않았소. 아이는 말이 없었고, 영리한 아이들이 그러듯 끊임없이 질문하는 일도 거의 없었고, 누가 질문이라도 하면 어렵사리 겨우 대답할 줄만 알았소. 그러나 귀엽고 순진한 아이의 얼굴에는 거의 언제나 만족스러운 표정이 떠올라 있었다오. 놀이친구는 둘이었는데, 아이에게는 그걸로 충분했소. 아이가 둔덕을 돌아다닐 때면 하우케가 구덩이에서 구해낸 노란 강아지가 늘 아이 주변을 뛰어다녔고, 강아지가 보이면 그 주변에 어린 빙케도 꼭 있었소. 또다른 놀이친구는 붉은부리갈매기였소. 강아지 이름은 '페를레', 갈매기 이름은 '클라우스'였지.

클라우스는 한 노인을 따라 농장에 정착했소. 팔순의 트린 얀스가 바깥 제방 위 오두막에서 더이상 살기 어려워진 거요. 엘케는 이전에 할아버지의 하녀였던 트린 얀스가 자기네 농장에서 얼마 남지 않은 말년을 조용히 보내고 임종도 맞으면 좋을 거라고 생각했소. 그래서 엘케와 하우케가 트린 얀스를 반은 억지로 농가로 데려와서, 몇 년 전 본채 옆 농가를 확장하면서 지은 새 헛간의 북서쪽 작은 골방에서 지내도록 한 거지. 하녀 두세 명이 그 옆방에서 지내니 밤에 노파를 돌봐줄 수 있었지. 노파는 벽을 빙 둘러 오래된 자기 살림살이들을 들여놓았소. 삼나무로 짠 보물함 위에는 죽은 아들의 채색 초상화 두 장을 걸어두었고, 오래전에 멈춰버린 물레와 깨끗한 휘장이 달린 침대도 넣고, 침대 앞에는 죽은 앙고라 고양이의 흰 털가죽을 덮어씌워놓은 울퉁불퉁한 발받침대를 두었지. 그런데 노파가 가져온 것 중에는 살아 있는 것도 있었소. 그게 바로 벌써 몇 년 동안 노파 옆에서 모이를 받아먹던 갈매기 클라우스였다오. 물론 겨울이 되면 클라우스도 다른 갈매기들과 같이 남쪽으로 날아갔다가, 해안가에 쑥 향기가 퍼질 때면 다시 돌아왔지.

헛간은 둔덕 옆 조금 낮은 데에 자리하고 있었소. 노파는 자기 창문으로는 둔덕 너머 바다를 볼 수 없었지. 하루는 하우케가 노파의 방에 들어가자, 노파가 '제방 감독관, 자네가 여기 날 가두어놓은 것 같네!' 하고 중얼거리며 굽은 손가락으로 아래쪽에 널찍하게 펼쳐진 목초지를 가리키는 것이었소. '예베르스 섬이 대체 어디야? 붉은 소 너머가, 검은 소 저 너머가?'

'예베르스 섬은 왜요?' 하우케가 물었소.

'아, 왜라니!' 하고 노파가 투덜거렸지. '옛날에 우리 아들이 하느님께 간 곳을 보고 싶다고!'

'그걸 보려면, 저 위에 물푸레나무 밑에 앉으세요. 거기서는 바다가 다 보여요!'

'그래, 그래, 내 다리가 자네처럼 젊다면야 무슨 문제겠어, 제방 감독관!'

제방 감독관 부부가 베풀어준 도움에 대한 노파의 감사 표시는 오랫동안 그런 식이었소. 그러다가 갑자기 변화가 찾아왔다오. 어느 날 아침 어린 빙케가 반쯤 열린 문으로 작은 머리를 들이밀었소. 팔짱을 끼고 나무 의자에 앉아 있던 노파는 '엥? 뭘 하려는 거냐?' 하고 물었소.

그러나 아이는 말없이 다가와 무표정한 눈으로 노파를 쳐다보기만 했다오.

'너, 제방 감독관네 아이지?' 노파는 물었고, 아이가 인사하듯이 조그만 머리를 숙이자 계속해서 말했소. '여기 내 발받침대 위에 앉아라! 이건 앙고라 고양이였지…… 이렇게 큰! 그런데 너희 아빠가 때려죽여버렸어. 만약 아직 살아 있었으면, 네가 타고 놀 수 있었을 텐데.'

빙케는 묵묵히 하얀 털가죽을 쳐다보았소. 그러고는 꿇어앉아, 마치 아이들이 살아 있는 고양이나 개한테 하듯이, 조그만 손으로 가죽을 쓰다듬기 시작했지. '불쌍한 고양이야!' 하고 빙케는 말하고는 다시 계속해서 쓰다듬었다오.

얼마 후 노파가 말했소. '자! 이제 됐다. 오늘이나마 네가 그 위에 앉을 수 있구나. 아마 그러려고 네 아빠가 그놈을 죽였나보다!'

그러고서 노파는 아이를 두 손으로 높이 들어 발받침대 위에 털썩 앉혔소. 그러나 아이가 말없이 꿈쩍하지 않고 그대로 앉아 자기만 계속 바라보자, 노파는 고개를 설레설레 저었소. '하느님, 당신께서 그를 벌하시는군요, 하느님! 그래, 그래, 당신께서 그에게 벌을 내리는 거예요!' 하고 노파는 중얼거렸다오. 그러나 아이에 대한 애처로움에 휩싸였는지 뼈가 앙상한 손으로 숱이 성긴 아이의 머리카락을 쓸어주었고, 그러자 아이의 눈에 좋아하는 기색이 돌았소.

그때부터 빙케는 날마다 노파의 방에 왔다오. 빙케는 들어오면 스스로 앙고라 고양이 털이 덮인 발받침대에 걸터앉았고, 트린 얀스는 늘 남겨놓은 작은 고깃조각과 빵조각을 아이의 손에 쥐여주고는 방바닥에 던지게 했소. 그러면 어느 구석에서인지 날개를 활짝 펼친 갈매기가 날카로운 소리를 지르며 튀어나와 모이 위를 덮치는 것이었소. 처음에 아이는 큰 새가 덤벼드는 것을 보고 놀라 소리를 질렀지만, 곧 익숙한 놀이처럼 되었지. 그래서 아이가 문틈으로 머리만 내밀어도, 새는 벌써 날아와서는 아이의 머리나 어깨에 앉아 아이가 새에게 모이를 주는 놀이를 노파가 도와줄 때까지 기다렸다오. 누가 자기의 '클라우스'에게 손만 대도 싫어하던 트린 얀스는, 아이가 차츰차츰 자신에게서 새를 빼앗아가는 것을 참을성 있게 지켜보았지. 새는 기꺼이 아이에게 붙잡혀주었소. 아이는 새를 안고 돌아다니기도 했고, 앞치마에 싸기도 했는데, 둔덕에서 노란 강아지가 아이 주위를 맴돌다 시샘이 나서 새에게 뛰어오르기라도 하면 '안 돼, 안 돼, 페를레!' 하고 소리치며 조그만 팔로 새를 높이 치켜들었고, 그러면 새는 아이의 손을 떨치고 소리 지르며 둔덕 저 너머로 날아갔다오. 그러면 이젠 새 대신에 강아지가 아양을 부리고 뛰어올라 아이의 품을 차지하려 했지.

어떤 유전적 결함으로 한줄기에 달리게 된 네잎 클로버 같은 존재들을 우연히 볼 때면, 하우케와 엘케는 바로 부드러운 시선으로 아이를 바라보았소. 그러나 두 사람이 다시 고개를 돌릴 때면, 그들의 얼굴에는 아이를 보며 각자 홀로 품었던 고통만이 어려 있었다오. 아직 그들 사이에 서로의 마음을 안심시켜주는 말이 오간 적이 없었던 거지. 어느 여름 오전, 빙케와 노파가 동물 두 마리를 데리고 창고문 앞 큰 돌 위에 앉아 있는데, 아이의 부모가 지나갔소. 제방 감독관은 팔에 고삐를 걸치고 백마를 끌고 가고 있었소. 제방에 가려고 말을 직접 습지 풀밭에서 끌고 올라오는 중이었지. 그런데 아내가 둔덕에서 지나가는 그의 팔에 매달렸다오. 햇볕이 따뜻하게 내리쬐고 있었소. 후덥지근한 날씨였는데 가끔 남동쪽에서 바람이 불어왔고. 아이는 돌 위에 앉아 있는 게 불편해졌는지 '빙케도 같이 갈래!' 하고 소리치며 품에서 갈매기를 밀쳐내고는 아버지의 손을 잡으려 했소.

'그래, 가자!' 아버지가 말했소.

그러나 엘케가 큰 소리로 외쳤소. '이 바람에! 애가 날아가버릴 거예요!'

'내가 꼭 붙잡고 있을게요. 오늘 날씨도 따뜻하고 바다도 살랑대는 게, 바다가 춤추는 걸 볼 수 있을 거야.'

엘케는 집으로 달려가서 아이의 목도리와 모자를 가져왔소. '하지만 날씨가 웬만해야죠. 갔다가 빨리 돌아와요!' 엘케가 말했소.

하우케는 껄껄 웃었소. '폭풍이 우릴 잡아가진 않을걸요!'라고 말하며, 아이를 안장 위에 앉혔소. 엘케는 잠시 둔덕에 서서, 손으로 그늘을 만들며 두 사람이 길로 나가 제방 쪽으로 달려가는 것을 바라보았소. 트린 얀스는 돌 위에 앉아 말라붙은 입술로 알아들을 수 없는 말을 웅얼거렸다오.

아이는 아버지의 팔에 안겨 꼼짝도 하지 않았소. 마치 폭풍이 오기 전의 기압에 짓눌리듯 숨쉬기 답답했지. 하우케는 아이에게 고개를 숙이며, '빙케, 괜찮니?' 하고 물었소.

아이는 잠시 아버지를 바라보았소. '아빠, 아빠는 할 수 있잖아! 아빠는 뭐든 다 할 수 있는 거 아냐?' 하고 물었지.

'아빠가 뭘 해야 하는데, 빙케?'

그러나 아이는 아무 말도 하지 않았소. 자기가 뭘 물었는지도 잘 모르는 것 같았지.

만조였다오. 제방에 올라가니 넓은 바다에 반사된 햇빛에 눈이 부셨소. 회오리바람에 파도가 소용돌이치며 높이 치솟아 올랐고 파도가 연신 몰려와 철썩거리며 해안을 때렸지. 빙케는 겁에 질려 고삐를 잡고 있는 아버지의 손을 조그만 손으로 꽉 붙들었고, 그러자 백마가 옆으로 한 걸음 펄쩍 내디뎠소. 아이의 연푸른 눈은 놀라움으로 어쩔 줄 몰라 하우케를 올려다보았소. '물, 아빠! 물!' 아이가 외쳤소.

그러나 하우케는 자기 손을 부드럽게 빼면서 말했소. '가만히 있어, 아가야. 아빠가 같이 있어. 물은 너한테 아무 짓도 안 해!'

아이는 연한 금빛 머리카락을 이마에서 쓸어올리며 다시 용기를 내어 바다 쪽을 쳐다보았지. '물은 나 해치지 않아. 아냐, 아빠, 물한테 우리를 해치면 안 된다고 말해. 아빠는 할 수 있어, 그럼 물이 우리를 해치지 않을 거야!' 아이가 부들부들 떨며 말했다오.

그러나 하우케는 진지하게 대꾸했소. '아빤 그렇게 못해, 아가야. 하지만 우리가 말을 타는 이 제방이 우릴 지켜줄 거야. 이 제방은 아빠가 생각해내서 짓게 한 거란다.'

아이는 다는 이해 못하겠다는 듯 아빠를 쳐다보다가, 유난히 작은 제 머리를 아버지의 넓은 웃옷 속으로 비집어넣었소.

'왜 숨는 거니, 빙케? 아직도 무서워?' 하고 하우케가 아이에게 속삭였소. 떨리는 조그만 목소리가 웃옷 주름 사이로 새어나왔지. '빙케는 안 보는 게 더 좋아. 하지만 아빠는 뭐든 다 할 수 있지?'

먼 천둥소리가 바람을 거슬러올라왔소. '이런! 폭풍이 오는구나! 이제 엄마한테 가자!' 하우케는 외치며 말머리를 돌렸소.

아이가 깊은 숨을 내쉬었소. 둔덕을 지나 집에 도착했을 때야 비로소 아이는 아버지의 가슴팍에서 머리를 들었지. 아이는 엘케가 방에서 목도리와 모자를 벗겨주자, 말 못하는 조그만 볼링핀처럼 그냥 오뚝하니 서 있었소. '빙케!' 하고 엄마가 아이를 가만히 흔들었소. '큰 바다가 좋아?' 엄마가 물었소.

그러나 아이는 눈을 동그랗게 뜨고 말했소. '바다가 말을 해, 빙케는 무서워!'

엄마가 말했지. '바다는 말을 하지 않아. 바다는 쏴쏴 소리를 내며 철썩이지!'

아이는 먼 곳을 바라보았소. '바다는 다리가 있어? 바다는 제방 넘어올 수 있어?' 아이가 다시 물었소.

'아니야, 못 와, 빙케. 아빠가 그러지 못하도록 지키고 있어, 아빠는 제방 감독관이거든.'

'응' 하고 아이는 말하고는 바보 같은 미소를 지으며 손뼉을 쳤소. '아빠는 뭐든지 할 수 있다. 뭐든지 다!' 아이가 갑자기 엄마에게서 몸을 돌리며 외쳤소. '빙케는 트린 얀스 할머니한테 갈 거야, 할머니는 빨간 사과 가지고 있어!'

엘케는 문을 열어 아이가 나가게 해주었소. 문을 다시 잠근 엘케는 깊은 상심이 담긴 표정으로 남편을 쳐다보았지. 그에게는 언제나 위로와 용기를 북돋워주던 엘케의 눈이었는데.

하우케는 마치 둘 사이에는 더이상 아무 말이 필요 없다는 듯이 엘케의 손을 꼭 붙들었다오. 그러나 엘케는 조용히 말했소. '아녜요, 하우케, 말해야겠어요. 결혼 후 몇 년 만에 당신에게 낳아준 아이, 저 아이는 평생 어린애로 머물 거예요. 아아, 어떡해요! 백치예요, 한 번은 당신에게 해야 될 말이에요.'

'난 벌써 알고 있었어요.' 하우케는 엘케가 손을 빼려고 하자 그 손을 꼭 잡았소.

'이렇게 우리는 둘뿐인 거예요' 하고 엘케가 다시 말했지.

그러나 하우케는 고개를 저었소. '난 저애를 사랑해요, 저애는 조그만 팔로 날 끌어안고 내 품에 꼭 안기지. 어떤 보물을 준다고 해도 난 바꾸지 않을 거예요!'

엘케는 암울하게 앞만 바라보았다오. '그런데 왜? 불쌍한 이 어미가 무슨 죄를 지었기에?' 그녀가 말했지.

'엘케, 그래요. 나도 물론 그렇게 물어봤어요, 유일하게 그걸 알 수 있는 분에게요. 하지만 당신도 알다시피 전능하신 그분은 인간에게는 아무런 대답도 안 해주지, 어쩌면 우리가 그 대답을 이해 못하는지도 모르고.'

그는 아내의 다른 손을 잡아 부드럽게 자기 쪽으로 끌어당겼소. '혼란스러워하지 말고, 당신이 하던 대로 아이를 사랑해줘요. 아이도 그걸 알아줄 거라 믿으면서!'

그러자 엘케는 남편의 가슴에 안겨 실컷 울었고, 혼자만의 아픔으로 힘들어하지 않게 되었다오. 그런 뒤 엘케는 갑자기 남편에게 미소를 지었지. 그녀는 남편의 손을 꼭 눌러 쥐고는 늙은 트린 얀스의 방에서 아이를 데리고 나와 품에 안고 어르면서 입맞추었소. 그러자 아이가 더듬거리며 '엄마, 우리 엄마 좋아!' 하고 말하는 것이었소.

이렇게 제방 감독관의 가족은 농장에서 조용히 살아가고들 있었다오. 아이가 없었더라면, 많이 쓸쓸했을 테지.

여름이 서서히 지나갔소. 철새들이 날아갔고, 종다리의 노래도 창공에서 사라졌소. 헛간 앞에서 타작을 할 때면 종다리들이 낟알을 쪼아먹던 곳 여기저기서, 몇 마리가 날아다니며 날카로운 소리만 질렀지. 이미 모든 것이 꽁꽁 얼어붙고 있었다오. 어느 날 오후 늙은 트린 얀스는 본채 부엌의 화덕 옆 다락방으로 통하는 나무 계단에 걸터앉아 있었소. 지난 몇 주 동안 노파는 다시 기운이 난 듯했소. 이젠 종종 한 번씩 부엌에 나와 엘케 부인이 일하는 모습을 지켜보곤 했지. 어느 날 어린 빙케가 노파의 앞치마를 잡아당겨서 부엌까지 끌고 온 뒤부터는, 다리가 안 좋아 부엌까지 못 오겠다는 말은 쏙 들어갔다오. 빙케는 노파의 곁에 무릎을 꿇고 앉아 그 고요한 눈으로 화덕에서 타오르는 불길을 바라보고 있었소. 아이의 한 손은 노파의 소매를 붙들었고, 다른 손은 희미한 금빛 머리카락 속에 파묻혀 있었지. 트린 얀스가 아이에게 이야기를 들려주기 시작했소. '얘야, 그거 아니, 내가 네 증조할아버지 집에 하녀로 들어왔단다. 그리곤 돼지를 쳐야 했어. 그 어른은 누구보다도 현명하셨지. 정말 징그럽게 오래전 일이구나. 어느날 저녁에 달이 비추고 있었는데, 사람들이 수문을 닫아버려서 그것들이 바다로 다시 돌아갈

수 없었단다. 오, 얼마나 소리 지르고, 그 물고기 손으로 억세고 더부룩한 머리카락을 얼마나 잡아뜯던지! 그래, 아가, 내가 직접 그것들을 보고, 소리 지르는 것도 들었단다! 소택지 풀밭 사이 고랑이란 고랑에는 모두 물이 가득찼고, 달빛이 그 위에 비치니까 그것들이 꼭 은처럼 번쩍거렸어. 이 고랑에서 저 고랑으로 헤엄쳐갔는데, 마치 기도라도 하려는 것처럼 팔을 들었다가, 아니 손 같은 것을 서로 마주치며 내리치니까 멀리서도 찰싹거리는 소리가 다 들렸어. 하지만 아가, 그 짐승들은 기도할 줄 모른단다. 나는 대문 앞에, 집을 지으려고 갖다놓은 각목 위에 걸터앉아, 습지 풀밭 너머로 멀리 내다보았지. 인어가 여전히 고랑에서 헤엄치고 있었는데, 팔을 들어올리면 은이나 다이아몬드처럼 번쩍거리지 뭐냐. 하지만 결국 더는 안 보이더니, 기러기와 갈매기가 끼룩끼룩거리며 하늘을 날아가는 소리가 들려오더구나. 그동안에는 희한하게 그 소리가 통 안 들렸거든."

노파가 입을 다물었소. 아이는 말 하나가 얼핏 귀에 들어왔어요. '기도 못해? 할머니, 무슨 말이야? 그게 누구야?' 아이가 물었소.

'아가, 그건 인어였어. 그건 구제받을 수 없는 괴물이지' 하고 노파가 말했소.

'구제받을 수 없어!' 아이는 말을 따라하더니, 알아듣기라도 한 듯 조그만 가슴을 들썩이며 깊은 한숨을 쉬었지.

'트린 얀스!' 부엌문 쪽에서 들린 낮은 목소리에 노파의 몸이 살짝 움찔했소. 제방 감독관 하우케 하이엔이 기둥에 기대 있던 거요. '애한테 무슨 말도 안 되는 이야기를 하는 겁니까? 그런 꾸며낸 이야기는 혼자서만 알고 있든지 거위나 닭한테나 이야기해주라고 하지 않았어요?'

노파가 화난 눈길로 하우케를 쳐다보며 아이를 앞으로 떠밀었소. '꾸며낸 이야기가 아니야, 내 종조부가 해준 이야기라고' 하고 노파는 혼자 중얼거렸지.

'당신의 종조부라고요? 직접 보고 들었다고 해놓고.'

'그건 상관없어. 당신은 안 믿겠지, 하우케 하이엔. 당신은 내 종조부도 거짓말쟁이로 만들고 싶은 거야!' 노파가 말했소. 그러고는 화덕에 다가가 불길 위로 두 손을 뻗고 불을 쬐었지.

제방 감독관은 창문으로 눈길을 던졌소. 바깥은 아직 어둑어둑하지 않았소. '이리 와, 빙케!' 그는 모자란 아이를 끌어당기며 말했소. '같이 가자꾸나. 제방에서 뭘 보여주마! 그런데 좀 걸어가야 해. 말이 대장간에 있거든.' 아이를 방에 데리고 들어가자, 엘케는 아이의 목과 어깨를 두꺼운 털목도리로 감싸주었소. 그러고 나서 곧 아버지는 딸아이와 함께 옛 제방을 따라 북서쪽으로 올라가, 예베르스 섬을 지나 거의 조망이 불가능할 정도로 개펄이 넓게 펼쳐진 곳까지 갔지.

하우케는 아이를 안기도 하고 손을 잡고서 함께 걷기도 하면서 갔소. 점점 황혼이 깊어지고 있었지. 멀리 있는 모든 것들이 아스라이 안개와 먼지 속으로 사라졌소. 그러나 눈길이 닿는 곳에서는 보이지 않게 불어난 물살이 얼음을 가르고 있었고, 하우케 하이엔이 어린 시절 언젠가 본 것처럼, 얼음 틈 사이로 연기 같은 안개가 모락모락 피어오르고 있었소. 그리고 그 안개를 따라 또다시 무시무시하고 바보 같은 형상들이 서로 부딪치며 껑충껑충 뛰고 절하다가 느닷없이 무시무시하게도 옆으로 길쭉하게 퍼져나가는 것이었소.

아이는 겁에 질려 아버지에게 꼭 달라붙으며 아버지의 손 뒤로 작은 얼굴을 묻었소. '물귀신! 물귀신!' 아이는 부들부들 떨며 아버지의 손가락 사이로 속삭였지.

하우케는 고개를 흔들었소. '아니야, 빙케, 인어도 아니고 물귀신도 아니야. 그런 건 없어. 누가 너한테 그런 이야기를 했어?'

아이는 멍한 눈으로 그를 올려다보았소. 하지만 아무 대답도 하지 않았지. 그는 아이의 볼을 부드럽게 어루만져 주었소. '다시 봐봐! 저건 불쌍한 배고픈 새들이란다! 커다란 새가 날개를 펼치는 것 좀 봐. 안개가 새나오는 틈새로 들어오는 물고기를 잡고 있잖아.'

'물고기.' 빙케가 따라했소.

'그래, 아가. 저것들은 모두 살아 있는 거야, 우리처럼 말이야. 다른 건 없어. 사랑의 하느님은 어디에나 계신단다!'

어린 빙케는 꿋꿋하게 땅만 바라보며 숨을 죽였소. 마치 깜짝 놀라 지옥을 쳐다보는 듯했지. 어쩌면 그냥 그렇게 땅만 보고 있었는지도 모르고. 아이의 아버지는 한참 동안 아이를 쳐다보다가, 허리를 굽혀 아이의 조그만 얼굴을 들여다보았소. 하지만 닫혀버린 아이의 영혼에서는 어떤 변화도 알아낼 수 없었다오. 그는 아이를 팔에 안고, 아이의 오그라든 손을 자기의 두꺼운 털장갑 속에 넣었소. '자, 우리 빙케.' 아이는 아버지의 말에 담긴 격렬한 열정의 목소리를 알아채지 못했지. '자, 아버지한테 따뜻하게 안겨 있어라! 넌 우리 아기, 하나뿐인 우리 아기지. 너도 우릴 사랑하지……!' 하고 말하다가 하우케는 목이 메었소. 아이는 애교스럽게 자기의 조그만 머리를 하우케의 거칠거칠한 수염에 갖다댔지.

둘은 그렇게 평화롭게 집으로 돌아왔다오.

새해가 되고 나서 집안에 다시 걱정거리가 생겼소. 제방 감독관이 말라리아에 걸린 거요. 그도 역시 거의 사경을 헤매다시피 했고, 엘케의 간호와 염려 속에서 다시 일어나긴 했지만, 예전 같지 않았소. 허한 육체가 정신에도 영향을 미쳤는지 남편이 전과 달리 매사 쉽게 만족하는 것을 엘케는 걱정스레 바라보았소. 그러나 3월 말이 되자, 하우케는 백마를 타고 오랜만에 다시 새 제방을 달려보고 싶어했소. 환히 비추던 해가 다시 우중충한 연무 뒤로 숨어버린 어느 오후였지.

겨울에 몇 번 홍수가 있었지만 뭐 대단한 건 아니었다오. 저 너머 건너편 해안에 있는 작은 섬이 물에 잠기는 바람에 양떼가 빠져죽고, 제방 앞 충적지 일부가 물에 쓸려갔을 뿐, 이쪽 편과 새 간척지에는 이렇다 할 피해가 생기지 않았소. 그런데 간밤에 제법 강한 폭풍이 휘몰아쳤소. 이젠 제방 감독관이 직접 나가서 모든 걸 자기 눈으로 확인해야 했지. 실제로 아래 남동쪽 모퉁이에서 새 제방 위까지 말을 타고 이리저리 돌아다녀보았는데, 모든 것이 그대로 온전했소. 그러나 북동쪽 모퉁이에 가보니, 새 제방이 옛 제방과 맞닿는 곳인데, 새 제방은 멀쩡했지만, 전에 있던 수로가 옛 제방과 만나 제방을 따라 쭉 내려가던 곳에서는 널따랗게 뗏장이 물에 쓸려가버렸고, 제방 몸통에 밀물이 푹 파놓은 굴이 보였소. 게다가 그 구멍 때문에 들쥐들이 드나드는 여러 통로의 얽히고설킨 모양새가 그대로 드러나 있었지. 하우케는 말에서 내려 피해 상황을 가까이서 살펴보았소. 들쥐로 인한 재해가 보이지 않게 계속된다는 것이 누가 봐도 분명했소.

하우케는 기겁했다오. 새 제방 공사를 할 때 이미 이런 일에 대한 대비책을 염두에 두었어야 했는데. 그 당시 그것을 간과했기 때문에 지금 이런 일이 생긴 것이 분명했소! 가축들이 아직 목초지에 나오지 않았는데도, 이상하게도 풀이 자라지 못했소. 어디를 쳐다보아도 텅 비고 황량해 보였지. 하우케는 다시 말을 타고 해안 여기저기를 돌아다녔소. 썰물 때였는데, 바깥에서 밀려온 바닷물이 갯벌을 뚫고 새로 물길을 만들어, 북서쪽에서 옛 제방에 가 부딪쳤다는 것을 알 수 있었소. 그러나 새 제방은 완만한 경사 덕분에 물의 충격을 이겨낼 수 있었고.

제방 감독관의 마음속에 새로운 걱정과 일 더미가 떠올랐소. 옛 제방의 이 지점을 보강해야 할 뿐 아니라, 옛 제방의 측면도 새 제방의 측면과 엇비슷하게 만들어야 했소. 그러나 무엇보다도, 둑이나 물길막이용 방둑을 쌓아 새로 나타난 위험한 물길을 다른 쪽으로 유도해야만 했지. 다시 한번 새 제방의 최북서쪽 모퉁이까지 말을 타고 달려갔다가 돌아오는 길에, 파헤쳐져 그대로 드러난 개펄 바닥에 선명하게 그어진 새 물길의 밑바닥에서 눈을 떼지 못했소. 백마는 앞으로 치닫으려고 콧김을 내뿜고 앞발굽을 굴러댔소. 그러나 말 위의 사람은 고삐를 끌어당겨 백마를 저지했지. 그는 천천히 달리고 싶었고, 자기 마음속에서 점점 거칠게 끓어오르는 불안한 마음도 다잡고 싶었다오.

만약 재산과 인명을 무수히 삼켜버린 폭풍해일이 1655년에 그랬던 것처럼 다시 온다면, 이전에 이미 여러 번 있던 그런 해일이 다시 닥친다면! 그런 생각을 하자 하우케는 마치 끓는 물을 뒤집어쓴 것 같았소. 옛 제방은 후려치는 파도의 충격을 이겨내지 못할 거야! 그러면 어떻게 되는 걸까? 옛 간척지와 재산 그리고 인명을 구하려면 이제 한 가지, 오직 한 가지 방편이 있을 뿐이었소. 하우케는 심장이 멎는 듯했고,

평소에는 그리도 꿋꿋하던 머리까지 어지럽게 빙빙 도는 것 같았소. 바깥으로 소리 내어 말하지는 않았지만, 마음속으로는 큰 소리로 말하고 있었소. 너의 간척지, 하우케 하이엔 간척지를 희생하는 한이 있더라도 새 제방에 구멍을 내야 한다고!

벌써 머릿속에서는 해일이 거세게 밀고 들어와 소금기로 부글부글 거품이 이는 해수가 풀과 클로버를 뒤덮어버리는 장면이 그려지고 있었다오. 백마의 옆구리에 박차를 가하자 말이 소리를 토하며 제방을 따라 제방 감독관의 집이 있는 둔덕으로 이어지는 비탈길을 달려내려갔소.

머릿속 가득히 공포심과 그리고 두서없는 계획을 담은 채 하우케는 집으로 돌아왔소. 안락의자에 몸을 던진 그는 엘케가 딸을 데리고 방으로 들어오자, 다시 일어나 아이를 번쩍 들고 입을 맞추었소. 그러고 나선 누런 강아지를 몇 번 가볍게 톡톡 쳐서 쫓아냈지. '다시 저 윗마을 주점에 갔다 와야겠어요!' 그는 이제 막 문고리에 걸어놓았던 모자를 다시 집어들었소.

아내는 걱정스럽게 쳐다보며 물었소. '거기서 뭘 하려고요? 벌써 저녁이 다 됐는데, 하우케!'

'제방 일 때문에! 거기서 제방 위원들을 만나야지.' 그는 혼자 중얼거렸소.

하우케가 문밖으로 나가자, 엘케는 뒤따라 나와 남편의 손을 잡았소. 전에는 모든 걸 혼자 결정하던 하우케 하이엔이 이제는 평소 그리 존중하지 않던 사람들의 한마디를 듣고 싶어한 거요. 주점 객실에서 하우케는 제방 위원 두 사람과 간척지 주민 한 사람 그리고 같이 카드놀이를 하던 올레 페터스를 만났소.

'밖에서 오는가보군, 제방 감독관?' 하고 말하며, 올레가 반쯤 패를 돌린 카드를 집어들다가 다시 내려놓았소.

'그렇다네, 올레. 제방에 갔는데, 상태가 좋지 않아 보이더군.' 하우케가 대답했소.

'안 좋다고? 그럼 뗏장 몇백 장 깔고 보강공사를 할 비용이 들겠군. 나도 오후에 거기 가봤어' 하고 올레가 말했소.

'그렇게 저렴하게 끝나지는 않을걸세, 올레. 물길이 다시 생겼어. 지금은 물길이 옛 제방에 피해를 주지는 않지만, 북서쪽에서 물길이 제방을 뚫을 것 같아!' 제방 감독관이 대꾸했다오.

'자네가 물길을 원래 생긴 대로 그냥 놔뒀어야 했어!' 올레가 무덤덤하게 말했소.

'그 말은 새 간척지는 자네하고는 상관없다, 그래서 없어져도 된다는 말이군. 땅을 받지 못한 건 자네의 잘못이야! 하지만 우리가 옛 제방을 보호하기 위해 물길을 막을 방둑을 만든다면, 새 제방 뒤 초지에 파란 클로버가 자라서 그걸로 공사 비용은 보상되고도 남을 걸세!'

'무슨 소리 하는 거요, 제방 감독관?' 제방 위원들이 외쳤지. '방둑? 대체 얼마나 돈을 더 넣겠다고? 당신은 뭐든 비용이 제일 많이 드는 일을 좋아하는군!'

카드는 아무도 건드리지 않은 채 탁자 위에 고스란히 놓여 있었소.

'내가 한마디 해야겠는데, 제방 감독관' 하고 말하며 올레는 양팔을 탁자 위에 올려놓았소. '자네가 우리한테 만들어준 새 간척지, 그건 돈 잡아먹는 물건이야! 당신의 기다란 제방에 들어간 막대한 비용 때문에 모두들 아직도 고생하고 있어. 그런데 그 간척지가 옛 제방을 갉아먹고 있으니까 옛 제방을 보수해야 한다니! 다행히 상황이 그리 나쁘지는 않지. 옛날 제방은 이번에 잘 견뎌냈고, 앞으로도 유지될 거야! 내일 자네의 백마를 타고 가서 다시 한번 더 살펴보게나.'

하우케는 평화로운 자기 집에 있다가 여기로 왔고, 자기가 듣고 있는 말들은 어쨌건 아직까지는 절도가 있었지만, 그 말 뒤에는 끈질긴 적의가 숨어 있는 것을 인정하지 않을 수 없었소. 그 저항에 맞서 싸울 힘이 자신에게는 이제 없다는 생각이 들었다오. '자네 충고대로 하겠네, 올레. 하지만 내가 오늘 발견한 게 또 눈에 띌까 두려울 뿐이야' 하고 그는 말했소.

그날 밤은 불안한 밤이었소. 하우케는 잠을 이루지 못하고 이불 속에서 뒤척거렸지. 남편 걱정에 잠을 못 이루고 깨어 있던 엘케가 '왜 그래요?' 하고 물었소. '마음 무거운 일이 있으면 말을 해요. 우리는 늘 그렇게 지내왔잖아요!'

'아무것도 아니에요, 엘케!' 하고 그는 대답했소. '제방하고 수문에 좀 고칠 게 있어서. 당신도 알지만, 그러면 내가 늘 밤새 고민하잖아요.' 하우케는 더이상 아무 말도 하지 않았소. 그는 자유로이 행동할 여지를 두고 싶었소. 자신은 의식하지 못했지만, 지금처럼 약해진 상태에서 아내의 명료한 판단력과 강한 정신은 오히려 장애물처럼 여겨져 저도 모르게 피해버렸던 거지.

다음날 오전 다시 제방에 나가보니 전날 본 것과는 딴판이었소. 어제와 마찬가지로 썰물 때였지만 해가 아직 떠 있었고, 끝없이 펼쳐진 모래톱 위로 환한 봄의 태양이 거의 수직으로 내리쬐고 있었지. 하얀 갈매기들이 고요하게 이리저리 떠돌고, 쪽빛 하늘 아래 보이지 않는 아득히 높은 곳에서 종달새가 끊임없이 노래하고 있었소. 자연이 그 매력으로 우리 인간을 얼마나 현혹시킬 수 있는지 모르는 하우케는 제방의 북서쪽 모퉁이에 서서 어제 자기를 놀래켰던 그 새 물길의 밑바닥을 찾아보았소. 그러나 중천에서 쏟아지는 햇빛 때문에 처음에는 단번에 찾을 수 없었다오. 눈부신 햇빛을 손으로 가려 눈 위에 그늘을 만들고 나서, 그제야 확실하게 알 수 있었지. 그러나 어제 저녁 땅거미가 질 때 생긴 그림자 때문에 잘못 본 것이 확실했소. 이제 보니 그저 약하게 표가 날 뿐이었으니까. 조수보다는 오히려 쥐가 파헤친 구멍이 더 큰 피해를 주고 있는 게 분명했지. 물론 뭔가를 바꿔야 하긴 했지만, 조심스럽게 구멍을 파내고, 올레 페터스가 말한 것처럼 새 뗏장과 십여 미터를 덮을 짚단으로 보강공사를 한다면 피해를 완전히 복구할 수 있을 정도였소.

'그리 심하지 않아. 어제는 내가 왜 그리 바보 같았을까!' 그는 마음이 놓여 스스로에게 말했소. 하우케는 제방 위원들을 소집했고, 제방 수리 작업은 아무 이의 없이 결의되었소. 여태까지 그런 적은 없었지. 제방 감독관은 아직 허약한 자신의 몸속으로 안도감이 화악 퍼져나가면서 기운이 오르는 것을 느꼈고, 몇 주 후에는 모든 일이 다 깔끔하게 처리되었다오.

그렇게 그해는 흘러갔소. 그러나 시간이 가면 갈수록, 새로 입힌 잔디가 별 탈 없이 거적 위로 새파랗게 돋아나면 날수록, 하우케는 그 자리 옆을 걷거나 말달려 지나가면서 점점 불안에 빠져들었다오. 거길 지나칠 수밖에 없을 때면 그는 눈을 돌리고 제방 안쪽에 바짝 붙어 말을 몰았고, 몇 번은 안장을 얹어놓은 말을 도로 마구간에 돌려보내고, 괜히 일도 없는 곳에 갔다가, 남의 눈에 안 띄게 둔덕을 재빨리 내려가서 느닷없이 둑까지 걸어갔다 오곤 했지. 반대로 어떤 때는 그 무서운 자리를 다시 쳐다볼 엄두도 못 내다가, 급기야 두 손으로 모든 걸 다 뜯어내고 싶은 심정이 되기도 했소. 문제의 그 제방 구간이 마치 그의 몸 밖으로 나와 눈앞에 드러난 양심의 가책 같았기 때문이오. 그러나 이제는 더이상 거기에 손을 댈 수 없었소. 그리고 누구에게도, 아내에게조차 그는 그 이야기를 해서는 안 되었던 거요. 그렇게 9월이 왔고, 그저 그런 폭풍이 밤마다 거칠어지는가 싶더니 결국 북서쪽으로 방향을 옮아갔소. 그 뒷날의 어둑어둑한 오전, 썰물 때 제방으로 나간 하우케는 개펄 위를 눈으로 쓰윽 훑어보다가 온몸에 소름이 쫙 끼치는 걸 느꼈소. 북서쪽에, 그 유령 같은 새 물길의 바닥이 더 날카롭고 더 깊이 패인 모습이 별안간 다시 눈에 들어온 거요. 아무리 두 눈을 부릅뜨고 쳐다봐도, 그것은 사라지지 않고 그대로 있었소.

하우케가 집으로 돌아오자 엘케가 손을 잡았소. '무슨 일이에요, 하우케?' 하우케의 음울한 표정을 본 엘케가 말했소. '나쁜 일이 생긴 건 아니죠? 우리는 지금 아주 행복해요. 내가 보기에 당신도 이제 모든 사람들과 잘 지내는 것 같고!'

이렇게 말하는 아내에게 하우케는 자신의 혼란스러운 두려움을 나타낼 수가 없었어요.

'그래요, 엘케. 아무도 나를 적대시하지 않아요. 그저 우리 지역을 바다로부터 지켜야 하는 책임 막중한 직책 때문이지.'

그는 사랑하는 아내가 또 물을까봐 자리를 떴소. 마치 모든 걸 검사

해봐야 한다는 듯이 마구간과 헛간으로 갔다오. 그러나 아무것도 둘러보지 않았소. 양심의 가책을 가라앉히고, 그 양심의 가책을 병적이고 과장된 걱정이라며 스스로 다독이려고 안간힘을 쓸 뿐이었지.

지금 내가 손님에게 이야기하는 건" 하고 술집에서 날 자기 방으로 청한 선생이 잠시 뜸을 들이다 말했다. "이 일대 사람들은 결코 잊지 않을 1756년의 일이라오. 그해 하우케 하이엔의 집에서 사람이 죽었지. 헛간에 방을 얻어 살던 트린 얀스가 9월 말에, 아흔 살이 다 되어 죽음을 맞았던 거요. 노파가 원하는 대로 침대에서 일으켜 앉혀주니, 납으로 창틀을 짠 조그만 유리창 너머를 바라보았다오. 하늘의 조밀한 공기층 위에 엷은 공기층이 또 있는 게 분명했소. 높직한 신기루가 나타났으니까, 그 순간 빛이 반사되면서 바다를 마치 반짝이는 은빛 띠처럼 제방 가장자리 위에 올려놓는 바람에 방안으로 눈이 부시게 햇빛이 비쳤소. 예베르스 섬의 남단까지 다 보였지.

침대 발치에는 어린 빙케가 쪼그리고 앉아 옆에 선 자기 아버지의 손을 꼭 쥐고 있었소. 노파의 얼굴에는 히포크라테스가 묘사한 죽어가는 사람 특유의 징후가 나타나고 있었고, 아이는 숨도 쉬지 않고서, 아름답지는 않지만 그래도 낯익던 얼굴이 보이는 무섭고도 이해할 수 없는 변화를 뚫어지게 쳐다보았다오.

'할머니가 뭐하고 있어? 뭐야, 아빠?' 아이는 겁에 질려 속삭이며 손톱이 파고들 정도로 아버지의 손을 꼭 잡았소.

'할머니가 죽는 거야!' 하고 제방 감독관이 말했소.

'죽는 거!' 말을 따라하는 아이는 혼란스러운 생각에 빠진 듯했소.

그러나 노파는 다시 한번 입술을 달싹거렸소. '인스! 인스!' 하며, 마치 살려달라고 비명을 지르듯이 날카롭게 외치며 노파는 앙상한 팔을 창 바깥에서 가물거리며 빛나는 바다의 신기루를 향해 뻗었지. '도와줘! 도와줘! 네가 물 위에 떠 있구나…… 하느님, 저들에게 자비를!'

노파의 팔이 툭 하고 아래로 떨어졌고, 침상이 삐걱대는 소리가 나지막하게 울려퍼졌소. 노파가 숨을 거둔 거요.

아이는 깊은 한숨을 쉬며, 색이 연한 눈으로 아버지를 올려다보았소. '할머니 아직 죽고 있어?' 아이가 물었소.

'이제 다 끝내셨어!' 제방 감독관은 아이를 안았소. '할머니는 이제 우리한테서 멀리 떠났어, 사랑의 하느님 곁으로 갔단다.'

'하느님 곁에!' 아이가 따라하고는, 마치 그 말을 곰곰 되새겨보는 듯 잠시 말을 멈췄소. '하느님 옆에 있으면 좋아?'

'그럼, 제일 좋지' 하고 하우케가 말했소. 그러나 하우케의 마음속에서는 죽어가던 노파의 마지막 말이 무겁게 울려퍼졌다오. '하느님, 저들에게 자비를!'이라는 말이 그의 마음속에서 조용히 울렸지. '그 늙은 마귀할멈이 무슨 말을 하려던 거지? 죽음 앞에서는 누구나 예언자가 되는 건가?'

트린 얀스가 저 위 교회 옆에 묻히고 얼마 지나지 않아 온갖 재해, 그리고 북프리슬란트 사람들을 놀라게 했다는 이상한 해충떼에 대한 소문이 점점 퍼지기 시작했소. 사순절 네번째 일요일에 교회 탑 꼭대기에 있던 금 수탉이 회오리바람에 떨어져버린 것은 사실이었소. 그리고 한 여름에 커다란 벌레떼가 마치 눈처럼 하늘에서 우수수 떨어져내리는 바람에 눈을 뜰 수 없었고, 그게 목초지에 한 뼘이나 쌓였는데, 그런 건 일찍이 어느 누구도 본 적이 없었다는 것도 맞는 말이었소. 그런데 9월 말, 큰 하인은 곡식을 들고 하녀 안 그레테는 버터를 들고서 시내 장에 갔다가 돌아오는 길에, 두 사람이 놀라 새파랗게 질린 얼굴로 마차에서 겨우 내린 일이 생겼다오. '왜 그래, 무슨 일이야?' 마차 소리를 듣고 달려나온 다른 하녀들이 소리쳤지.

안 그레테는 외출복 차림 그대로 숨을 헉헉거리며 넓은 부엌으로 들어갔소. '자, 얘기해봐! 어디서 재앙이 일어난 거야?' 다른 하녀들이 다시 소리쳤소.

'오, 주님, 우리를 지켜주소서!' 안 그레테가 외쳤다오. '너희도 알지, 저 건너, 바다 너머 벽돌집에 사는 마리켄 할멈 말이야. 우리가 버터를 들고 약국 옆에 같이 서 있는데, 나에게 이야기하는 거야, 이베 욘스도 같은 말을 했어, 재앙이 닥친다고, 북프리슬란트 전체에 재앙이 내린다고 말이야. 할멈이, 안 그레테, 내 말을 믿어! 하고 말했어. 그리고,' 안 그레테는 목소리를 낮추었소. '결국 제방 감독관의 백마가 아무래도 이상한 거야! 하고 말했다니까.'

다른 하녀들이 '쉿! 쉿!' 하며 주의를 줬다.

'그래, 그래, 상관없어! 그런데 저 건너편은 여기 우리보다도 더 심각해! 파리와 해충떼뿐 아니라 하늘에서 피가 비처럼 내렸다는 거야. 그리고 그다음 일요일 아침에 목사가 세숫대야를 들여다보니까 완두콩만한 해골박각시나방* 다섯 마리가 있어서 모두들 가서 구경했다는 거야. 8월에는 머리가 빨간 징그러운 애벌레가 밭을 덮쳐 곡식이며 밀가루며 빵이며 닥치는 대로 다 먹어치웠지만, 불을 질러도 없앨 수가 없

* 해골박각시나방의 등에는 해골을 연상시키는 무늬가 있어, 예로부터 불길하게 여겨졌다.

었대!'

그레테가 갑자기 입을 다물었소. 그러나 다른 하녀들은 엘케가 부엌에 들어온 걸 눈치채지 못했지. 엘케가 물었소. '무슨 얘기를 하는 거야? 그런 이야기는 주인어른 귀에 들어가지 않도록 해요!' 그러자 하녀들이 서로 그 이야기를 하려 했지. '말하지 않아도 돼. 그런 이야기는 나도 충분히 들었거든. 어서 일이나 해요. 그게 훨씬 더 큰 복을 갖다줄 테니까!' 하고 엘케가 말했소. 그러고는 엘케는 안 그레테를 자기 방으로 데리고 가, 시장 거래 내역을 계산했지.

이렇게 제방 감독관 집에서는 미신적인 수다는 발을 붙이지 못했소. 그러나 다른 집에는, 밤이 점점 길어질수록 이런 이야기가 자꾸 더 많이 퍼져갔지. 미신적인 소문은 무거운 공기처럼 온 동네 사람들의 마음을 짓눌렀고, 사람들은 북프리슬란트에 재앙이, 그것도 극심한 재앙이 닥칠 거라고들 수군거렸소.

10월, 만성절 전이었소. 하루 종일 남서쪽에서 폭풍이 강하게 몰아치다가, 저녁에 반달이 떠오르자 암갈색 구름이 그 위로 몰려가더니, 땅 위로 그림자와 흐린 빛이 서로 뒤섞여 떠다녔소. 폭풍이 점점 심해졌다오. 제방 감독관의 집은 먹고 난 저녁상을 치우지 않은 그대로였소. 하인들은 가축을 돌보기 위해 우리로 가고, 하녀들은 집안과 다락방을 살피면서 폭풍이 들이쳐도 피해가 생기지 않게 문이며 창에 덧문이 잘 닫혀 있는지 살펴봐야 했지. 집안에서는 하우케가 아내와 나란히 창가에 서 있었소. 그는 막 저녁 빵을 허겁지겁 먹고 난 뒤였소. 오후에 일찌감치 제방에 걸어갔다 왔던 거요. 제방이 약한 부분을 내보인 듯한 여기저기에 뾰족한 말뚝과 진흙이나 흙을 가득 채운 부대를 모아놓으라고 시켜뒀소. 바닷물에 제방이 뜯기기 시작하면 바로 말뚝을 박고 부대로 담을 쌓아 막도록 곳곳에 사람들을 배치해두었고. 옛 제방과 새 제방이 맞닿은 북서쪽 모퉁이에 사람들을 제일 많이 배치했지. 위급한 경우가 아니면 배정받은 장소를 벗어날 수 없게 했소. 그렇게 해놓고 하우케는 자리를 뜬 거요. 물에 젖어 엉망진창인 꼴로 집에 도착한 지 십오 분도 채 안 됐지. 지금 하우케는 청동 격자창의 유리창이 돌풍에 달그닥거리는 소리에 귀를 기울이며 창 너머 황폐한 밤 풍경을 아무 생각 없이 바라보고 있었소. 유리판 속의 벽시계가 막 여덟시를 치고 있었지. 엄마 옆에 서 있던 아이가 소스라치며, 머리를 제 엄마 옷 속에 파묻었소. '클라우스! 내 클라우스 어디 있어?' 아이가 울며 소리쳤소.

아이가 이렇게 묻는 것도 무리는 아니었소. 갈매기는 작년에 이어 올해도 겨울 여행을 떠나지 않았으니까. 아버지는 아이가 묻는 말을 미처 듣지 못했소. 그러나 어머니는 아이를 안아주며 말했지. '네 클라우스는 헛간에 있단다. 거기서 따뜻하게 지내고 있어.'

'왜? 그게 좋아?' 빙케가 물었다오.

'응, 좋은 거야.'

하우케는 여전히 창가에 서 있었소. '더이상은 안 되겠어요, 엘케! 하녀를 한 명 불러요, 폭풍이 우리 유리창을 부수고 들어오려 해. 덧문 나사를 더 죄어야겠어!'

여주인의 지시를 받은 하녀가 바깥으로 달려나갔소. 하녀의 치마가 바람에 펄럭거리는 것이 방에서 보였지. 그런데 하녀가 걸쇠를 푸는 순간, 강풍이 불어와 손에 들고 있던 덧문이 훅 날아가서는 창문에 부딪치고 말았다오. 그 바람에 유리창이 몇 개 깨지면서 방안으로 날아들고, 촛불이 자욱한 연기를 내며 꺼져버리고 말았소. 하우케가 도와주러 직접 나가야 했지. 덧문을 조금씩 끌고 와서 창문 앞으로 겨우 갖다놓았소. 그러나 두 사람이 다시 들어오려고 문을 열자, 돌풍이 안으로 불어닥쳐 벽장의 유리잔과 은그릇이 이리저리 부딪치고 쨍그랑거렸소. 머리 위에서는 마치 폭풍이 지붕을 벽에서 뜯어낼 듯이 들보가 덜덜 떨리고 뚜둑 부러지는 소리를 냈소. 그러나 하우케는 다시 방으로 들어오지 않았소. 엘케는 남편이 타작마당을 지나 가축우리로 걸어가는 소리를 들었지. '백마! 백마! 욘! 서둘러!' 남편이 소리치는 것이 들렸소. 그러더니 그가 다시 방으로 들어왔는데, 머리는 헝클어졌지만 회색빛 두 눈은 밝게 번득이고 있었소. '바람이 갑자기 방향을 바꿨어! 북서쪽으로, 바다 높이가 한사리 반은 되겠어! 이건 단순한 바람이 아냐. 이런 폭풍우는 본 적이 없어!' 하고 하우케가 외쳤소.

엘케는 죽은 사람처럼 얼굴이 창백해졌소. '그럼 다시 나가야 하나요?'

그는 경련이라도 일어난 것 같은 엘케의 두 손을 세게 쥐었소. '그래야 해요, 엘케.'

엘케는 천천히 검은 두 눈을 치켜뜨고 그를 바라보았고, 몇 초 동안 두 사람은 그렇게 서로 쳐다보았다오. 그 순간이 마치 영원처럼 느껴졌지. '그래요, 하우케, 당신이 가야만 한다는 걸 잘 알아요!' 엘케가 말했소.

그때 문 밖에서 말발굽 소리가 났소. 엘케는 하우케의 목에 매달렸고, 잠깐이지만 그를 놓아주지 못하는 듯 보였소. 그러나 그것도 한순간이었지. '이건 우리의 싸움이에요!' 하우케가 말했소. '여기서는 안전해요. 아직 이 집까지 홍수가 난 적은 없었으니까. 하느님께서 나와 함께하시길 기도해줘요!'

하우케는 외투로 몸을 감쌌고, 엘케는 목도리를 가져와 그의 목에 정성스럽게 감아주었소. 엘케는 뭐라고 말을 건네고 싶었지만, 입술이 떨려 말이 나오지 않았지.

밖에서는 백마가 히히힝 하고 울어댔고, 그 울음은 마치 나팔소리처럼 폭풍의 울부짖음 속으로 빨려들어갔소. 엘케는 남편과 함께 밖으로 나왔소. 오래된 물푸레나무가 곧 넘어질 것처럼 삐걱거리고 있었소. '나리, 타십시오. 백마가 어찌나 날뛰는지, 고삐가 끊어질 것 같다니까요' 하고 하인이 소리쳤소. 하우케는 아내를 품에 안았소. '해가 뜨면 다시 돌아오리다!'

그는 벌써 말에 올라탔지. 말은 앞발을 높이 쳐들더니 마치 싸움터로 달려나가는 전투마처럼 기수를 태우고 둔덕을 달려내려가 밤의 어둠, 폭풍의 포효 속으로 내달았다오. '아빠, 우리 아빠!' 아이의 애처로운 목소리가 울려퍼졌소. '우리 아빠!'

어둠 속에서 빙케가 질주하는 아버지를 뒤따라 좇아갔소. 그러나 기껏 백 걸음쯤 갔을까, 아이는 흙더미에 걸려 땅바닥 위로 넘어지고 말았지.

하인 이벤 욘스가 우는 아이를 엄마에게 데려다 주었다오. 나뭇가지가 머리 위에서 바람을 후려치고 있는 물푸레나무 줄기에 몸을 기대고 서서, 아이의 엄마는 멍하니 남편이 사라진 어둠 속을 바라보고 있었소. 폭풍의 고함소리와 멀리서 들려오는 바다의 철썩거리는 파도 소리가 잠깐 멈출 때면, 엘케는 소스라치게 놀랐지. 모든 것이 오로지 자기 남편을 해치려 드는 듯했고, 남편이 그 손아귀에 붙들리기만 하면 모든 게 갑자기 침묵할 것만 같았거든. 무릎은 떨리고, 머리카락은 폭풍에 풀어헤쳐진 채 제멋대로 나부꼈소. '아이는 여기 있습니다, 마님! 꼭 붙드세요!' 욘이 외치며 아이를 품에 안겨주었소.

'아이라고? 내가 널 잊고 있었구나, 빙케! 하느님, 절 용서하소서.' 그녀는 소리쳤지. 그러고는 아이를 들어올려, 오직 사랑만이 그럴 수 있는 만큼 가슴팍에 꼭 끌어안은 채 무릎을 꿇었소. '하느님, 그리고 주님, 저희를 과부와 고아가 되게 하지 마소서! 그이를 지켜주십시오, 오, 하느님, 오직 당신과 저만이 그이를 알고 있습니다!' 그런데 폭풍은 그치지 않았소. 온 세상이 끔찍한 소리 속에서 파멸할 것처럼 천둥이 치고 소리가 진동했지.

'마님, 집안으로 들어가세요! 어서요!' 욘은 이렇게 말하면서 엄마와 아이를 부축하여 일으켜 방으로 데리고 들어갔소.

제방 감독관 하우케 하이엔은 백마를 타고 제방으로 달려갔다오. 좁은 길은 진창이 되어 있었소. 며칠 전부터 엄청난 비가 쏟아진 탓이었지. 하지만 진창의 질퍽대는 진흙도 말발굽을 묶어놓지는 못했는지, 말은 마치 여름날의 단단한 땅 위를 밟고 있는 듯했지. 하늘에 구름이 몰려다니는 형세가 마치 거친 사냥터를 보는 듯했소. 아래 널따란 소택지는 불안하게 서성거리는 그림자로 가득찬, 낯선 황야처럼 펼쳐져 있었고. 제방 너머 바다에서는, 마치 다른 모든 것을 다 집어삼키려는 듯, 둔탁한 굉음이 점점 더 끔찍하게 울려왔지. '앞으로, 백마야!' 하우케는 소리쳤소. '우리 생애 최악의 질주를 하자꾸나!'

그때 애마의 말발굽 아래에서 단말마의 비명 같은 소리가 울렸소. 하우케는 고삐를 잡아당기고 주위를 둘러보았소. 주변 땅바닥에서 하얀 갈매기떼가 반은 날고 반은 폭풍에 떠밀려, 비웃듯 깩깩 소리를 내지르며 날아가고 있었소. 새들이 피신처를 찾아 육지로 날아든 거요. 달빛이 구름 사이로 언뜻 비치는데, 그중 한 마리가 발굽에 짓밟혀 누워 있는 것이 보였소. 목에서 빨간 리본이 펄럭거리는 것이 언뜻 보인 것 같았소. '클라우스! 가여운 클라우스!' 하고 하우케가 소리쳤소.

딸아이의 새였을까? 새가 말과 하우케를 알아보고 곁에 와 숨으려고 한 걸까? 그로서는 알 수 없었다오. '앞으로!' 그가 다시 소리를 지르자, 백마는 다시 달려가기 위해 앞발을 치켜들었소. 그때 갑자기 폭풍이 그치고, 쥐죽은 듯한 고요함이 찾아들었소. 하지만 그것도 아주 짧은 순간이었고, 폭풍은 다시 분기탱천하여 금세 되돌아왔지. 그런데 그 사이, 사람들의 목소리와 길 잃은 개들이 짖는 소리가 귓전을 때려, 마을 쪽을 뒤돌아보았다오. 갑자기 나타난 달빛 속에서, 사람들이 둔덕 위와 집 앞에서 짐을 잔뜩 올린 마차를 이리저리 손보며 돌아다니는 것이 보였소. 그리고 또다른 마차들이 서둘러 고지로 올라가는 모습도 언뜻 눈에 들어왔지. 따뜻하던 외양간에서 고지 위로 내몰린 소들의 울음소리도 귓가에 울렸소. '다행이군! 사람들이 스스로 자신과 가축을 구하고 있으니!' 그는 속으로 말했소. 그러고는 이내 두려움의 비명을 내질렀소. '내 아내! 내 아이는! 아니야, 아니지. 우리 둔덕까지는 물이 올라오지 않아!'

하지만 그것도 그저 잠시뿐. 마치 환영처럼 모든 것이 그의 눈앞을 스쳐지나가는 것이었소.

끔찍한 돌풍이 큰 소리로 우르릉거리며 바다에서 불어닥쳤고, 그 돌풍에 맞서면서 말과 사람은 제방으로 오르는 좁은 비탈길을 달려갔소. 제방 위에 올라가자 하우케는 억지로 말을 멈춰 세웠소. 그런데 바다가 어디 있었지? 예베르스 섬은? 건너편 해안은 어디였더라? 눈앞에는 밤하늘을 향해 위협하듯 솟구쳐오르는 물, 무시무시한 어스름 속에서 서로 층층이 탑을 쌓고 올라서면서 서로를 넘어 단단한 육지로 내려치는 산더미 같은 물뿐이었소. 물은 하얀 파도와 함께, 마치 온갖 무서운 야생 맹수들의 포효 소리가 다 들어 있는 듯, 우우우 울부짖으며 다가왔소. 백마가 앞발을 구르며 파도의 소음 속으로 거세게 콧김을 내뿜었소. 여기서 인간의 힘이 다 끝나는구나, 이제 밤이, 죽음이, 무無가 들이닥치고 말 거야, 이런 생각이 말 탄 사내를 덮치려 했소.

그러나 그는 이건 해일일 뿐이라며 정신을 가다듬었소. 다만 이제까지 한 번도 보지 못한 해일인 거지. 아내, 아이, 그들은 높직한 둔덕 위 튼튼한 집안에 안전하게 있었소. 그러나 그의 제방, 사람들이 말하는 하우케 하이엔 제방이 이참에 증명할지도 모르지, 제방이란 어떻게 쌓아야 하는지를! 자부심 같은 것이 그의 가슴을 스쳤소

그런데 어찌된 일일까? 하우케는 두 제방 사이 모퉁이에서 우뚝 멈췄소. 여기서 보초를 서라고 세워두었던 사람들은 다 어디에 있는 것일까? 그는 옛 제방이 있는 북쪽을 올려다보았소. 그쪽에도 역시 몇 사람을 배치해두었거든. 제방 모퉁이에도, 옛 제방에도 사람이라곤 보이지 않았소. 말을 타고 조금 더 나가보았지만, 아무도 없었다오. 폭풍이 몰아치는 소리와 아득히 멀리서까지 밀려오는 바다의 물결 소리만 귀가 먹먹할 정도로 귓전을 때릴 뿐. 그는 말머리를 돌렸소. 아무도 없는 모

퉁이로 다시 돌아와 새 제방선을 따라가며 살펴보았소. 확실히 알 수 있었지. 여기로는 파도가 더 느리게, 더 약하게 밀려온다는 것을. 마치 다른 바다처럼 보일 정도였소. '새 제방은 안 무너져!' 하고 중얼거리는데, 가슴속에서 마치 웃음 같은 것이 올라왔소.

그러나 눈으로 계속 새 제방의 선을 따라가면서 웃음은 절로 사라졌소. 북서쪽 모퉁이에, 저게 뭐지? 거기에 시커먼 한 무리가 서로 뒤엉켜 우글거리고 있던 거요. 열심히 움직이며 밀고 당기는 걸 보아 사람들이라는 것은 의심할 여지가 없었지! 지금 저들이 내 제방에서 뭘 하는 걸까? 당장 백마의 옆구리에 박차를 가하자, 말은 그를 등에 싣고 마치 날듯이 그곳을 향해 달려갔소. 폭풍이 옆으로 불고 가끔 돌풍이 너무나 세게 들이쳐서, 자칫하면 제방에서 밀려 새 간척지로 굴러떨어질 지경이었소. 그러나 말과 그 위에 올라탄 사람은 어디로 가야 할지 알고 있었지. 하우케의 눈에 수십 명이 모여 열심히 일하는 모습이 보였소. 그리고 새 제방을 가로질러 도랑이 파인 것도 똑똑히 보였고. 말을 세우고는 '중지!' 하고 그가 외쳤소. '멈춰! 여기서 무슨 몹쓸 짓들을 하고 있는 게야?'

사람들은 제방 감독관이 갑자기 자기들 사이에 나타난 것을 보고 놀라 삽질하던 손길을 멈추었소. 폭풍 사이로 하우케의 말이 전해지자, 여러 사람이 애써 대답하려는 게 보였소. 하지만 그들의 격렬한 제스처만 알아볼 수 있을 뿐이었소. 모두 하우케의 왼쪽에 서 있어서, 그들의 말을 폭풍이 낚아채버렸으니까. 사람들은 폭풍 때문에 현기증을 일으킨 듯 서로 부딪치며 떠밀리는 바람에, 바짝 붙어 서 있었다오. 하우케는 눈짐작으로 파놓은 도랑과 물 높이를 빠르게 가늠했소. 새 제방의 완만한 경사에도 불구하고 물은 거의 제방 꼭대기까지 찰랑거리며 올라와 있었고 말과 하우케에게 물방울이 튀고 있었소. 앞으로 십 분만 작업을 계속한다면, 도랑을 타고 홍수가 밀려들어와 하우케 하이엔 간척지는 물에 잠길 판이었지!

제방 감독관은 일꾼 한 명더러 말 오른쪽 옆으로 오라고 손짓했소. '자, 말하게! 여기서 뭣들 하고 있어, 이게 대체 뭐냔 말이야?'

일꾼이 소리쳐 대꾸했소. '새 제방을 뚫고 있습니다, 나리! 옛 제방이 무너지지 않도록요!'

'뭘 한다고?'

'새 제방을 뚫고 있다고요!'

'그리고 새 간척지도 다 망가뜨리고? 어느 악마가 너희에게 이런 일을 시켰나?'

'아닙니다, 나리! 악마가 아니라 제방 위원 올레 페터스가 여기 와서 그러라고 했습니다!'

하우케의 눈에 분노가 치밀어올랐소. '내가 누군지 알지?' 그가 소리쳤소. '내가 있는 한 올레 페터스가 지시해선 안 돼! 움직여! 내가 지정해준 원래 너희 자리로 가!'

일꾼들이 우물쭈물하자, 백마를 타고 그 사이로 뛰어들었소. '너희 자리로 가, 딴소리 말고!'

'나리, 조심하십쇼!' 무리 중 하나가 외치며 미친 듯이 날뛰는 말을 삽으로 내리쳤소. 그러나 말의 발길질에 채여 삽이 손에서 날아갔고, 그 바람에 다른 사내가 바닥에 꽝 하고 넘어졌소. 그때 갑자기 나머지 사람들 사이에서 비명소리가 났는데, 그것은 죽음의 공포에 질린 인간의 목구멍에서 터져나오는 소리가 분명했다오. 한순간 제방 감독관과 백마까지 모두 마비된 듯했소. 일꾼 한 사람만 이정표처럼 팔을 뻗어 두 제방의 북서쪽 모퉁이, 새 제방과 옛 제방이 만나는 데를 가리키고 있었지. 폭풍의 사나운 울부짖음과 날카롭게 부서지는 물소리만 들렸소. 하우케는 안장 위에서 뒤를 돌아보았소. 저기 저게 뭐지? 그의 눈이 커졌소. '맙소사! 터졌다! 옛 제방이 터졌어!'

무리 속에서 한 목소리가 고함쳤소. '당신 잘못이오, 제방 감독관! 하느님 앞에서 그 죄를 받으시오!'

분노로 벌겋게 달아올랐던 하우케의 얼굴이 새하얗게 질렸소. 달빛 아래 그의 얼굴은 창백하기 그지없었지. 두 팔은 축 늘어져, 자기가 말고삐를 잡고 있는지도 모를 지경이었다오. 그러나 그것도 잠시뿐, 몸을 일으켜 세우는 그의 입에서 무거운 신음소리가 터져나왔소. 그러더니 말없이 말머리를 돌려, 헐떡이는 백마를 몰고 동쪽으로 제방 위를 쏜살같이 달려갔지. 하우케의 눈은 사방을 날카롭게 훑어보았고, 머릿속은 온갖 생각으로 마구 뒤엉켜 있었소. 내가 무슨 죄를 하느님 앞에 들고 가야 하는지? 만약 그가 멈추라고 소리치지 않았더라면, 사람들은 일을 끝마쳤을 것이고, 그러면 새 제방은 무너졌겠지. 그러나 한 가지 더 있었소. 그 생각을 하자 하우케의 가슴이 후끈 뜨거워졌소. 너무나 잘 알고 있었지. 지난여름에 올레 페터스의 못된 주둥아리가 날 말리지만 않았더라도…… 바로 그 때문이었어! 옛 제방의 약점을 알아차린 것은 제방 감독관 혼자뿐이었소. 그 모든 것에도 불구하고 제방 수리 공사를 추진했어야 했던 건데. 그는 갑자기 폭풍에 대고 큰 소리로 외쳤다오. '하느님, 네, 고백합니다. 저는 제 직무를 제대로 해내지 못했습니다!'

왼편에서는 말발굽 언저리까지 바다가 미쳐 날뛰었고, 앞으로는 이제 깜깜한 어둠 속에 둔덕과 고향의 집들이 있는 옛 간척지가 펼쳐져 있었소. 희미한 하늘빛마저 완전히 다 어두워졌소. 오로지 한곳에서만 불빛이 어둠을 뚫고 반짝였다오.

빛은 사내의 가슴에 마치 하나의 위안처럼 와닿았소이다. 자기 집에서 비쳐오는 빛이 분명했고, 마치 아내와 아이가 보내는 인사 같았소. 다행히 높은 둔덕 위에 안전하게들 있구나! 다른 사람들은 틀림없이 이미 고지대로 올라갔겠지. 이제껏 한 번도 본 적 없는 수많은 불빛이 고지대에서 희미하게 반짝이고 있었소. 저 위 공중에서도 불빛이 어둠을 비추고 있었는데, 아마 교회 탑인 듯했소. '모두들 떠났겠지, 모두 다! 물론 둔덕 어떤 곳에는 폐허 속에 집이 남아 있을 거고, 물에 잠긴 목초지는 몇 년 동안 못 쓸 거다. 수문과 배수로도 수리해야겠지! 우린 견뎌내야 해. 그리고 난 나한테 고통을 준 사람들까지 도울 거야. 다만, 주님, 나의 하느님, 우리 인간에게 자비를 베푸소서!'

하우케는 옆쪽의 새 간척지로 눈길을 돌렸소. 그의 주변에서는 바닷물이 거품을 일으키고 있었지만, 마음속에는 밤의 평화와 같은 어떤 것이 자리했소. 가슴에서 자기도 모르게 환성이 터져나왔지. '하우케 하이엔 제방, 그건 끄떡없을거야, 백 년 후에도 끄떡없어!'

발아래에서 울리는 천둥 같은 물소리에 그는 꿈에서 깨어났소. 백마는 더는 앞으로 나가려 하지 않았소. 무슨 일이지? 말이 뒤로 펄쩍 물러서자, 앞에 있던 제방 구간 하나가 무너져내리는 게 느껴졌소. 하우케는 눈을 부릅뜨며 온갖 생각을 떨쳐냈지. 옛 제방가에서 멈추니, 백마는 어느새 앞발굽으로 옛 제방을 딛고 있었소. 하우케는 자기도 모르게 말고삐를 뒤로 당겼소. 그때 마지막 구름이 달에서 벗겨지면서, 부드러운 달빛이 그의 눈앞에서 제방이 거품에 휩싸여 쉭쉭대며 옛 간척지 안쪽 깊은 나락으로 무너져내리는 끔찍한 광경을 훤히 비췄다오.

하우케는 넋을 잃고 뚫어져라 쳐다보고 있었소. 그것은 동물과 사람을 집어삼키려는 대홍수*였다오. 그때 다시 눈이 부셨는데, 아까 보았던 그 불빛이었소. 불빛은 여전히 그의 집이 있는 둔덕 위에서 비치고 있었지. 하우케가 용기를 내어 간척지를 내려다보니, 앞에서 사납게 쏟아져내리며 사람을 몽롱하게 만들던 소용돌이 뒤로 백 보 정도만 물에 잠겼을 뿐, 그 너머로는 간척지에서 올라오는 길도 뚜렷하게 알아볼 수 있었소. 다른 것도 더 보였다오. 마차, 아니 이륜마차 한 대가 미친 듯이 제방으로 달려오고 있었던 거요. 마차에는 여자가, 그리고 아이도 하나 타고 있었지. 폭풍에 실려 조그만 강아지의 깽깽대는 소리도 들리는 게 아니겠소? 전능하신 하느님이시여! 그의 아내, 그의 아이였지. 그들은 벌써 가까이 다가왔고, 큰 파도가 거품을 일으키며 그쪽으로 몰려가고 있었소. 하우케의 가슴에서 한마디 외침, 절망의 고함소리가 터져나왔소. '엘케! 엘케! 돌아가! 돌아가!'

그러나 폭풍과 바다는 무자비했고, 그 광란 속에서 하우케의 목소리는 흩어져 날아가버렸소. 폭풍은 당장이라도 말에서 끌어내릴 기세로, 하우케의 외투를 잡아챘지. 마차는 멈추지 않고 내리쏟아지는 바닷물을 향해 달려가고 있었소. 마치 아내가 자신을 향해 팔을 뻗는 것 같았소. 아내가 날 알아보았을까? 내가 보고 싶어서, 내가 죽을까 걱정되어

---

* 성경에 나오는 노아의 대홍수를 가리킨다.

안전한 집에서 나온 걸까? 그리고 이제 나에게 마지막 말을 외치는 건가? 이런 물음들이 머릿속을 헤집었지. 그러나 그 물음에는 아무 대답도 돌아오지 않았다오. 아내가 자신에게 하는 말, 자신이 아내에게 하는 말, 모든 것이 다 흩어져버렸소. 세계 멸망을 알리듯 쏴쏴거리는 파도 소리만이 그들의 귀를 가득 채울 뿐, 다른 소리는 아무것도 들리지 않았지.

'내 아이! 오, 엘케, 충실한 내 아내 엘케!' 하우케는 폭풍을 향해 소리쳤소. 그때 다시 그의 앞에서 제방이 크게 무너져내리더니, 우레 같은 소리를 내지르며 바다가 밀려들었다오. 저 아래에서 말머리와 마차 바퀴가 거친 공포의 바닥에서 한번 떠올랐다가 소용돌이치며 가라앉았지. 제방에 덩그러니 선 하우케의 굳어버린 두 눈에는 더이상 아무것도 들어오지 않았다오. '끝이구나!' 가만히 혼자 중얼거렸을 뿐. 곧 그는 바닷물이 무시무시한 소리를 내며 고향 마을을 뒤덮기 시작하는 절벽으로 말을 달려 내려갔소. 그의 집 등불이 여전히 깜빡이는 것이 보였소. 그는 마치 영혼이 빠져나가버린 듯 공허한 모습이었지. 몸을 곧추세우고 백마의 옆구리에 박차를 가했소. 말은 거의 뒤집어질 듯이 앞발을 들어올렸소. 그러나 사내의 힘에 눌려 다시 앞발을 내려놓았지. '앞으로!' 단호하게 말을 달릴 때면 그리도 자주 외쳐댔듯이 그는 그렇게 다시 한번 소리를 질렀다오. '하느님, 저를 받으시고 다른 사람들은 살려주소서!'

다시 한번 박차를 가하자, 폭풍과 파도 소리를 짓누르는 백마의 외마디 비명이 울려퍼졌소. 그런 뒤 곤두박질치는 바닷물 아래에서 먹먹한 울림과 함께 벌어진 격투는 짧게 끝났지.

달이 하늘 높이 빛나고 있었지만, 그 아래 제방 위에는 살아 있는 것이라곤 아무것도 없었고, 옛 간척지 땅을 뒤덮어버리다시피한 거친 파도만이 몰아칠 뿐이었소. 하우케 하이엔의 농장이 있는 둔덕은 물바다 속에서도 여전히 우뚝 솟아 있었고, 여전히 빛이 희미하게 깜박였지. 집집마다 밝혀둔 불빛이 차츰 꺼져가던 고지에서는 교회 탑의 고독한 등불만이 거품 이는 파도 위로 일렁이는 불빛을 던져주고 있었다오."

선생이 말을 멈췄다. 나는 아까부터 건드리지 않고 그대로 두었던 그득히 채워진 술잔을 잡았다. 그러나 잔을 입에 갖다대지는 않았다. 내 손은 탁자 위에 가만히 머물러 있었다.

"이것이 하우케 하이엔의 이야기라오." 나를 초대한 사람이 다시 입을 떼었다. "내가 아는 한도 내에서 이야기한 거요. 물론, 우리 제방 감독관의 가정부라면 좀 다르게 이야기했겠지. 홍수 뒤에 그 하얀 말뼈가 달밤이면 예전처럼 다시 예베르스 섬에 나타났다고, 온 마을이 그걸 다 봤다고 말이오. 확실한 건, 하우케 하이엔이 아내와 아이와 함께 홍수에 빠져 죽었다는 거지. 저 위 교회 묘지에서도 난 그들의 무덤을 못 봤다오. 시체는 썰물에 실려 무너진 제방을 통해 바다로 떠내려가 바다 밑바닥에서 서서히 분해되었을 테지. 그렇게 해서 그들은 사람들로부터 벗어나 안식을 얻게 되었다오. 하지만 하우케 하이엔 제방은 백 년이 지난 지금도 여전히 서 있소, 선생이 내일 시가지로 말을 타고 가는 길에 삼십 분 정도 돌아가는 걸 마다하지 않는다면, 말발굽 아래 하우케 제방을 디뎌볼 수 있을 거요.

일찍이 예베 만너스가 손자들 세대가 되면 제방 건설자에게 감사드릴 거라고 장담했지만, 선생도 보셨듯이 그런 일은 이루어지지 않았소. 세상이란 그런 거지. 소크라테스한테는 독배를 들이켜게 하고, 예수 그리스도는 십자가에 못 박았잖소! 최근에는 더이상 그런 일이 쉽지 않지. 하지만 난폭한 사람이나 악독하고 고집불통인 성직자를 성인으로 만들거나, 단지 우리보다 더 뛰어나다는 이유로 능력 있는 사람을 유령이나 귀신으로 만들어버리는 일은 언제나 일어나고 있다오."

성실하고 몸집이 작은 남자는 이렇게 말하고는 자리에서 일어나 바깥쪽에 귀를 기울였다. "저기 뭔가 다른 일이 생겼나보군." 그는 창문의 모직 커튼을 열어젖혔다. 달빛이 환했다.

"보시오. 저기 제방 위원들이 돌아오고 있군. 그런데 뿔뿔이 흩어져 집으로 가는구먼. 저 건너편 해안에서 제방이 무너진 게 틀림없어. 이제 물 수위는 떨어졌다오."

나는 그의 옆에 서서 바깥을 내다보았다. 여기 윗마을에서는 창문이 제방 언저리보다 높았다. 그가 말한 대로였다. 나는 술잔을 들어 남아 있는 술을 마저 들이켰다. "오늘 저녁 초대해주셔서 감사합니다! 우리는 편안히 잘 수 있겠네요!"

키 작은 선생이 말했다. "아무렴, 편안한 밤 되시길 진심으로 빕니다!"

아래층으로 내려가다가 아래 복도에서 제방 감독관과 마주쳤다. 그는 술집에 두고 간 카드를 찾아서 집으로 가려던 참이었다. "다 지나갔어요!" 하고 제방 감독관이 말했다. "그런데 계몽주의자이신 우리 선생이 손님께 선생 방식으로 믿게끔 이야기해주셨을 테지요."

"합리적인 분 같습니다!"

"네, 그럼요, 정말 그래요. 하지만 사람이 자기 눈으로 본 걸 안 믿을 수는 없죠. 아까 말씀드렸다시피 건너편 해안에는 제방이 무너졌거든요!"

나는 어깨를 으쓱했다.

"그건 오늘 자고 나서 결정하지요. 안녕히 주무세요, 제방 감독관님!"

그는 껄껄 웃으며 말했다. "안녕히 주무세요!"

다음날 아침, 광활한 폐허의 풍경 위로 떠오른 금빛 찬란한 햇빛을 받으며 나는 말을 타고 하우케 하이엔 제방을 따라 시내로 내려갔다.

프시케

8월의 어느 오전, 해가 비치고 있었다. 그러나 날씨는 궂어, 북서쪽에서 바람이 거칠게 불어왔다. 바람과 조수로 거품이 부글대는 파도가 두 방둑 사이를 지나, 도시 가까이 넓게 펼쳐진 바다의 넉넉한 팔 안으로 몰려들었다. 서로 멀찌감치 떨어진 해수욕용 뗏목 두 개와 쇠사슬로 연결된 판자 건물이 해안가에서 파도에 밀려 솟았다 가라앉았다 하고 있었다. 내륙에서도 폭풍우 이야기를 했을 텐데, 여기 해변에서도 사람들 생각은 매한가지였다. 평소에는 그리도 북적대던 해수욕장이 오늘은 텅 비어 있었으니까. 시내에서 제일 멀리 떨어진 뗏목 옆 제외지* 창고 앞에 늙은 해수욕장 관리인의 앙상한 모습만 보일 뿐이었다. 머리에

* 둑 바깥쪽 강가에 있는 땅.

뒤집어쓴 툭 불거진 모자에 달린 기다란 끈은 구겨진 채 공중에서 펄럭거렸고, 노파는 프리슬란트식 치마의 옷자락을 양손으로 꽉 붙들고 있었다. 할 일은 없었다. 부인네들과 아이들이 사용하는 수영모와 수건은 창고 안 서랍 속에 그대로 놓여 있었다. '집으로 가야지. 이런 살인적인 날씨에 누가 오겠어' 하고 노파는 혼잣말했다.

눈두덩 위에서 펄럭대는 모자 끈을 재빨리 붙들어 매고, 제방을 쭈욱 따라 내려가며 시내 쪽을 바라보았다. 긴 사슬에 느슨하게 묶어 제외지에 풀어놓은 양들은 사슬이 닿는 데까지 멀리 나가 바람을 등지고 무리지어 서 있었다. 그 외에는 아무것도 보이지 않았다. 아니, 뭔가 있는걸! 제방 위에서 두 남자가, 가장 가까운 해수욕용 뗏목을 향해 제방 바깥면에 찰싹 붙어 내려가고 있었다. 해안의 지리적 특성을 감안하여 남자들이 사용하게끔 해놓은 해수욕용 뗏목이었다. 남자들이 리넨 수건을 들고 가다가 손을 들어올리자 수건이 머리 위에서 나부꼈다. 그들의 젊은 목소리와 밝은 웃음소리는 늙은 관리인 여자의 귀에까지 와 닿지는 않았다. 바람이 남자들의 소리를 낚아채서 시내 쪽으로 흩날려 버렸다.

두 남자가 해수욕용 뗏목의 문 안으로 사라지는 것을 본 늙은 관리인은 "집에들 계셔도 될 텐데" 하고 웅얼거렸다. "뭔 상관이람, 난 집으로 가는 거야!" 늙은 관리인은 허리 뒤춤에서 커다란 회중시계를 꺼내 들고 손가락으로 시계판 위 숫자를 일일이 세어보았다. "이런 궂은 날씨에 올 사람은 하나뿐이야. 그런데 아가씨가 올 시간은 벌써 지났군. 곧 반 시간이면 썰물이 될 테고. 그런데 그분은, 그분은 첫물을 결코 못 기다린다니까."

관리인 노파가 눈으로 시내 쪽을 넘겨다보면서 두 손으로는 모자를 쓰윽 건드리는가 싶더니, 어느새 북쪽을 등지고 제방 쪽으로 난 창고 문을 잡고 있었다. "맙소사, 마리아시여!" 그녀가 소리쳤다. "이러다가 이 몸이 카톨릭이 되시겠는걸! 웬 여자가 하나 오고 있네, 아가씨군!"

시내 방향에서 제방 위를 걸어오는 사람은 정말 여자였다. 게다가 소녀, 피어나는 소녀였다. 바람과 궂은 날씨에도 소녀는 금세 가까이 다가왔다. 납작한 밀짚모자는 진작에 머리에서 벗겨졌는지, 손에 모자 끈을 쥐고 있었다. 햇살 같은 금빛 머리카락을 틀어올렸으나 바람에 다 풀려 젊은 목덜미에서 살랑살랑 나부끼고 있었다. 소녀는 점점 빨리 걸어왔고, 그녀의 짙은 눈은 먼 곳을 예리하게 살폈다. 아직도 창고 앞에서 있던 노파의 앙상한 모습을 알아차린 소녀는 제방 옆으로 쏜살같이 달려내려와 제외지 너머 노파에게 다가갔다. "카티, 카티, 더 일찍 올 수 없었어. 벌써 집으로 가버렸을까봐 걱정했어!"

"그래, 그래, 그렇게 영리했더라면 좋았을걸!" 노파는 중얼거렸다.

"카티! 웅얼거리지 마!" 소녀는 노파 앞에서 손가락을 치켜들면서 애교스럽게 눈을 마주쳤다.

"아가씨, 안 돼요!" 노파는 소녀의 이마에서 금빛 머리카락을 쓸어넘겨주며 다시 한번 말했다.

"괜찮아, 카티! 오늘 여긴 갓난아기도 없고 늙은 아줌마들도 없네, 오늘은 나 혼자 왕국을 완전히 다 차지했다고. 내 머리 위 하늘에는 새가 있고! 저기 예쁜 은갈매기 좀 보라니까! 야호, 카티, 재밌겠다!"

"그래요, 그래, 아가씨, 새란 녀석들도 오늘은 육지로 날아드네요."

"아니, 오히려 바람이 새들을 육지 쪽으로 냅다 집어던진다고 해야

맞겠네! 하지만, 카티, 난 그렇게 새처럼 그냥 당하지 않아!"

관리인 노파는 깜짝 놀라 소녀를 쳐다보았다. "하지만 아가씨, 뗏목이 꼭 흔들 목마처럼 널뛰는 걸 좀 보세요. 뗏목으로 가는 판자 다리는 물 밑으로 1피트쯤 잠겨 있고요!"

소녀는 까치발로 서서 해변을 굽어보았다. 재미있다는 듯이 고개를 까닥거리며 그녀는 말했다. "당연하지. 난 할멈 창고에서 신이랑 스타킹을 벗어야겠어."

두 여자가 들어간 창고는 그 순간만큼은 그럭저럭 안에 들어가 있을 만해 보였다. 물론 안에도 널빤지 벽뿐이긴 했지만, 그래도 문 맞은편에는 알록달록한 쿠션을 깔아둔 벤치가 있고, 벤치 한쪽에는 수영할 때 쓰는 잡화를 넣는 서랍과 함께 갈색 커피 주전자며 캔과 잔을 올려놓은 선반도 있었다. 그리고 시내 쪽으로 난 작은 창문을 통해 정오의 태양이 비쳐들어와 온 실내를 따끈따끈 데우며 밝게 비추고 있었다.

"흠." 소녀는 미소 띤 얼굴로 선반을 올려다보며 고개를 끄덕였다. "참사관 사모님, 전투참모 사모님, 그리고 백작부인까지 모두들 자기 커피 상자, 설탕 상자 열쇠를 핸드백 안에 넣어두는군. 고작 자물쇠만 이리저리 흔들거리는걸. 카티, 저긴 우리가 손댈 수 없어."

"하지만 아가씨는 세 노부인처럼 수영한 후 커피를 마시지 않잖아요."

"나야 안 마시지, 카티. 하지만 할멈은, 할멈 잔은 대체 어디서 가지고 올 거야?"

"저요, 아가씨? 전 집에 치커리*가 있죠. 고양이도 다 제 몫이 있

---

* 치커리 뿌리를 말려 볶은 다음 가루를 내면 커피 대용으로 마실 수 있다.

지요."

그러나 소녀는 옷 안으로 손을 집어넣어 부드러운 종이 봉지 두 개를 꺼내더니 찬장 밑 탁자 위에 올려놓는 것이었다. 소녀는 당당하게 말했다. "모카야, 제일 고급품이라고! 엄마가 직접 할멈 몫으로 싸주셨어. 오늘 할멈이 나 하나 때문에 망을 봐야 하는 걸 잘 아시거든. 그러니까 이제 풍로에 불을 붙여서 커피를 끓여. 그리고 집에 있는 할멈네 고양이한테도 안부 전해주고!"

소녀는 소파에 앉아 신발이며 스타킹을 벗기 시작했다. 노파는 그 앞에 서서 다정하게 쳐다보았다. 하지만 감사하다는 말 대신 그냥 "어머님은 절 챙겨주시죠"라고만 말했다. 그리고 잠깐 뜸을 들인 뒤 물었다. "그런데 아가씨, 어머님이 가게 그냥 놔두시던가요?"

"날 가게 놔뒀냐고? 엄마는 할멈처럼 겁쟁이가 아니야! 카티, 키 값도 못하고 창피한 줄 알아! 꺽다리 카티!"

"그래, 그래요, 아가씨, 그건 저도 할 말이 없죠. 결코 못 잊는답니다. 아가씨 할아버지셨던 전 시장님 댁 꼬마 하녀로 있을 때인데, 자주 말씀드렸지만, 제가 하도 겁이 많아 고생이었죠. 그때 아가씨 어머님은, 뭐 이렇게 말해도 언짢아하시진 않겠죠, 지금 아가씨와 판박이었어요!"

소녀는 소파 가장자리에 맨발을 올려놓고는 기분좋게 따뜻한 햇볕을 쬐고 있었다. "그 이야기 한 번 더 해줘, 카티!" 그녀가 말했다.

노파는 소녀 옆 소파에 걸터 앉았다. "네, 네, 아가씨. 제가 벌써 여러 번 이야기해드렸죠. 전 아직도 어머님 모습이 눈에 선하답니다. 여덟 살, 아니 아홉 살배기 귀여운 계집애였죠. 아가씨처럼 꼭 그렇게 샛노란 머리카락이었고요!"

"노란색? 카티, 대단히 감사합니다요!"

"노란색 아닌가요, 아가씨? 그럼, 뭐, 하지만 예쁘잖아요?"

"그래, 카티! 하지만 엄마 머리는 아직도 내 거보다 훨씬 더 예뻐. 안 그래? 엄마는 기다랗고 두껍게 두 가닥으로 땋고 다녔지?"

늙은 여인은 고개를 끄덕였다. "달리거나 폴짝 뛰어오르면 어쩜 그리 나풀거리던지!"

"하지만, 카티, 엄마는 나나 다른 사람들처럼 제대로 걸어다닌 적이 없었댔지?"

"아까 제방을 내려가시던 것처럼 그렇게 걷는 거 말인가요?" 노파는 거친 손으로 어여쁜 소녀의 머리를 쓰다듬었고, 소녀는 깔깔대며 노파를 올려다보았다. "네, 네, 아가씨하곤 진짜 제대로 빼다박았죠! 한번은 폴짝 뛴 것보다 더한 일이 일어났답니다! 어느 날 아침 4피트는 되는 정원 담장 위에 예쁜 아기씨가 조그만 안락의자랑 어린이용 탁자, 그리고 소꿉놀이 찻잔 세트를 몽땅 갖다놓고 앉아 있었으니까요. 늙은 꼬부랑 라일락나무 한 그루가 담장에 기대어 서 있었는데, 아기씨는 그 나무를 타고 물건들을 올려다놓고는 또 자기도 올라간 거죠. 아기씨는 거기 위에 앉아 있었는데, 그때 마침 활짝 핀 꽃잎 한가운데에 있는 모습이, 꼭 칸막이 좌석에 들어앉아 있는 것 같았어요."

소녀는 늙은 친구 카티를 더는 놀리지 않았다. 그녀의 작은 귀뿐 아니라 방긋 벌어진 입이며 검은 두 눈도 카티의 이야기에 폭 빠져 있었다.

"전 어머님의 어린 동생 엘자베 이모님을 돌보는 꼬마 하녀였어요.

그리고 어머님도 같이 보살펴야 했죠. 하지만 누가 그 왈가닥을 하루 종일 지킬 수 있겠어요? 그리고 그 담장이 어디 있었느냐 하면, 그러니까, 아무도 안 들어오는 커다란 정원 안에서도 아주 아래쪽에 있었어요. 그런데 그날, 놀이가 최고로 재미있던 그때, 우린 그 정원에 안 들어갈 수 없었다고요. 시장님은 아직 꽃무늬 가운 차림에 수면용 모자를 쓰고 계셨죠. 언제나 사람이 북적거리는 걸 좋아하시던 분이었어요. 시장님이 말씀하셨죠. '가자, 카티! 꼬맹이 엘자베를 안아라. 저 위 담장 옆에 내가 가꾼 미나리아재비밭을 보여주마!' 하지만, 아가씨, 그런데 우리가 뭘 보았을까요, 뭘 보았게요!" 소녀는 고개를 끄덕였다. "그 예쁜 아기씨가 위태위태한 담장 위에 떡하니 올라 앉아 있는데, 꼭 애들 동화에 나오는 공주처럼요, 아기씨 주변에 꽃이 여기저기 피어 있었죠. 마침 아기씨가 조그만 스푼으로 손에 들고 있는 찻잔을 젓더니 꼭 진짜 마시는 것처럼 입에 갖다대면서, 맞은편 탁자 앞 버들가지 의자에 앉혀놓은 커다란 인형을 보며 고개를 끄덕거렸어요. 제 사지가 다 후덜거리더군요. 안고 있던 엘자베 이모님을 하마터면 떨어뜨릴 뻔했다니까요. 시장님도 머리카락이며 고깔모자가 솟구쳐올랐지요. 시장님은 멋진 가운을 걸친 그 모습 그대로 서서 감히 뭐라 말하지를 못하셨죠. 그런데 아기씨가 그런 우리를 알아차렸어요. '오, 아빠! 아빠, 카티!' 아기씨는 놀라며 우리 쪽으로 작은 목을 사랑스럽게 돌렸지요. 하지만 시장님은 손으로 아무 말도 하지 말라는 표시를 했죠. '아빠, 나 어떡할까? 내가 아빠한테 내려갈까? 바로 내려간다, 그러니까 바로! 아빠, 그럼 나 잡아!' 그러고는 눈 깜짝할 사이에 아기씨가 인형 찻잔 세트며 스푼이며 몽땅 시장님 쪽으로 던지는 통에, 시장님은 아무 말도 못한 채 그저 손에 잡히는 대로 받아보려고 하셨어요. 상 위에 더이상 아무것도 남지 않자 아기씨는 인형을 안고, 둥그런 담장 위를 외줄타기꾼처럼 몇 발 걸어가는데, 아이고 맙소사! 저와 시장님, 그리고 아직 아기인 엘자베 이모님 모두 소리를 질러댔죠. 그때 그 장난꾸러기가 커다란 인형이랑 같이 아래로, 시장님의 미나리아재비밭 한가운데로 뚝 떨어진 거예요!"

어린 소녀의 두 눈동자가 빛났다. "카티는 알지! 엄마는 매력적이었을 거야. 아, 한 번만이라도 볼 수 있다면! 우리 엄마는 아직도 매력적이고 젊어, 카티! 난 엄마가 지금도 담장에서 뛰어내릴 수 있을 거 같아."

노파는 머리를 흔들었다. "아가씨도 무슨 그런 생각을 다! 하기야 그 예쁜 아기씨에 대해선 매일매일 새로운 이야깃거리가 있었죠."

노파가 더 이야기를 늘어놓을 양으로 양손을 무릎 위에 올려놓은 바로 그때, 바람이 창고 문을 홀짝 열어젖혔다. 때마침 날아가던 도요새가 쨍쨍 울려퍼지는 고함소리를 토해놓았다. 해변에서는 물이 찰싹대는 소리가 들려왔다.

소녀의 가벼운 몸이 갑자기 노파 앞에서 벌떡 일어섰다. "오, 카티, 속임수쟁이 같으니!" 하고 소녀는 소리치며 조그만 주먹을 위협적으로 치켜들었다. "내 이제야 알아차렸어, 할멈! 커다란 시계가 한시를 칠 때, 내가 엄마가 있는 집으로 가야 할 그때까지 이야기로 날 여기에 묶어놓을 셈이었지! 하지만 카티, 이번에는 말야!" 소녀는 노파 앞에서 다시 한번 우아하게 무릎을 살짝 굽히더니, 어느새 바깥으로 나가 조그만 두 손으로 공중에 대고 수영하는 몸짓을 해 보였다.

노파도 함께 달려나갔다. 하지만 자기가 졌다는 걸 이미 알고 있었다. "맙소사, 아가씨! 설마 오늘 뗏목 바깥쪽으로 헤엄쳐나가려는 건 아니죠?"

"왜 아니겠어, 카티? 할멈도 내가 할 줄 안다는 거 다 알잖아! 그리고 말야, 재미있을 거라고!

물고기와 새
바람과 파도
모두 다 내 놀이친구라네!"

바람을 향해 예쁜 머리를 돌린 소녀는 그렇게 노래 부르며 녹색 제 외지 너머 해변가로 걸어갔다. 가벼운 여름 원피스가 맨발 위에서 살랑거렸다.

노파는 고개를 절래절래 흔들면서 창고로 돌아가, 벤치 앞에 소녀가 벗어둔 스타킹이며 신발을 옆으로 얌전히 치워놓았다. 단지에 담긴 물을 작은 양철 주전자에 따르고 풍로에 불을 붙였다. 그런 다음 선반에 올려둔 작은 갈색 주전자를 꺼내 주전자 깔때기에 커피 봉지를 털어넣으며 혼자 중얼거렸다. "아가씨도 오늘은 한잔 드시겠지."

하지만 불안해서 도저히 가만 있을 수 없었다. 품어 까고 보니 물새 알이구나 싶은 암탉 심정이었다. 벌써 여러 번 고개를 문 쪽으로 쑥 뽑아보다가, 이젠 숫제 모래사장을 내달리고 있었다. 해수욕용 뗏목으로 올라가는 판자 다리가 완전히 물에 잠겨, 바람과 파도에 흔들거리는 판잣집은 마치 육지와 어떤 것으로도 연결되어 있지 않은 채 뚝 떨어진 듯 보였다. 넘실거리는 녹색 수면이 자꾸만 높아지고 있었다. 저 너머 제외지에 물이 넘쳤을까, 노파의 눈에는 그곳의 녹색 해변 가장자리가 그저 흐릿하게 보일 뿐이었다. "아가씨!" 노파가 소리쳤다. "아가씨!"

아무 대답이 없었다. 어쩌면 바람이 노파의 외침을 흩어버렸는지도 모른다. 그러나 찰방거리는 소리가 뗏목 쪽에서 올라오고 있었다. 그 소리를 들은 노파는 만족스럽게 고개를 끄덕이며 다시 창고 쪽으로 걸어갔다.

그때 공용 탈의실 안 첫번째 뗏목 위에서, 젊은 남자들도 이야기를 나누고 있었다. 갈색 고수머리에 키가 좀더 큰 남자는 이탈리아와 그리스에서 지내다가 고향인 북독일의 수도로 돌아온 지 고작 삼 개월 된 젊은 조각가였다. 남부독일에서 대학을 다니던 시절에 절친하게 지냈던 친구와 재회하기 위해, 며칠전 북쪽으로 올라와 이곳 해안 도시로 온 것이다. 서로 나누고 싶은 이야기를 다 하자니 지금 함께 보내는 며칠이 턱없이 모자랄 지경이었다.

"그런데 진짜 오늘 저녁에 벌써 떠나려는 거야? 내 눈앞에 그 많은 사람들의 얼굴이 다 떠오르게 해놓고선, 그래, 서류 먼지 구덩이 속에 날 혼자 남겨두고 그냥 휙 가버리겠다는 거지, 응?"

젊은 예술가는 반은 미소를 지으며 반은 생각에 잠긴 채 친구를 바라보았다. "자네는 왜 직접 붓을 잡지 않지? 이젠 운명으로 받아들이고, 자네의 가계가 자네를 짊어졌듯이, 자네도 예술가의 운명을 직접 짊어지도록 해!"

"하지만 그렇다고 해서 자네가 꼭 오늘 날 떠날 이유는 없지 않나!"

"가야 해, 에른스트! 늦어도 내일에는 다시 집에 돌아와 있겠다고 어머니께 약속드렸거든. 그리고 자네도 알겠지만, 내 브룬힐트* 때문에 마음이 불안해서." 조각가는 손으로 갈색 곱슬머리를 만지작거렸는데, 새로 시작한 정신 활동 덕분인지 밝게 반짝이는 회색 눈 위 이마에 주름이 져 있었다.

"브룬힐트라!" 친구가 반복했다. "난 말야, 자네가 왜 그녀에게 반했는지 아직도 이해가 안 가!"

"자네 말은, 나하고 무슨 상관이냐는 거지? 모르겠어. 단 한 번에, 한 시간 만에, 그녀가 내 마음에 꽂혔어, 난 그렇게 생각하는데, 하지만……"

"하지만," 하고 친구가 말을 끊었다. "자네 조각품 받침대에다 설명을 새겨둬야 할 거야! 왜 그렇게 까마득한 시간에 손을 댈까? 어떤 현재든 다 자기 나름의 풍요로움을 가지고 있는데 말이야!"

"왜냐고? 에르네스테! 자네는 마치, 누군지는 내 잘 모르겠네만, 어느 위대한 비평가가 임머만**의 '트리스탄과 이졸데'를 두고 말한 것처럼 꼭 그렇게 말하는군. 예술가에게 시간이 무슨 상관인가, 그래, 소재란 게 예술가하고 무슨 상관인가? 물론, 우리 살아 있는 사람의 머리 위 하늘에서 번쩍 불을 댕기는 번개가 비춰주면, 볼 수 있는 사람에게는 그건 살아 있는 것이 되지, 그게 아무리 과거의 가장 깊은 무덤 안에서 화석이 되어 있다 하더라도 말이야."

건너편 뗏목에 들어가 있는 예쁜 소녀의 두 눈이 어린아이의 순진무

---

* 브룬힐데. 북유럽신화에 나오는 여전사.

** 독일의 시인이자 극작가.

구한 사랑으로 반짝이듯이, 젊은 예술가의 두 눈도 감동 속에 그렇게 반짝거렸다.

"우리 오늘은 싸우지 말자." 친구는 이렇게 말하며 예술가를 진심 어린 눈빛으로 쳐다보았다. "한데, 그 번개는 언제 비추는 거야?"

"경건하라, 그리고 신을 경배하라! 새로 일깨워진 삶을 낮의 빛 속으로 끌어올리는 것만이 중요할 뿐이야. 그리고 난 생각하지, 자네 역시 인정할 거야, 내 눈은 이미 여러 차례 보았고, 내 손은 이미 충분히 강하고 순결했다는 걸 말야. 하지만, 그게 바로 내가 두려워하는 거지, 이번에는 제대로 보지 못했을까봐 말이야. 아니면 내가 고향에 너무 짧게 머문 것일까. 고대 신들이 있는 세계의 유쾌한 난리법석에 밀려나 북쪽의 무서운 발퀴레*가 나에게서 자꾸 멀어지고 있어. 북해의 이 녹색 물결에서조차 내게는 오디세우스를 구원해주는 여자친구 레우코테아의 이미지가 올라오니 말일세. 날 그냥 내버려두게나, 난 자네에게 더이상 아무 도움이 안 돼!" 예술가는 이렇게 말을 이어나갔고, 친구는 자부심에 찬 예술가의 신념에 잠자코 악수로 확신을 심어주었다.

두 친구는 이런 대화를 나누며 걸쳤던 옷을 벗어던지고는 열린 회랑 쪽으로 걸어나갔다. 바닷속으로 뛰어들 준비가 다 되어 있었다.

둘 중 더 잘생긴 남자 쪽이 예술가가 아니었다면…… 그게 아니라면, 그렇다면 차라리, 그 두 남자 외에, 또 한 명 예술가의 눈이 거기 같이 있었더라면. 그 청춘의 자태가 내뿜는 아름다움을 미래의 작품을 위해 마음껏 포식할 예술가의 눈이 거기 같이 있었더라면.

---

* 북유럽신화에서 오딘을 섬기는 전쟁의 처녀들.

눈앞에 넓게 펼쳐진 출렁이는 수면에 사로잡힌 두 남자는 꼼짝 않고 서 있었다. 파도는 쉴새없이 깊은 바다 위를 굴렀고, 햇살에 설핏 반짝였다가 부글부글 거품으로 흩어지고 나면 그다음 파도가 밀려왔다. 공기 속에서 폭풍의 숨결과 바다의 쏴쏴 소리가 울려왔다. 가끔씩 날아가는 물새가 내지르는 소리가 공기중에 날카롭게 울려퍼졌다. 두 젊은이가 서 있는 뗏목에 세찬 파도가 철썩 내리치며 쪼개지더니 두 사람에게 거품을 마구 흩뿌려댔다.

"이런, 파도가 안달이 났구나!" 젊은 공무원이 소리쳤다. "자, 우리 트리톤*처럼 저 녹색 수정을 가르며 한번 날아보자고!"

그러나 먼 곳을 바라보고 있던 예술가 친구는 그 소리를 못 들은 듯했다.

"왜 그래, 프란츠?"

"저기! 여성용 뗏목 쪽에서 뭔가가 이리로 오고 있어! 봐!" 그러고는 팔을 뻗어 거품이 부글거리는 수면을 가리켰다.

그쪽을 보고 친구가 경악하여 비명을 내질렀다. "여자야! 아이 같아!"

"그렇게 보이지. 하지만 오케아노스**의 딸은 아니야!"

"바다요정은 아니지, 아니야. 파도와 싸우고 있지만 소용없어. 바다를 잠잠히 가라앉히는 큰 소라는 아쉽지만 늙은 아버지 트리톤만 가지고 있거든!"

---

* 그리스신화에 나오는 바다의 신. 포세이돈의 아들로 상반신은 인간이고 하반신은 물고기 모습이며, 큰 소라를 불어서 물결을 다스렸다고 한다.

** 그리스신화에 나오는 물의 신. 테티스와의 사이에서 온 바다와 강의 신이 된 아들 삼천 명과 온 바다와 강의 요정이 된 딸 삼천 명을 낳았다.

그는 물속으로 뛰어들 듯한 표정을 지었지만, 프란츠는 황급히 손짓하며 그를 말렸다. "에른스트, 자넨 아니야! 우리 중 내가 더 수영을 잘한다는 걸 자네도 알지. 그리고 한 사람이면 충분해. 자넨 저기 창고에 있는 늙은 해수욕장 관리 마녀한테 달려가서 이 소식을 전하게나!"

마지막 말을 채 마치기도 전에, 물방울이 다시 한번 높이 튀어오르는가 싶더니, 어느새 갈색 곱슬머리가 뗏목에서 팔 하나쯤 떨어진 곳에서 수면 위로 다시 떠올랐다. 그는 튼튼한 두 팔로 파도를 가르며 헤엄쳐갔다. 눈앞은 사방이 어른거렸고 물방울이 날렸다. 하지만 몇 차례 헤엄치자 가슴팍은 물결 높이로 올라갔고, 남자는 밝은 눈빛으로 거품이는 물 위를 훑어보았다.

아직 멀리 떨어진 지점에서 파도가 햇살처럼 아름다운 금빛 머리카락을 희롱하고 있었다. 조그만 두 손이 출렁거리는 수정 사이로 뭔가를 붙들려고 했지만, 그 손마저도 파도가 가지고 놀고 있었다. 가까운 곳에서 바다제비가 물결 속으로 잠겼다 다시 올라오며 마치 비아냥거리기라도 하듯 거친 비명을 내지르다가, 바람을 피해 옆쪽 수면 위로 비스듬히 비껴 날아갔다.

보글거리는 커피 주전자 앞에 앉아 있던 노파 카티는 또 덜컥 불안해졌다. 폭풍이 창고 판자때기를 마구 흔들고, 가끔씩 창고 밖 공중에서 흩어졌던 새 울음소리가 안으로 울려왔다. 더는 나무의자에 앉아 있을 맘이 나지 않았다. 다시 바깥으로 나간 노파는 뗏목에 건너갈 요량으로 신발을 벗고 서서, 거친 손으로 이 수영실, 저 수영실 문을 똑똑 두드렸다. "아가씨, 아가씨, 대답 좀 해봐요!"

하지만 아무 대답이 없었다. 안에서는 풍덩거리는 물소리조차 들리지 않았다. 파도의 쏴쏴거리는 소리, 찰랑거리는 소리만이 단조롭고 끊임없이 귓가에 밀려왔을 뿐이었다.

노파가 어쩔 줄 몰라 해안 쪽을 돌아보았을 때 한 남자가 창고 쪽으로 뛰어가는 게 보였고, 곧이어 남자가 소리치는 것이 들렸다. "카티 부인! 카티 불프 씨!" 남자는 바람을 뚫고 소리쳤다.

"여기요! 하느님 맙소사, 여기예요!" 그리고 노파는 이리저리 요동치는 판자 다리를 건너 서둘러 해안으로 돌아갔다. "오, 맙소사, 남작님이시구려! 아, 아이, 아이가!"

남자는 아무 말 하지 않고 노파의 팔을 잡아 단번에 몸을 돌려세우고는 손으로 망망한 수면을 가리켰다.

"저 사람이 다른 한분이신가요? 아가씨를 찾고 계신 건가요?"

젊은 사내가 고개를 끄덕였다.

"자비로우신 하느님이시여! 사람이 불평해서는 안 되지요! 제가 불평했다우, 남작님, 아까 두분이 제방 위에서 오는 걸 보면서요! 사람이 불평해서는 안 되는 거지요, 안 되고말고요, 절대, 절대로 안 되는 거죠!"

남작은 아무 대꾸도 하지 않았다. 긴장한 눈으로 물 위를 바라볼 뿐이었다. 잠시 시간이 흘렀고, 먼 바다에서는 희미한 천둥소리만 들려왔다. 남작은 다시 한번 노파의 팔을 붙잡았다. "자, 카티 부인, 저기 보세요! 이제 더이상 아이를 찾고 있지 않아요. 벌써 팔에 안고 있어요."

노파는 커다란 소리로 비명을 질렀다.

그때 거품 이는 파도 속에서 헤엄치던 가슴팍 넓은 남자가 수면 위로 떠올랐고, 곧이어 남자가 천천히, 그러나 확실한 몸짓으로 해변으로 올라가는 것이 보였다. 두 팔에는 젊은 몸이 그의 가슴팍에 기대어 안겨 있었는데, 여자의 풍만함과도 어린아이의 가냘픔과도 거리가 멀었다. 프시케의 이미지였다. 그런 것이 실재했던 적이 있다면 말이지만. 하지만 조그만 머리는 뒤로 넘어가 있었다. 한쪽 팔은 죽은 듯이 아래로 축 늘어져 있었다. 은은하게 빛을 발하는 두 사람 위로 정오의 높은 하늘로부터 햇빛이 쏟아져내렸다.

"마치 신들의 시대 같군!" 숨을 죽이며 이 광경을 바라보던 젊은 남자가 중얼거렸다. "카티 부인, 이제 해변으로 내려가세요! 아이를 받으세요. 난 시내로 가 의사를 모시고 오겠소. 의사가 필요할지도 모르니!"

일단 노파가 할 수 있는 일을 간단하고 효과적으로 지시한 뒤, 남작은 서둘러 길을 나섰다. 그는 소녀의 이름조차 알지 못했다.

몇 분 후, 노파의 빨간 수건으로 가슴을 덮어줄 때까지 소녀는 완전히 정신을 잃은 채 고운 자태로 창고에 누워 있었다. 노파는 그 앞에서 울음소리를 꾹꾹 억누르며 서 있었다. 노파는 시트를 가지고 와 남작이 말한 대로, 그리고 소녀를 안고 온 남자가 일러준 대로 전부 처치했다. 노파는 그리도 예뻐하던 아가씨의 얼굴을 보려고 다시 한번 허리를 구부렸다.

"카티!"

어린 입술이 그렇게 부르더니, 어린 눈이 활짝 벌어지며 생기 있게 노파를 쳐다보았다. "카티, 나 안 죽었어!"

노파는 소녀 앞에 엎어진 채 차오르는 눈물로 범벅되어 소녀의 손과 가슴, 뺨에 키스를 퍼부었다. "아, 아가씨, 내 이쁜 아기, 아가씨 때문에 얼마나 겁이 났던지요! 저기 젊은 신사분이 안 계셨더라면 어찌되었을까요! 그런데 제가 불평했어요, 제방 위에서 걸어오던 그분을 보면서 이 늙고 생각 없는 것이 불평을 했구먼요!"

소녀는 다급한 몸짓으로 노파를 향해 팔을 뻗었다. "세상에, 카티, 맙소사, 말하지 마! 그 사람 이름은 알고 싶지 않아, 절대로!"

"아가씨, 저도 몰라요. 그 젊은 양반은 내가 한 번도 본 적 없는 사람이던데요. 여기 사람일 리가 없어요."

소녀는 몸을 일으켜세우고, 머리를 손으로 받친 채 퀭하니 앞만 뚫어지게 쳐다보았다. "카티, 카티 — 나, 그 사람이 그냥 죽어버렸으면 좋겠어."

"아가씨, 아가씨!" 노파가 소리쳤다. "죄 받을 소리 하지 마세요! 아, 아가씨, 그 착한 젊은 양반, 그 사람은 아가씨를 위해 자기 목숨을 걸었어요!"

"자기 목숨을! 정말, 목숨을? 아, 난 그 생각은 못했어!"

"자, 아가씨, 두 사람 다 빠져 죽을 수도 있지 않았겠어요?"

"둘 다! 우리 둘!" 그리고 그녀는 마치 꿈을 꾸듯이 눈을 감았다. 그러나 보이는 것은 불안과 다정함을 담고서 자신을 내려다보는 아름답고 창백한 청년의 얼굴이었다.

노파는 다시 수건을 들고 소녀의 젖은 긴 머리카락을 말려주기 시작했다. 그러는 사이사이 거친 손으로 소녀의 하얀 이마를 가만히 쓸어주었다.

"카티," 소녀가 다시 말하기 시작했다. "아니, 그럼 그 사람 말고, 내가 죽었으면! 오, 불쌍한 우리 엄마!" 그러자 꼭 감은 속눈썹 사이로 눈물이 한줄기, 또 한줄기 솟구쳐올랐다. "카티! 나는 그 사람한테 도저히 고마워할 수가 없어! 절대, 절대로! 오, 난 너무나 불행해!"

"자," 하고 카티가 달래주었다. "아가씨는 그러지 않아도 돼요, 어머님이 모든 걸 다 알아서 하실 거예요."

"엄마가!" 하고 소녀가 말했다.

"맙소사, 아가씨, 그 말에 왜 그렇게 놀라세요?"

그러나 소녀는 맨 팔을 축 늘어뜨린 채 앉아 있었는데, 그 망연한 아름다움은 불쌍한 노파의 눈에도 매력적으로 비쳤다. "엄마!" 하고 소녀는 다시 외쳤다. "그래, 그래, 카티, 엄마가 하시겠지. 내가 아무리 빌어도, 그래도 그렇게 하실 거야. 카티, 엄마가 이 이야기를 들어선 안 돼. 나한테 약속해, 맹세해, 카티!" 소녀가 팔을 노파의 목에 두르자, 노파는 옆에 털썩 무릎을 꿇었다.

"그래요, 아가씨, 아가씨만 잠자코 있으면, 난 그저 무덤처럼 입을 꾹 다물게요."

"안 돼, 카티, 나한테 제대로 맹세해! 말해, 하느님께 맹세코 입을 다물겠다고!"

"그럼, 아가씨, 하느님께 맹세! 이렇게 안 해도 이 늙은이가 잠자코 있을 텐데."

"고마워, 카티 할멈! 그런데 또 한 명이 있었잖아. 아닌가?"

"네, 아가씨, 그 사람은……"

"아냐, 아냐, 이름 말하지 마, 카티!" 아가씨는 차갑고 조그만 손으로 노파의 입을 막았다. "그 사람이 내가 누군지 알아봤어? 날 알아볼 수 있었을까? 그것만 말해."

"아마 못 알아봤을 거예요, 아가씨. 아가씨가 제방에 올라갔을 땐, 그 사람이랑 다른 한 사람은 저 너머 뗏목에 있었어요. 그후론 너무 멀리 떨어져 있었고, 그이도 금세 시내로 돌아갔으니까."

소녀는 고개를 끄덕이고는 안정을 취하려는 듯 머리 뒤에서 손깍지를 낀 다음 의자의 딱딱한 쿠션에 몸을 눕혔다.

노파가 일어서며 말했다. "금방 돌아올게요. 아가씨가 눈을 떴고, 의사는 필요 없다고 신사분께 말하러 가는 거예요."

"카티, 아까 맹세한 거 잊어버리지 마!"

"안 잊었어요, 아가씨, 제가 맹세했잖아요."

노파가 잠시 후에 돌아와보니, 소녀는 벌써 옷을 다 차려입고, 하얀 손수건을 머리에 둘러 매듭을 묶는 중이었다. 하지만 노파는 소녀를 그냥 가게 내버려두지 않았다. 커피는 아직 뜨거웠고, 몸이 꽁꽁 얼었던 소녀는 기꺼이 한 잔을 마셨다. "자," 노파가 말했다. "아가씨가 조금만 기다리시면, 저랑 같이 가실 수 있어요."

그런데 소녀는 도시로 곧장 이어진 길로 가고 싶어하지 않았다. 간척지를 통해 멀리 에둘러 가는 길로 가려 했다. "세상에나, 아가씨, 그 젊은 신사분 때문에 그렇게도 불안한 건가요. 그분은 뗏목에서 곧 나올 거예요. 우리가 잠깐만 기다렸다가 출발하면, 그분이 우리보다 먼저 도시로 갈 거예요!" 하고 노파가 말했지만, 그래도 소녀는 바로 가는 길로는 안 가겠다고 했다.

"그러면," 하고 노파가 말했다. "나도 아가씨하고 같이 갈래요. 집에서 고양이 힌츠 말고는 아무도 안 기다려요, 힌츠도 안 기다리죠, 오븐 밑에서 자고 있으니까. 아가씨 혼자서는 못 가요, 판자 다리를 어떻게 건널 거며, 소들 사이로 어찌 혼자 가려고요."

그런데 소녀는 그것도 싫다고 했다. 오로지 혼자서만 가겠다는 것이다. "카티, 카티 할멈!" 그녀는 조그만 손으로 노파의 쭈글쭈글한 뺨을 쓰다듬었다. "암소든 수소든 나한테 아무 짓 안 해. 내가 온통 흰옷 차림인 것 보이지. 빨간 천조각이라곤 아무것도 안 걸쳤잖아!" 그러고는 두 손으로 얇은 여름옷을 뒤로 훌렁 젖혔다. "거긴 단단한 땅이거든. 나는 쏜살같이 내달릴 거야. 그리고 우리집 정원 뒤로 숨어들어갈 거야, 그러면— 봐, 카티 할멈 말고는 아무도 날 못 본 거야, 그리고 할멈, 할멈은 아까 맹세했지!"

노파는 머리를 흔들었다. 그러나 소녀는 벌써 문밖으로 나가버렸고, 한 마리 수줍은 새인 양 제방에 깔린 잔디로 뛰어내려서는 제방 안쪽을 날듯이 내려가버렸다. 한순간 소녀는 거기서는 안전하다는 듯이 가만 멈춰섰지만, 할멈 앞에서 짓던 용기 넘치는 표정이라곤 도무지 찾아볼 수 없었다. 뭔가를 생각하는 조그만 머리를 가슴 위로 치켜들고는 옆쪽으로 끝없이 뻗은 녹색의 저습지대를 커다란 두 눈으로 바라보는데, 그 얼굴은 심각하다 못해 비장할 지경이었다. 볼거리라고 할 만한 것은 많지 않았다. 눈에 보이는 것이라곤 번쩍거리는 물웅덩이 말고는, 길 위에서 방심한 채 풀을 뜯는 소떼와 여러 습지대를 이어주는 야트막한 생울타리 둔뿐이었다. 소녀는 그 모든 걸 다 알고 있었다. 전에도 자주 보던 것들이다. 소녀는 도시를 뒤로 한 채, 우측으로 이어지는 수로와 높직한 제방 사이를 쭈욱 따라가는 좁다란 길을 계속 타박타박 걸어갔다. 바람이 북서쪽에서 불어왔으므로, 제방 안쪽에서 걸어가는 소녀는 바다 쪽에 있을 때보다 더 센 바람을 맞아야 했다. 들고 가던 밀짚모자는 손에서 휘익 빠져나가 제방 쪽으로 날아가버렸다. 팔랑거리는 스카프를 턱 밑에 더 세게 붙들어 매기 위해 여러 번 멈춰서야 했다. 그럴 때면 소녀는 덜컥 겁이 나 뒤돌아보았지만, 아무도 보이지 않았다. 저 멀리 바다로부터 육지로 날아드는 물떼새 한 마리가 소녀의 머리에 부딪칠 듯 바짝 다가오거나, 푸른 도요새 한 마리가 간척지에서 난데없이 소리를 내지르며 날아오를 뿐이었다.

그런데 검은 물이 길을 가로막았다. 몇백 년 전에 조수가 제방을 뚫고 들어와 구멍을 파고 들어앉은 것이다. 하지만 현재 제방은 그 물웅덩이 가장자리보다 더 뒤로 물러나 있었다. 소녀가 지나가려는데 길 쪽으로 물이 튀었다. 시커먼 수심 한가운데에서 그네 타듯 물결을 타고 흔들리던 회색 흰죽지 두 마리가 소리 없이 수면 아래로 사라졌다.

물웅덩이 뒤로는 제방이 서쪽으로 굽이져 있고, 그 굽이에서부터 수로 사이로 난 좁다랗고 풀로 뒤덮인 길이 간척지로 이어졌다. 그 길 끝에는, 울타리 덤불 너머 고랑을 지나 시내로 올라가는 길이 있었다. 그 길 끝에 다다랐을 때, 소녀는 아래 제방 출구에 있는 한 남자의 모습을 알아차렸다. 멀어서 그저 그림자처럼 보였다.

소녀는 깜짝 놀라 몸을 움츠렸다. 울타리 덤불 옆 발판으로 걸음을 내디디던 소녀의 발이 흠칫 뒤로 물러났고, 팔로는 마치 뭔가를 붙잡으려는 듯 울타리 기둥을 감았다. 폭풍에 실려온 한 마리 새처럼 소녀는 썩어 무른 나무에 매달렸다. 입술은 달싹하지도 못하고 그저 멍하니 벌린 채, 짙은 두 눈만 살아서, 마치 마술에 걸린 듯, 점점 도시 배경 쪽으로 사라져가는 먼 그림자를 뒤쫓고 있었다. 한 송이 꽃봉오리가 뛰어오르듯, 나지막한 소리가 소녀의 어린 입술에서 새어나왔다. 그러다가 소녀는 판자 다리 위로 휙 하고 날아서 마치 꿈꾸듯 계속 걸어갔다. 가끔 소떼가 꼬리를 치켜세우고 달려왔지만 소녀의 눈에는 그 모습이 보이지 않았고, 짐승들은 그대로 서서 소녀가 지나가버릴 때까지 멍청한 눈으로 쳐다보고 있었다.

제방 위에는 소녀의 눈이 알아차리지 못한 또 한 사람이 서 있었는데, 정오의 맑은 하늘 때문에 그 모습은 마치 거대한 실루엣처럼 도드라졌다. 삼십 년쯤 전에 많이들 쓰고 다니던 커다란 모자로 상체를 가린 여자의 모습이었다.

모자는 아래쪽 간척지에서 하얀 옷이 사라질 때까지 하늘을 등지고 서 있었다.

겨울이 왔다. 12월 여명의 첫번째 띠가 하늘에서 예술가의 어두운 작업실에 빛을 던져주고 있었다. 고대 조형물의 거푸집이며 작가가 직접 만든 모형물들이 사방에 이리저리 서 있었다. 한쪽 벽에는 바쿠스 행렬을 묘사한 부조물들이, 다른 벽에는 파르테논 신전의 내부를 그린 타일 장식물이 걸려 있었다. 그러나 아직은 모든 것이 깊은 그림자를 드리우고 있었고, 피리 부는 판*의 두 뺨만 아침의 젊은 빛에 발그레하게 생기를 띠고 있었다. 작업실 입구의 오른쪽 구석, 어스름한 가운데 우뚝 솟아 있는 것은 검은 진흙으로 빚어 만든 북구 발퀴레의 초인적인 형상이었다. 하지만 무시무시하게 공중으로 치켜세운 한쪽 팔이 달린 상체만 완성된 상태였다. 아래쪽은 찌그러진 진흙더미여서, 마치 형

* 그리스신화에 나오는 목신. 상반신은 사람의 모습이고 다리와 꼬리는 염소이며 이마에 뿔이 있다.

상이 거친 암벽에서 위로 불쑥 솟아난 듯했다. 유쾌한 그리스 형상들을 어두운 눈빛으로 내려다보는 무서운 브룬힐데일지도 모른다.

누군가 바깥에서 출입문을 열었다. 아틀리에로 들어온 사람은 예술가 본인이었는데, 회색 눈은 밝게 빛나고 곱슬머리는 색이 짙은 젊고 날씬한 남자였다. 그런데 오늘은 고대의 형상도 자신이 직접 만든 형상도 그의 눈길을 사로잡지 못하는 듯했다. 그는 무심하게 형상들을 지나쳐서 그리움이 벅차오른 듯 모형제작판 위에 놓인 개봉한 편지를 다급히 집어들었다. 그러고는 옆에 있는 안락의자에 몸을 던지고 편지를 읽기 시작했다. 하지만 어제 이미 여러 번 읽었던 편지의 특정 부분에만 눈길이 머물러 있었다.

"프란츠, 자네는 날 믿지," 그는 오늘도 그 부분을 다시 읽었다. "우리가 맹세했던 약속을 내가 지켰다는 걸 말야. 그 어떤 세속인의 귀에도, 그 어떤 신부의 귀에도 자네가 한 일을 발설하지 않았어. 난 양심에 따라 자네가 구조했던 그 여성이 누구인지, 또 이름이 무엇인지 뒤를 캐고 싶은 모든 욕망을 내 마음속에서 억눌렀지. 언젠가 비밀이 내 옆에 가까이 와서 단지 정원 울타리 하나만 구부려 벌리면 알게 된다 해도, 물론 좀 망설이긴 하겠지만, 카토* 같은 엄격함으로 그냥 지나칠 거야. 그리고 저쪽 역시 전부 침묵했고, 늙은 해수욕장 관리인 마녀조차 웬 조화인지 입을 일곱 번 봉인한 듯했어. 그렇지만 나는 아무것도 하지 않았는데도 베일이 내 앞에서 저절로 걷히기 시작하더군.

우리 도시에 아주 어린 숙녀가 살고 있는데, 꼭 선머슴처럼 대담하

* 로마 공화정 말기의 정치인 소(小) 카토. 강직함과 청렴함의 상징이었다.

고, 꼭 나비처럼 여리여리해. 그녀가 마지막 제비꽃과 함께 겨우 교실에서 바깥으로 나왔는데, 무더운 여름밤에 벌써 몇몇 총각들이 그녀의 날개를 겨울 무도회 홀에서 붙잡는 꿈을 꿀 정도지. 난 솔직하고 싶군. 너무 화내지는 말게, 나도 그런 대담한 몽상가에 속한단 말이지. 우연히 내 귀에 들어온 거지만, 시장 부인께서 그 아이를 데리고 일종의 우상 숭배를 벌이면서, 그 아이를 위해 계산적이게도 하얀 동백꽃을 심었거든. 이번에는 다행이었던 게, 무도회 하루 전날에 그 동백꽃이 피어났지. 한데, 흰 동백도 금발의 여신도 연회에 나타나지 않았던 거야. 은으로 된 조그만 발로 땅을 밟고 왕림해주시질 않은 거지. 벌겋게 얼굴이 달아오른 일반인들만 여기저기 돌아다니고 있었으니, 예술가의 눈이 볼 만한 게 없었더랬지.

계속 그런 식이었어. 어제 무도회에서도 모든 게 암울하더군. 흔해빠진 사람들뿐이었으니까. 그녀는 아주 가까운 지인들 사이에서만 볼 수 있다더군. 안타깝게도 난 거기에 속하지 않아. 늦여름 뒤로는 모친의 집과 정원을 떠난 적이 없다던데. 그날 이후로 제방과 해변에서 수영하는 젊고 대담한 여자는 두 번 다시 보이지 않았지.

말들이 많아. 어떤 사람들 말로는 갓난아기일 적에 어딘지 멀리 살고 있는 사촌하고 벌써 정혼한 상태라는데, 남자는 춤도 수영도 좋아하지 않지만 이제 정혼자로서의 권리를 느닷없이 주장한다더군. 다른 사람들은 아무렇지도 않게, 그녀가 사랑에 빠졌다고 말하고. 나에겐 모든 게, 마치 투명한 베일 아래 놓인 듯 선명해.

아니, 그렇다고 내가 이름을 댈까봐 두려워하지는 마! 내가 왜 자네를 모르겠어. 원색적인 낮의 섬광이 자네 환상의 어스름을 깨뜨려서는 안 되지. 자네 육신의 눈이 그녀를 본 적은 결코 없었어! 그럼 둘 다 안전한 거지. 자네는 예술가의 입장에서, 그리고 그녀는 그녀의 소중한 처녀성에서 안전해. 그런데 지나가는 말이지만, 자네는 자네 자신을 위해서인가 싶을 정도로 그녀의 순결을 열성적으로 보호해주는 것 같은데, 거참 인간의 마음이 가진 오묘한 모순이란."

그는 더이상 읽지 않았다. 손에서 편지를 떨어뜨린 채, 뒷짐을 지고 자신이 그린 북국 발퀴레의 황량한 그림 앞에 서 있었다. 그 순간의 발퀴레는 그의 내면의 눈앞에 일어나고 있는 다른 밝은 형상의 배경에 불과했다. 그는 천천히 몸을 돌려 창가로 다가갔다.

예술가의 집은 북쪽에 있는 수도를 마치 허리띠처럼 빙 둘러싼 인근 도시 중 한 곳에 있었다. 그의 집에서 보면 울타리와 밭 너머, 이제 빛나는 아침 여명이 온통 밀려온 하늘의 먼 가장자리까지 전망이 탁 트여 있었다. 분홍빛의 흐릿한 반짝임이 젊은 예술가의 얼굴에 드리워져 있었다. 그는 꼼짝하지 않고 바깥을 쳐다보았다. 자신의 내면에서 조용히 치솟아오르며 점점 형상을 이루어가는 것이 마치 저기 먼 지평선 위에서 일어나고 있는 듯했다. "가여운 프시케!" 하고 그는 혼잣말했다. '가여운, 이리 흔들리고 저리 흔들리는 나비여! 네 고향이었던 꽃 핀 초원을 떠나 낯선 바다 위로 떠나보았구나. 아니야, 프란츠!' 그는 마치 아침의 여명 속을 더 깊숙이 들여다보는 듯했다. '너 자신을 속이지 마. 더이상 자신을 속이고 외면하지 말란 말이다! 프시케, 피어나는 장미 같은 소녀, 모든 아름다움에 묻혀 있는 비밀, 그녀는 그 자체였어. 파도가 얼마나 탐욕스럽게 그녀를 핥았던가! 파도는 그 여린 잠자리 날개를 어떻게 희롱했던가! 이 두 팔로 그녀를 안아올렸던 게 진짜 나였나?'

그는 다시 방으로 돌아왔다. 두 손은 자신도 모르게 모형제작판 위에 놓여 있던 부드러운 진흙덩이를 움켜잡았다. 그리고 바로 그 옆에서 조소용 주걱을 하나 집어들었다.

'아풀레이우스*는 그 우아한 동화를 어떻게 이야기했던가? 프시케, 가여운, 남의 말을 잘 믿는 왕녀는 시기하는 언니에게 귀를 빌려주었고, 진홍빛 밤에만 그녀 곁에 머무는 연인은 괴물이라던데. 못된 언니가 일러준 대로 프시케는 불 밝힌 램프와 날카로운 쇠를 품고서 잠자는 연인의 침소로 다가갔다가 기쁨에 몸을 떨었네, 자신의 연인이 모든 신 가운데 가장 아름다운 신임을 알았기에. 하지만 작은 손에 쥐고 있던 램프가 흔들려 뜨거운 기름 방울이 잠자는 연인을 깨워버렸고, 신은 연약한 그녀의 두 손을 뿌리치며 하늘로 날아올랐지. 신은 측백나무 꼭대기에서 치명적인 일을 저지른 연인을 책망했어. 그러고는 다시 한번 보이지 않는 아득히 높은 곳으로 날아가버렸지. 오, 귀여운 프시케! 텅 빈 창공에서 네 눈이 연인의 자취를 잃었을 때, 네 귀에는 가까이에서 흐르는 냇물의 물소리가 들려왔지. 넌 일어나 그 속으로 뛰어들었다. 네 연약한 생명은 차가운 물속에서 잦아들 운명이었어라!

하지만 바다마저 끓어오르게 하는 더 힘센 신을 두려워했던 냇물의 신은 프시케 널 두 손으로 부드럽게 안아올려서 냇가의 꽃 핀 풀밭 위에 뉘었다. 종종 신들은 사람의 모습을 취하지 않던가? 어쩌면 신이 내 모습을 취해서, 그래서 마치 내가 신이었던 것처럼 그렇게 꿈같이 느껴지는 게 아닐까. 달콤한 프시케여, 나라면 어떤 신에게도 널 돌려주지

---

* 고대 로마의 소설가. 세계에서 가장 오래된 소설 『황금 당나귀』를 썼다. 『황금 당나귀』에는 프시케의 이야기가 실려 있다.

않았을 거야.'

이 모든 말은 오직 그의 내면에서, 들리지 않게 나온 것이었다.

바깥 하늘에 아침의 황혼이 사라지고 아름다운 해돋이가 끝나자, 회색빛 낮이 이어졌다. 피리 부는 판도 다른 모든 형상처럼 이제는 겨울 하늘의 차가운 반짝임 속에 서 있었다. 오직 예술가 자신의 얼굴에만 젊은 빛의 여운이 남아 있는 듯 보였다. 하지만 그의 내면의 눈앞을 스쳐지나갔던 형형색색의 온갖 장면 중 오직 하나의 이미지가, 마치 자신을 형상화해달라고 애원이라도 하듯이, 말없이 심금을 울리며 그를 바라보고 있었다. 그의 두 손은 쉬지 않았다. 무형의 진흙덩이에서 여린 소녀의 머리가 비치는가 싶더니, 감은 두 눈과 작고 가볍게 열린 입술의 봉긋함을 볼 수 있었다.

겨울날 정오의 밝은 빛이 올라왔다. 그때 바깥에서 누군가가 손가락으로 조용히 문을 두드렸다. 그는 알아차리지 못했다. 귀와 눈은 혼란에서 빛으로 끌어올리는 창작의 열정 속으로 가라앉아 있었다. 다시 한 번 노크 소리가 났다. 그리고 문이 열렸다.

늙은 여인이 방으로 들어왔다. "프란츠, 아침을 안 먹는 거니?"

"아, 어머니!" 그는 벌떡 일어나, 옆에 놓여 있던 수건으로 황급히 갓 태어난 작품을 덮었다.

"내가 보면 안 되는 거냐, 프란츠? 새 작품을 시작했니? 다른 때는 그렇게 비밀스럽지 않았는데."

"네, 어머니, 이번에는 그래요, 그게 맞아요. 하지만 그러니까, 아직 보면 안 돼요! 사랑하는 어머니도 안 돼요!"

아들은 어머니에게 팔을 둘렀다. 그는 그렇게 어머니를 작업실 밖으로 이끌었고, 어머니는 고개를 상냥하게 끄덕이며 아들을 쳐다보았다. 그렇게 두 사람은 진작부터 아침상이 차려져 있던 거실로 들어갔다.

겨울이었다가, 봄이 되었다. 그리고 여름도 반은 지나갔다. 수도의 널찍한 가로에 심어둔 보리수나무는 먼지를 덮어쓰고 있었고, 이파리는 거의 메말라 있었다. 이곳에서는 일찌감치 그 영광을 거두어가버린 자연을 대신하여, 예술이 자신의 보물을 펼쳐 보여주고 있었다. 예술 전시가 있는 해였던 것이다. 예술아카데미 건물의 문이 벌써 몇 주 동안이나 관람객을 향해 활짝 열려 있었다.

조각 작품들 중에서도 남녀노소를 불문하고 많은 관심을 끈 실물 절반 크기의 대리석상이 가장 특별했다. 갈대관을 쓴 젊은 냇물의 신이 험준한 강변을 올라오는데, 두 팔로 예쁘장한 소녀의 형상을 안고 있는 석상이었다. 소녀상은 고개를 뒤로 젖힌 채 눈을 감고 있었지만, 사람들은 마치 귀를 기울여 엿듣기라도 하듯 소녀상에 다가서는 것이었다. 마치 소녀의 젊은 가슴에서 첫 숨결이 언제 어느 순간 새로 깨어날까 기대하지 않을 수 없는 듯했다. 카탈로그에는 이 작품의 제목이 '구조된 프시케'라고 적혀 있었다.

아직 젊은 예술가의 이름은 입에서 입으로 전해졌다. 갈수록 그의 작품을 경외하는 무리가 사방에서 몰려들었다. 예술가를 만날 수 있는 곳이면 어디서든 호기심에 찬 사람들의 질문 공세가 이어졌다. 예술아카데미 건물 앞에서 그의 팔을 낚아채어 붙들고 늘어진 늙은 후원자가 말했다. "선생이 로마에 체류할 때 모티프를 얻은 거죠? 그렇지 않습니까? 그 사랑스러운 두상을 어디서 낚았습니까?"

첫번째 질문에는 답변을 해줘야 했다. 두번째 물음에도 열심히 이야기를 해주었다. "겨울철에는 여기저기 돌아다니는 걸 좋아하죠. 하루는 바람이 불어 올림푸스의 커튼이 걷혔는데, 그 안을 들여다볼 행운이 있었어요."

늙은 후원자는 예술가를 짓궂게 바라보았다. "대답을 피하려 하시는군요. 그나저나—꽤나 오래동안 쳐다보았겠네요!"

젊은 예술가는 고개를 흔들었다.

"한데 선생, 왜 그렇게 갑자기 우수 어린 눈빛으로 보시는지요!"

"제가요? 그럴지도 모르죠, 신의 얼굴을 보았으니 무사할 리 있나요."

"네, 네, 그렇겠군요!" 늙은 후원가는 그제서야 그를 놓아주었다.

모든 일이 그렇지만, 찬탄이 이어진 뒤 비난의 말도 쏟아져나왔다. 전체적으로 고유의 양식을 갖고 있지 않은데다, 특히 프시케의 한쪽 팔이 축 늘어진 게 너무 자연주의적이라는 것이다.

"하지만 남자분들, 도대체 보는 눈들이 없으신가요?" 어느 용감하고 눈썰미 있는 부인이 소리쳤다. 예술 작품을 앞에 두고 그런 말들이 오가는 것을 좋아하는 여인이었다. "이 아름다운 팔은 추억거리랍니다! 저 작품에는 생생한 이야기가 있고, 저 조형물은 일종의 기념물이라는 제 말을 믿으세요, 어쩌면……"

"연인의 무덤에 올리는?"

"어쩌면 그럴지도! 누가 알겠어요!"

"오, 부인, 더 아시는 게 있나요. 말씀해주세요!"

"전 아무것도 몰라요. 그리고 안다 해도, 그런 건 여자가 폭로하지 않아요."

"그런 이야기가 숨겨진 작품이라면 이제 비평은 다 한 셈이군요!"
"전 그렇다고 생각해요!"

이 대화를 같이 들은 다른 사람도 있었다. 예술가의 친구인 젊은 화가는 그후 곧장 아틀리에로 가서 들은 대로 자세히 전해주었다.

조각가는 유난히 묵묵하게 귀기울여 듣고 있었다. 창에 등을 기대고 팔짱을 낀 모습이, 자기 일은 끝났다고 생각하는 사람 같았다. 아틀리에의 입구 구석에는 위협적인 발퀴레가 여전히 미완성인 채로 서 있었고, 바쿠스의 행렬 옆에서는 아직도 판이 피리를 불고 있었다. 아침의 태양이 실내 안으로 밝게 비쳐들었지만, 새로 시작한 작품의 흔적은 보이지 않았다.

"프란츠, 더 듣고 싶은가?" 화가 친구가 물었다. "그런 바보같고 말도 안 되는 소리는 아직도 잔뜩 있어."

조각가는 가볍게 고개를 끄덕였다.

"그러면, 우선! 자네의 밀짚왕관을 쓴 냇물의 신은, 프시케처럼, 왜 그리 젊은 건가? 그 위험스러운 청춘 대신에 늙은 냇물의 신을 선택했더라면, 게와 새우가 여기저기 주렁주렁 달리고 수염이 긴 늙은 신이었다면, 대조 효과는 대단히 강력했을 것이고, 점잖은 관람객들도 마음이 편했을 텐데 말이야! 프란츠, 자네가 아주 근시안적이고 단순했다는 걸 알겠지!"

조각가는 여전히 대답하지 않았지만, 저도 모르게 몸이 은근히 움츠러들었다. 나이든 냇물의 신이라니, 작품이 탄생할 때나 또 그 뒤로 순식간에 이루어진 전시에서나 한 번도 생각해본 적이 없었다. 그에게는 이미 처음부터 젊은 형상으로 정해져 있었다.

"그리고," 화가는 계속 말을 이었다. "이제 제일 중요한 말이 나오는데, 젊은 냇물의 신은 자네 자신이라는 거야! 아니, 바로 자네 본인은 아니지만, 자네와의 유사성을 못 보고 지나칠 수는 없다고!"

"무슨 말이야? 나와의 유사성이라고?" 창가에 잠자코 서 있던 사람이 갑자기 부산스러워졌다. 안절부절못하면서 작업실을 왔다갔다하기 시작한 것이다. 그는 완강히 부인하면서, 자신이 냇물의 신이 아니라는 증거를 조목조목 대보려고 했다.

화가가 의아하다는 듯 쳐다보았다. "자네, 그 말에 굉장히 신경을 쓰는 것 같은데."

상대방은 다시 말문이 막혔다.

곧이어 하녀가 뭘 가지고 들어오자, 예술가는 "나한테 온 편지는 없나?" 하고 다급하게 물었다.

그러나 아직 우체부가 오기 전이었다.

평소처럼 대화가 이어지지 않자, 화가 친구는 바로 떠나버렸다. 예술가는 창가로 가서 나무 사이로 들판을 내다보았다. 지평선에 이제 겨울 아침의 여명은 없었다. 늦여름 정오의 태양 때문에 하늘은 단조로운 흰빛이었다.

예술가의 머릿속에 요 며칠 전 모친과 나누었던 대화가 자꾸 떠올랐다. "프란츠, 여행을 좀 하는 게 좋겠구나." 어머니가 말했다. "넌 일 때문에 너무 지쳐 있어." "네, 어머니, 그럴지도 모르죠" 하고 그는 대꾸했다. "게다가 네 방식대로 당장 새로운 뭔가를 시작하지도 않고!" "그렇게 생각하시나요! 하지만 오히려 저로서는 이게 최선일 거예요." 어머니는 약간 언짢아졌다. "무슨 말을 하는 거냐, 프란츠! 말이 앞뒤가 안

맞잖니." "걱정 마세요, 어머니! 전 새로운 건 못해요." 그렇게 말하는 그의 목소리가 이상했다. 키 작은 여인은 아들의 팔을 붙들었다. "근데, 얘야, 너 나한테 뭘 숨기려 하는구나!" 그러자 아들은 어머니에게 다정히 고개를 숙이며 대답했다. "제가 어머니 말고 누구에게 제 프시케의 덮개를 들어올린 적 있나요? 여기 잠시 동안만 더 덮어놓도록 해요, 저게 형상을 얻게 될지 저 스스로 알 수 있을 때까지만요. 그게 안 되면……" 아들은 말을 끝까지 잇지 못했다. 어머니는 두 팔로 키 큰 아들을 감쌌다. "내 마음속에 언제나 네가 있다는 걸 잊지 마라!" 어머니의 눈에서 눈물이 흘렀다. 그러나 곧이어 그 눈은 용기를 담고서 아들을 바라보았다. "프란츠, 그래도 넌 여행을 해야 해! 북해에 있는 네 친구는 너와 잘 맞고 또 성품도 유쾌하지. 그 친구가 너더러 당장 다시 오라고 초대했더구나."

어머니는 부지불식간에 한마디로 아들의 마음을 뒤흔들었다. 아들은 그 말에 아무 대답도 하지 않았다. 난데없이 강렬하게 심장이 쿵쾅거려 대답할 수 없었던 것이다. 하지만 바로 그날 저녁 북해의 해안 도시를 향해 편지 한 통을 발송했다.

그 편지에 대한 답신이 오늘 올 거라고 예술가는 기대하고 있던 것이다. 다시 문이 열렸다. 편지였다. "에른스트가 보냈어!" 갑갑하던 가슴에서 그 말이 불쑥 튀어나왔다. 황급히 봉투를 뜯고, 익숙한 친구의 필체를 집어삼키다시피 두 눈으로 읽어내려갔다.

친구인 젊은 관료는 이렇게 썼다. "난 알고 있었어, 자네가 나한테 올 거라는 걸. 자네가 만든 대리석상이 자네의 고요한 화실에서 벗어나 온 세상에 드러난 이후로, 그건 더이상 그녀가 아니야. 그건, 그저 자네 예술의 창조물일 뿐이야. 그럴 수밖에, 달리 뭘 어쩌겠어. 이제 자네는 살아 있는 그녀에게 손을 뻗는 것이고. 일이 그렇게 돌아가는 게 자연스러운 거지, 어떤 의사라도 자네에게 진작 그렇게 말해줬을 거야.

자네가 발각되지 않고 그녀에게 접근할 수 있을지, 그때 파도의 힘이, 아니면 다른 무언가가 그녀의 밝은 두 눈을 충분히 꽉 감겨주었는지, 그걸 누가 미리 단정지을 수 있겠어! 믿어보세나! 자네가 평소 소신으로 삼던 말을 내가 다시 해주지. 경건하라, 그리고 신들을 경배하라.

자네가 있을 방이며, 도와줄 손도 준비해뒀어. 하지만 프란츠, 이제 내 말 좀 들어봐! 자네도 알겠지, 오비디우스를 읽었으니까 말야. 그러니까 세상에는 땅과 하늘이 있고, 그리고 물이 갈라지는 곳 어딘가 외로운 산봉우리에는 소문이라는 여편네가 사는 단단한 집이 있지. 그 집에는 수도 없이 많은 입구가 있거든. 낮이고 밤이고 활짝 열려 있는 입구 말이야. 그 집안에는 고요함이라곤 없고, 집구석 어디에도 침묵이라곤 존재하지 않아. 눈에 보이지 않는 실뱀들이 우글우글 떼지어 있는 것처럼, 그 집 천장에는 수근거림이 기어다니고 있어. 들어가고 나가는 목소리들의 소음 때문에 그 집은 영원토록 웅웅거린다네. 어떤 나지막한 속삭임도, 인간의 가슴에서 새어나오는 어떤 한숨가닥도, 제아무리 수천 마일 떨어져 있다 해도, 그 마지막 울림이 이 집에 걸려들면, 소리 나는 벽들 사이에서 이리 던져지고 저리 던져져 곱절, 열 곱절로 부풀려지니, 세상 사람들의 호기심 어린 귓속으로 들어가지 않는 것이란 없는 법이야.

바로 그 소문의 집에서 온 게 분명해. 그 늙은 관리인 카티가 떠버리처럼 보이진 않거든. 그런데 사람들이 다 알고 있다는 거야, 진짜로 다들 알고 있더라니까. 사람들이 그 이야기를 하고 있어. 모두들 하고 있다고, 온 사방에서 말야. 단지 자네 이름만은 그 완강한 소문의 집 안으로 흘러들어가지 않았나보네. 어쩌면 그때 파도 소리가 너무 커서 자네 이름은 안 들렸는지 모르지. 사람들이 킁킁대며 더 알아내려 하고, 궁금증으로 사람들 귀가 뒤로 납작하게 젖혀져 있지만, 아무리 귀를 쫑긋거려봤자 아무것도 알아내지 못하는 걸 보며 나 혼자 고소해하고 있어.

그런데 어설프고 음흉한 손들이 자네의 아름다운 나비를 잡으려고 해, 그 날개의 부드러운 광택을 벗겨내려고 말이지.

그래서 나비는 그냥 날아올라 달아나버렸지. 어디로 갔는지는 오늘 이 시간까지 소문조차도 나한테 전해준 이야기가 없다네."

모친은 한참 동안 친구의 편지를 읽고 있는 아들 앞에 선 채 아들의 흥분한 얼굴을 바라보고 있었다. 예술가는 그제서야 천천히 어머니에게로 눈길을 돌렸다.

"제 프시케를 전시회에서 도로 갖고 올 거예요. 그런 뒤에 여행을 떠나려고요, 하지만 북쪽 해안 도시로는 안 갈 거예요, 어머니." 그는 침울하게 말했다.

다음날이 밝았다.

확실한 것은, 그가 떠나고 싶어한다는 것이었다. 그는 완전히 혼자 있고 싶었다. 어머니의 아들로서도 아니고, 친구의 친구로서도 아니라, 그냥 혼자이고 싶었다. 그는 수없이 많은 잔잔한 지류가 망처럼 얽혀 있는 슈프레발트 숲을 생각했다. 어느 해 아름답던 여름, 그 숲의 그림자 속에서 한 달 동안 화가 친구와 함께 자기 자신을 잃어버린 채 떠

돌며 지낸 적이 있었다. 머리 위로 축 늘어진 오리나무 아래를, 서로 속살거리는 갈대 혹은 물 위를 부유하는 넓적한 수련잎을 헤치며 외로운 조각배에 실려 나아가노라면—마치 신선한 냉기가 불어오는 듯했다. 그는 베를린의 먼지를 잔뜩 뒤집어쓴 보리수나무 아래를 황급히 걸어갔다. 내일, 아니 당장 오늘이라도 여행을 떠날 수 있었다. 단 한 번만 더 자신의 프시케를 보고 나서, 직무에 열성적인 한 친구에게 작품의 반려를 비롯한 나머지 모든 일을 다 맡길 참이었다.

하늘에는 아직 해가 비스듬히 걸려 있었다. 예술아카데미 건물의 홀은 벌써 열려 있긴 했지만 아직 관람객들이 오는 시간은 아니었다. 그림 전시가 열리고 있는 윗층에만 낯선 사람들이 여기저기 그림 앞에 서 있었다. 조각 작품들이 있는 아래층에는 아직 사람이 없었다. 서향인데다 창 바로 앞에는 밤나무가 잎이 가득 달린 가지를 펼치고 있어서, 좀더 밝았으면 하는 아쉬움이 있는 곳이었다. 그 높직한 홀 안에는 깨어나지 않은 고요한 이른 아침의 뭔가가 어려 있었고, 대리석상들은 고독한 아름다움 속에서 마치 장중한 침묵에 잠긴 듯 서 있었다.

그런데 여기에 벌써 다른 방문자가 한 사람 와 있었다. 젊은 조각가가 홀의 입구쪽 문을 닫자, 마지막 홀에서 더듬거리며 길을 찾는 나지막한 발소리가 울려온 것이다. 조각가 역시 자기 집에서처럼 확고하면서도 그러나 조심스럽게 걸음을 옮기는 것이, 마치 이 공간 안에서 살포시 잠들어 있는 메아리를 깨울까봐 두려워하는 듯했다.

중간 홀에 들어선 그는 막 뚜껑이 열리는 조개껍질 속에서 처음으로 세상의 빛을 받으며 바깥을 바라보는 듯한 비너스 앞에 멈춰섰다. 마치 넋이 나간 듯한 눈빛을 한 그는 자신이 무엇 때문에 그리도 낯선 그림 앞에서 머물고 있는지 스스로도 이유를 알 수 없었다. 자신의 작품이 있는 곳은 그 옆, 마지막 세번째 홀이었다. 자신의 작품이 자기도 모르는 스스로의 비밀에 대해 얼마나 많은 것을 발설할 수 있는지, 그걸 살펴보기 위해 한번 와봤을 뿐이다. 어쩌면 대리석 안에 살아 있는 그녀와 작별을 하기 위해 왔는지도 모른다. 그런데 홀의 고요함 속에 서 있으니 불현듯 조각상이 다시 한번 자기 것이 된 듯한 기분이 들었다. 열려 있는 문을 통해 아름다운 돌의 숨결이 느껴지는 듯했다.

그때 세번째 홀에서 나지막하게 흑흑 흐느끼는 소리가 귓전을 때렸다. 결코 착각이 아니었다. 딱 한 번, 상처 입은 암사슴이 내는 그런 소리를 숲속에서 들어본 것 같았다.

조각가는 황급히 문턱을 밟았다. 하지만 그 이상은 한 발짝도 나아가지 못했다. 커다란 반암기둥에 아직은 소녀라 해야 할 여자가 기대어 서서는 펑펑 눈물을 쏟으면서, 깜짝 놀란 큰 눈으로 대리석상을 뚫어지게 쳐다보고 있었던 것이다. 소녀 옆 바닥에는 조그만 양산과 여름 모자가 놓여 있었다.

그때 소녀가 머리를 돌렸고, 그들의 눈이 마주쳤다. 둘 사이에 번쩍하며 불이 일어나듯 섬광이 스쳤다. 그러나 고개를 돌린 소녀의 아름다운 얼굴은 경악으로 마치 돌처럼 굳어버리고 말았다. 호리호리한 몸은 도망이라도 치려는 듯 앞으로 굽었지만, 양팔을 축 늘어뜨린 채 그 자리에 우뚝 서고 말았다. 소녀의 두 눈만, 마치 출구를 찾는 듯 이리저리 홀 안을 헤매고 있을 뿐이었다.

하지만 부질없는 일이었다! 자유로 나가는 유일한 출구인 문턱에는 그 아름답고 무서운 남자가 서 있었던 것이다. 소녀의 생각은 얼마나 오랫동안 이 사내로부터 벗어나고자 애썼던가! 지금 그렇듯이, 소녀의 생각은 언제나 자유롭지 못했지만 말이다. 남자의 손이 그녀를 향해 뻗어왔다.

다시 한번 그녀는 감히 그를 바라보았다. 그러고는, 마치 어쩔 줄 몰라하는 아이처럼 양손에 얼굴을 묻어버렸다. 그녀의 모든 대담성은 온데간데없이 사라져버렸다.

그리고 한순간 삶과 죽음의 저울추가 다시 한번 움직였다. 그러나 그것으로 마지막이었고, 더이상은 흔들리지 않았다.

"프시케, 달콤하고 귀여운 프시케여!" 그의 입술이 더듬거렸다. 그는 두 손으로 그녀를 붙잡았다.

그녀가 고개를 들었다. 조각가는 그녀의 두 눈이 마치 두 개의 별처럼 지는 것을 보았다. 그는 그녀를 놓지 않았다. 환희에 도취된 채 그녀를 자신의 팔에 안아올렸다. 그녀의 조그만 귀에 입을 갖다대고 나지막하게, 그러나 기쁨에 떨리는 목소리로 말했다. 그녀와 멀리 떨어져 있는 동안 그녀에 대해 그저 혼자 생각했던 것을. "이젠 당신을 놓지 않을 거야. 어떤 신에게도 당신을 내주지 않을 거요!"

그러자 소녀의 아름다운 입도 움직였다. 마치 숨결 같은 소리가 그를 향해 올라왔다. "말해요, 절대로 안 놓을 거라고! 안 그러면 부끄러워서 오늘 난 눈이 멀어버릴 거예요!"

"절대로 안 놓을 거요!" 그가 큰 소리로 말하자, 세상의 운명을 고하는 천둥소리처럼, 그 말은 높직한 강당 벽에 울려 그에게로 되돌아왔다. "절대로, 내가 여기 대명천지 하늘 아래 돌아다니는 한!"

"아니에요. 영원히 절대로 안 놓겠다고 말해요!"

"영원히, 절대로! 저기 저 아래, 웅성거리는 사자死者들의 그늘 속에서도 난 그대 곁에 있으리라!"

그의 두 눈은 여전히 눈을 감은 채 그에게 향해 있는 귀여운 얼굴 위에 머물렀다. 그때 소녀가 살그머니 속눈썹을 치켜들었다. 그녀는 약간 머뭇거리다가, 점점 친숙함에 젖어들며 그를 바라보았고, 사랑스러운 얼굴에 떠오른 표정은 햇빛처럼 자꾸자꾸 환해져갔다.

얼마나 오랫동안 그녀를 품안에 안고 있었을까? 누가 알랴! 바깥의 밤나무에서 창틀을 향해 후드득 날아오른 새 한 마리가 그들의 귓가에 바깥세상의 첫 소리를 전해주었다.

그제야 그는 그녀를 부드럽게 바닥으로 내려주었다. 한 팔로는 여전히 그녀의 가벼운 몸을 잡고 있었다. "하지만 그대여! 어째서 살아 있는 아름다운 당신이 여기에 왔나요? 이 행운은 그냥 저절로 일어난 건가요?" 그는 불현듯 놀라며 그녀를 살펴보았다.

그녀는 손가락으로 수줍게 대리석상을 가리키며, 그의 가슴에 머리를 묻었다. "저기 저거요. 사람들이 제일 사랑스러운 것이라고 했어요." 말소리가 거의 들리지 않아, 그는 그녀의 입을 향해 고개를 숙였고, 그녀는 말을 이었다. "다른 사람들과 같이 오기 전에 나 혼자서 먼저 봐야만 했어요. 겁이 났거든요. 아니, 묻지 마요! 나도 왜인지는 몰라요! 하지만 난 여기서 아주 두려웠어요."

"다른 사람들이라니, 누구요?" 그가 물었다.

"나랑 여기 같이 온 분들이에요. 삼촌, 그리고 어머니요. 그분들이랑 같이 그림 전시홀에 있었어요. 그러다 그분들에게서 아주 감쪽같이 빠져나와 혼자 여기 왔지요."

그러더니 그녀의 살짝 창백한 얼굴 위로 예전 그 용감함의 불빛 같은 것이 번졌다. "그런데, 당신 이름이 대체 뭐예요? 맙소사, 난 당신 이름도 모르네요!"

"그렇군요, 한번 맞혀봐요!"

그녀가 자그마한 머리를 흔들자, 금빛 머리카락이 이마 위로 흘러내렸다.

"아니, 당신부터 먼저 알아맞혀봐요!"

"내가? 내가 뭘 알아맞혀야 할까요?"

"뭘 맞혀야 하냐고요? 난 뭐 이름이 없을까요!"

"그런데 난 당신 이름을 전부터 알고 있었는걸요!" 그는 그녀의 이마에서 비단결 같은 머리카락을 쓸어올려주었다. "자, 봐요! 당신이에요! 오래전, 아주 오래전부터 내가 당신에게 말을 걸고 있었다는 걸 믿어줘요."

검붉은 자줏빛으로 얼굴이 달아오른 그녀는 양팔로 그의 목을 감아 자기의 눈을 쳐다보게 했다. "당신이 그 예술가라니, 얼마나 행운인지!"

그는 두 손으로 연인을 안아 소녀의 순결한 입술에 처음으로 입맞추었다. 그런 뒤 두 사람은, 마치 자신들을 에워싸고 있는 석상들조차 알아서는 안 되는 비밀이라도 되는 양, 각자의 이름을 아주 작은 소리로 서로에게 속삭여주었다. 그의 이름을 들은 그녀는 소리쳤다. "아, 아름다워라! 당신은 절대 다른 이름일 수 없어요!" 그는 그야말로 꿈을 꾸듯이 그녀를 내려다보았다. 그녀의 이름이 '마리아'라는 사실이 도무지 이해되지 않았다.

그녀에게 그런 속마음을 고백하자 그녀는 웃으며 속삭였다. "전임

시장 부인께서도 그렇게 말씀하세요. 내가 세례를 거꾸로 받았대요."

"세례! 당신이 세례를 받았다니 참 희한하군요." 그는 깜짝 놀라다시피 하며 세례라는 말을 되뇌었다.

한순간 그녀가 그를 의아하게 바라보았지만, 곧 둘은 마치 행복한 아이들처럼 함께 깔깔거렸다.

그러나 그곳에는 두 사람만 있던 것이 아니었다. 입구 쪽에서 발소리가 가까이 다가왔고, 중간 홀에서 나이 지긋한 남자의 팔짱을 낀, 아직도 여전히 아름다운 한 여인이 보였다.

남자는 적잖이 걱정하는 기색으로 "딸내미가 여기 없는 것 같은데" 하고 말했다.

팔짱을 낀 여인이 미소 지었다. "그 아이가 자기 가고 싶은 데로 가버리는 일에 익숙해져야 돼. 그 아이는 윗층에서 또 어떤 그림에 사로잡혀 있을걸. 한데 구조된 프시케, 그건 대체 어디에 있을까?"

여인은 아무런 대답도 듣지 못했다. 바로 그 순간 딸이 품안으로 안겨왔던 것이다. "여기 있어요, 엄마, 엄마 딸이 바로 프시케예요! 두 분 다 친절하고 다정하게 대해줘요!" 소녀의 젊은 두 눈은 반짝거렸고, 살짝 벌어진 입술에서는 가쁜 숨결이 느껴졌다.

"얘야, 아가야!"

엄마는 딸아이를 진정시키려 했지만, 딸아이는 기쁨에 차서 다급하게 어머니의 두 손을 낚아채고는 마지막 전시실로 끌고 갔다. 그곳에는 연인이 자신의 작품 옆에서 말없이 기다리고 있었다.

한편 조각가의 고향집 화실에서는 조각상과 모형 사이로 늙고 자그마한 여인이 이리저리 돌아다니고 있었다. 손에 든 먼지떨이 수건으로 여기저기 서 있는 물건들을 훔치긴 했지만 딱히 뭔가를 하려는 것 같지는 않았다. 마침내 노부인은 모형틀 옆의 소파에 앉았고, 이윽고 조용한 한숨이 입술 위로 흘러나왔다. 다 큰 자식들 때문에, 제아무리 부모에게 잘한다 해도 자식 때문에 어머니의 가슴에 흐르는 한숨이었다. 그녀는 얼마 전까지만 해도 아들의 마지막 작품이 차지하고 있던 빈 자리를 곰곰이 생각에 잠긴 채 바라보고 있었다.

그때 현관으로 들어오는 발소리며 두런거리는 목소리가 커지는가 싶더니, 노부인이 무거운 생각에서 자신을 채 추스르기도 전에 열린 문으로 남녀 네 사람이 다가왔다. 조금 나이든 한 쌍은 전혀 모르는 사람들이었다. 그 뒤를 따라 아름다운 소녀와 팔짱을 낀 젊은 남자가 들어왔는데, 아무리 그녀의 눈이 늙었다 해도 자신의 아들을 어찌 몰라봤겠는가!

노부인은 어리둥절하여 자리에서 일어났다. 그러나 젊고 아름다운 두 사람이 벌써 그녀에게 다가와 손을 잡았다. "어머니, 여기에 제 비밀이 있어요! 여기 이 아이가 자기 이름은 마리아라고 주장하지만, 하지만 어머니, 이 아이는 프시케라는 걸, 어머니도 보고 계시지요. 살아 있는 제 프시케 말이에요. 저와 제 작품이 이 프시케를 통해 살아 숨쉬게 될 겁니다!" 아들은 이렇게 말하고 나서 기쁘게 몸을 곧추세우고는 건너편에 있는 미완의 작품을 향해 고개를 끄덕이며 말을 이었다. "그리고 너, 발퀴레여, 이 프시케가 너 역시 마법에서 구해주리라!"

노부인은 그때 조그만 두 손으로 프시케를 붙들고는 찬찬히, 놀라워하며 살펴보았다. 그러나 그 눈길은 차츰 친밀해졌고, 감동으로 마음이 온통 뒤흔들린 프시케는 어느새 어머니의 양팔에 안겨 있었다.

젊은 예술가는 꿈꾸듯 고개를 비스듬히 기울이고 서 있었다. 저 멀리 북해의 파도 소리가 들리는 것만 같았다. 그가 연인도 함께 저 멀리 그곳으로 이끌어간 듯 보였다. 눈물을 흘리던 소녀가 불현듯 고개를 치켜들고 말했던 것이다. "당신, 해수욕장의 카티도 우리 결혼식에 와야지요!"

그 말 때문에 행복에 찬 명랑한 웃음소리와 함께 방안의 정적이 흩어졌다. 판이 부는 피리 소리가 들려왔고, 바깥 하늘에는 해가 찬란하게 빛났다. 호메로스의 태양이 피어나는 젊은 인간의 운명을 다시 비춰주고 있었다.

다음날 아침, 북으로 달리는 첫 기차는 환호를 가득 담은 짧은 편지 한 통을 싣고서 해안가 옛도시를 향해 날아가고 있었다.

테오도어 슈토름 — 회색 바다의 낭만주의, 애수 어린 리얼리즘

테오도어 슈토름은 1817년 슐레스비히 공국의 작은 도시 후줌에서 출생하여 1888년 고향 근교 하데마르셴에서 임종하기까지 한 사람의 법조인으로서 시민적 삶을 사는 한편, 전설과 동화를 수집하고 시를 짓고 단편소설을 발표하는 작가적 활동을 전개했다. 그의 문학은 일반적으로 서정적이고 음울한 정조를 띤 '시적 사실주의'로 평가된다. '시적 사실주의'는 정치적 혁명, 자본주의의 전개, 계급 갈등 등 19세기 서구 역사에 특징적인 사회적 변화와 전통의 단절에 주목하기보다는, 이러한 시대적 격동과 혼란을 전통적 삶, 예술적 조화의 이상과 결합하고 화해시키려는 독일 리얼리즘의 경향을 일괄하는 표현이다. 독일 사실주의의 이러한 경향은 역사의 발전을 앞당기기 위한 과격한 혁명, 그리고 혁명이 요구하는 끔찍한 희생에 대한 독일 지식인의 거부감과 공포심을 반영하고 있다. 그리하여 이 문학 사조는 적어도 그 시대의 통념상 서로 어울리지 않는다고 여겨졌던 대립항들, 즉 전통과 변화, 예술과 사회, '시적인 것'과 '사실주의'를 중재하고 매개하고자 한 것이다. 슈토름의 생애와 문학 세계에도 역시 대립적이라면 대립적이고, 모순적이라면 모순적인 몇 가지 경향이 서로 얽혀 있다.

변호사, 판사, 주지사로서의 공적인 삶과 사춘기 시절부터 시작된 향토문학적 활동을 통한 작가로서의 삶처럼, 그의 문학에도 비교적 좁은 가족적 공간을 무대로 감상적 전원성의 선율과 사실주의적 갈등의 선율이 함께 흐르고 있다. 슈토름은 폰타네, 켈러, 라베와 같은 다른 독일어권 사실주의 작가들과 마찬가지로 낭만적인 서정시에서 문학적 행보를 시작했다. 지역에 구전되는 전설과 동화, 가요를 수집하고, 애상 어린 감상적 서정시를 썼으며, 괴테의 『파우스트』, 하이네의 『노래의 책』, 아이헨도르프의 산문과 서정시를 즐겨 읽었다. 그의 초기 소설들 「임멘 호수」 「대학 시절」 「늦장미」 역시 서정적이고 감상적이다. 이처럼 서정성과 애상적 성향의 문학을 추구하는 슈토름이었지만, 법조인으로서 그의 정치적 자기표현은 구체적이고 현실적이었다. 고향으로 돌아와 변호사 생활을 하던 슈토름은 당시 슐레스비히-홀슈타인 지역을 지배하던 덴마크를 적대하는 독일귀족의 편에 섰고, 그 결과 일정 기간 덴마크의 압력을 피해 프로이센의 그늘 아래로 들어가야 했다. 1864년 프로이센과의 전쟁에서 패배한 덴마크가 물러가자 슈토름은 다시 고향으로 돌아왔다. 후줌의 주지사가 된 그는 다시 프로이센의 중앙 권력에 비판적인 태도를 보였다. 통일독일의 주축으로서의 프로이센과 베를린을 대표한 사실주의 동료 작가 폰타네가 반프로이센주의,

지방색 추구, 후줌 중심주의라고 비판했듯이, 실제로 슈토름에게는 슐레스비히-홀슈타인이라는 한정된 지역과 고향 도시 후줌이 중요했고, 이러한 향토애는 그를 때로는 덴마크와 때로는 프로이센과 대립하게 만들었던 것이다. 슈토름은 가정 환경상 후줌의 도시귀족 가문과 교유했지만 귀족특권제를 거부하고 신분과 계급으로부터 민중 해방을 주장하는 공화주의적 입장을 취했으며, 종교적으로도 신학적 정통주의를 부인하는 등 일관되게 진보적이며 비판적인 지식인이었다.

사십대 중반이 넘어 다시 고향에 안착한 후에 펼쳐지는 그의 문학 세계는 사회의 현실적인 문제, 개인과 사회의 갈등에 집중되었으며 이에 따라 개인의 사실주의적 심리 묘사가 더욱 뚜렷해졌다. 화가, 음악가, 인형극 공연자, 수공업자, 부르주아 등 각인각색의 삶을 다양한 어조로 다루는 「바다 저편에서」「삼색 제비꽃」「저멀리 황무지 마을에서」「숲 언저리」「후견인 카르스텐」 등을 이러한 경향의 대표적 작품으로 들 수 있다.

1880년 이후 슈토름의 만년 작품으로는 「한스 키르히와 하인츠 키르히」「도플갱어」「어떤 고백」 그리고 최후의 대작인 「백마의 기사」가 대표적이다. 사회와 개인의 갈등이라는 19세기 독일 사실주의의 공통된 주제의식이 웅장하고도 쓸쓸한 독일 북부의 자연을 배경으로 한 북부 독일인의 강건하고도 내면적인 정서 묘사와 어우러져, 슈토름 특유의 문학성을 이루게 되었다. 일찍이 루카치는 이와 관련하여 "비극성과 전원성 사이를 오가는 긴장감" "음울한 퇴락의 정서"라는 표현을 썼다. 슈토름은 북프리슬란트의 자연과 더불어 가족적인 실내 공간을 즐겨 그렸는데, 이런 세계가 발산하는 안온함은 담 너머, 문지방 너머의 외부 세상에서 휘몰아치는 광풍과 함께 이 세계가 결국 맞이하게 될 비극과 퇴락을 더욱 예리하게 부각한다. 비록 그의 문학적 업적은 리얼리즘적 갈등을 다룬 노벨레(19세기 독일에서 발전된 단편소설의 독특한 형식)에서 두드러졌지만, 슈토름 스스로는 무엇보다도 서정시인을 자처했다. 여민 옷깃이 세찬 비바람을 말해주듯 슈토름의 서정성에 대한 애착, 그리고 그 서정성의 근원적 뿌리로서의 고향 북프리슬란트의 삶과 풍경에 대한 지치지 않는 사랑과 관심은, 근대적·사회적 갈등과 역사의 흐름에 대한 그의 리얼리즘 의식과 마찰을 일으키는 것이 아니라 오히려 겹겹이 상호침투하고 있다. 근대적 사회 발전에 대해 독일이 가졌던 강박관념과 혼란의 역사라는 맥락 속에서 슈토름의 문학은 향토주의라는 의혹도 받았지만, 그가 형상화한 고향은 영원성, 근원, 뿌리, 보호 등이며 독일의 파시즘이 가진 방어적·퇴행적 이데올로기와는 거리가 멀다. 바로 이 대목에서 한 세기 반 전 슈토름의 문학적 향토주의를 다시 음미해볼 수 있다. 왜냐하면 오늘날, 전 세계와의 지속적인 교류와 지역성의 보존이라는 서로 다른 움직임이 동시적으로 요구되는 분위기에서 고향은 새롭게 인식되고 있기 때문이다. 공간 이동이 잦은 이 시대에 폐쇄되고 고정된 공간은 더이상 남아 있지 않다. 바로 그렇기 때문에 고향과 고향이 환기시키는 복합적 정서는 여전히, 그리고 그 어느 때보다도 절실한 것이 되었다. 그러나 슈토름에 대한 최근의 연구는 그가 속했던 시민적 리얼리즘 시대와는 쉽게 동화될 수 없는 또다른 면에 주목하고 있다. 그것은 슈토름이 가진 은밀하고도 억압된 취향으로서, 소녀에서 성인 여성으로 성장해나가는 과도기적 존재에 대한 애착이었다. 이렇게 슈토름의 문학에는 순박한 향토성, 통속적 키치에 가까운 감상성의 표면 아래에 현대적인 자아분열과, 균열된 내면, 젠더 질서에 대한 시대를 앞서가는 감수성이 호흡하고 있는 것이다.

임멘 호수

이 노벨레는 외로운 노인의 어느 가을날 오후에 대한 이야기다. 노인의 적적한 오후의 일상이 아니라, 그가 회상하는 과거의 삶이 서술된다. 오후 산책에서 돌아와 안락의자에 앉은 노인이 저녁 달빛 속에 비친 한 여인의 초상화를 바라보며 여인의 이름을 부르자 다음 순간, 마치 영화처럼 수십 년 세월을 거슬러 두 남녀의 어린 시절이 펼쳐진다. 두 사람의 소꿉장난 장면부터 결별의 순간까지 회상 속의 이야기는 직선적으로 전개된다. 현재와 과거의 복잡한 교차가 없는, 그야말로 단순한 액자소설 구조다.

라인하르트와 엘리자베트는 소꿉친구 사이로 다정히 지내지만, 라인하르트가 대학 진학을 위해 고향을 떠나면서 둘은 서로 그리워하면서도 점점 멀어져서 결국에는 아무 약속도 없이 헤어지게 된다. 엘리자베트는 라인하르트의 친구이며 일찌감치 경제적으로 기반을 잡은 에리히의 끈질긴 구애와 어머니의 권유로 결혼하게 된다. 그 소식을 접한 라인하르트는 몇 년 후 임멘 호숫가 엘리자베트 부부의 저택을 방문한다. 그러나 이제 엘리자베트와의 만남은 라인하르트에게는 참을 수 없는 고통으로 다가오고, 그는 이른 아침 편지를 남기고 집을 나선다. 이별의 불안감 속에서 문 앞을 서성이던 엘리자베트에게 라인하르트는 영원한 이별을 고하며, 아침해가 떠오르는 세상 속으로 걸어간다. 이어지는 마지막 장에서는 어둠 속에 앉아 있는 현재의 노인이 나온다. 엘리자베트를 떠나 새로이 출발한 젊은 라인하르트의 또다른 삶과 사랑이 어떻게 전개되었는지는 아무것도 들을 수 없다. 회상에 잠겼다가 현실로 돌아오는 노인의 눈앞에는 넓은 호수와 거기에 피어 있는 흰 수련이 보인다. 임멘 호숫가의 저택에서 엘리자베트를 찾아 헤매다가 흰 수련을 발견하고 가까이 가려고 했지만 결국 체념한 적이 있었던 것이다. 그때 어둠 속의 노인을 위해 마침 누군가 등불을 가져다주고, 노인은 이제 완전히 현실로 돌아와서 다시 책상에 앉아 젊은 시절을 바친 자신의 연구에 다시 몰두하면서 작품은 끝난다.

슈토름은 이 소설에 쏟아진 동료 작가들의 격찬에 이 노벨레가 '서정시에서 자라나온 것이다'라고 응답한 적이 있다. 실제로 이 작품에서는 민요와 서정시, 동화가 중요한 의미를 가진다. 라인하르트는 엘리자베트에게 시를 읽어주고, 사랑을 시로 표현하고, 그녀를 기쁘게 하기 위해 동화를 쓴다. 엘리자베트는 하고 싶은 깊은 마음속의 이야기를 '어머니의 뜻이었어요'라는 노래로 대신한다. 그러나 이것이 다가 아니다. 이 노벨레의 서정성, 비서사성은 보다 구조적인 데서 발견된다.

「임멘 호수」는 서사의 중요한 요소, 즉 누가 이야기를 하는가, 앞뒤 전개와 동기가 필연적인가 등에 그리 초점을 맞추고 있지 않다. 노인의 회상 부분이라고는 하지만 엄밀히 읽으면 노인이 자신의 과거를 회상하는 목소리라고 보기는 힘들다. 실제로 액자 속 이야기는 회상이라기보다는 차라리 3인칭 서술에 가깝다. 누구나 비슷한 체험을 떠올릴 수 있을 만큼 보편적인 내용이라 서사적 흐름을 따라가기 힘들 정도는 아니지만, 인물의 심리적 동기 역시 불분명한 것은 사실이다. 이별 이후 라인하르트의 삶과 현재의 노인의 삶 등 빈 공간이 많은 것이다. 하지만 서사성의 이러한 결함은 상징의 촘촘한 그물망이 보완해주고 있다. 인도 여행의 꿈이라든가, 끝내 찾지 못한 산딸기라든가, 홍방울새와 카나리아라든가, 에리카꽃이라든가, 검은 호수에 핀 흰 수련 등은 마치 서정시 속의 은유와 상징, 암시처럼 서로 긴밀하게 조응하며 섬세하게 작동한다. 이렇게 해서 간단하면서도 다소 올이 성긴 서사적 형식을 바탕으로, 첫사랑에 대한 상실감과 체념의 쓸쓸한 분위기가 고즈넉한 가을날의 오후라는 배경, 노인이라는 주인공의 특징과 결합되어 은근하고 애상적인 서정성이 구축되는 것이다. 슈토름이 서른다섯 살에 발표한 이 단편은 죽기 전까지 30쇄를 기록할 정도로 작가 생전 가장 큰 성공을 안겨주었는데, 그만큼 「임멘 호수」가 풍기는 상실의 감미로운 슬픔과 우울의 정조에 대한 동시대인의 공감대가 넓었다 볼 수 있다. 1848년 혁명의 실패와 당시 독일 사회에 만연했던 사회·정치적 좌절감이 이러한 공감대의 뿌리였다고 보는 연구가들이 많다.

백마의 기사

1888년, 슈토름이 죽기 몇 달 전에 발표된 「백마의 기사」는 1838년 젊은 시절 슈토름이 처음 그 소재를 접한 후 오랫동안 작가의 시심 깊숙이 묻혀 있다가 생애 최후의 시간에 마침내 세상 밖으로 나옴으로써 탄생한 작품이다. 그야말로 장기적인 부화기를 거친 셈이다. 이야기의 소재가 하나의 소설로서 구체적으로 형상화되기 시작한 시점은 1885년 2월 즈음으로 보이므로, 대략 삼 년에 걸쳐 구상, 집필, 탈고된 것이다. 그리하여 말년의 예술가적 호흡과 창조적 에너지가 폭풍처럼 휘몰아치며 그야말로 생애 최고의 작품, 필생의 대작으로 응축되었다. 「백마의 기사」는 비록 분량 면에서 보면 중편소설에 속하지만, 처음 소재를 만나고 나서 실제 작품으로 형상화되기까지 수십 년이 걸렸다는 점, 그리고 내용적으로 한 인간의 격정과 고뇌, 성공과 좌절, 의지와 운명이 극적이며 깊이 있게 교차하고 웅장하게 혼융된다는 점에서 괴테의 『파우스트』를 떠올리게 하는, 그야말로 『파우스트』 북해 버전이라 할 수 있다(아닌 게 아니라 슈토름은 「백마의 기사」 집필 직전에 괴테의 도시 바이마르로 여행을 다녀오기도 했다).

어린 시절부터 고향에 전해 내려오는 전설, 동화, 민요에 심취했고, 특별히 독일의 유령 이야기들을 따로 모아 출간할 계획도 가지고 있던 슈토름은, 문제의 유령 기사 이야기를 1838년 함부르크 파페 출판사본에서 읽게 되었다. 1838년 4월 14일자 『단치히 증기선』에 실린 「유령 기사 여행 모험담」의 재인쇄 버전이었다. 「백마의 기사」는 이 이야기의 원래 전설의 배경이었던 폴란드 바이셀강을 북프리슬란트로 무대를 바꾸어 쓴 것이다.

「백마의 기사」는 다소 복잡한 세 겹의 액자소설 형식을 취하고 있다. 첫 액자의 화자 '나', 이 제1화자는 어린시절 증조모 댁에서 접했던 전설을 떠올리는데, 이 화자의 시점이 말하자면 작가 슈토름의 시점과 같다고 할 수 있다. 제1화자가 기억하는 이야기는 어느 여행자의 여행담으로, 슈토름이 파페의 이야기 선집에서 읽은 바로 그 내용이다. 이 여행자, 즉 제2화자는 궂은 날씨에 북프리슬란트를 여행하다가 백마를 타고 달리는 검은 외투의 기이한 사나이와 마주치게 된다. 여행자는 잠시 후 폭우를 피해 들어간 주점에서 그 사나이가 이 지방의 전설적인 인물 하우케 하이엔이라는 사실을 알게 된다. 역사적 사실과 전설이 애매하게 겹쳐진 이야기를 들려주는 것은 주점에 모여든 마을 주민 중 한 사람, 왜소한 체구의 학교 선생이다. 이 선생이 제3화자로, 그는 하우케 하이엔이라는 천재적 제방 건설자, 영웅적 제방 감독관의 이야기를 들려준다.

1700년대 중반으로 거슬러올라가는 이 이야기의 주인공 하우케 하우엔은 홀아비 측량기사 테데 하이엔의 아들로, 어린 시절부터 홀로 제방에 올라가 시간을 보내며 제방 건축에 비상한 관심과 재능을 보인다. 그는 무능한 제방 감독관의 하인으로 들어가 능력을 인정받지만, 제방 감독관이 되기에는 재산이 턱없이 부족하다. 제방 감독관이 죽고 나서 감독관의 딸 엘케와 결혼하여 하우케는 오랫동안 염원해왔던 제방 감독관의 자리에 오르지만, 아내 덕을 봤다는 조롱을 듣자 자신의 능력을 세상에 증명하기 위해 거대한 새 제방 프로젝트를 기획하고 이를 무리하게 밀어붙인다. 주민들은 하는 수 없이 그의 권위에 복종하긴 하지만, 매사에 냉철하고 엄격한 하우케와 미신적인 세계관에 묻혀 있는 주민들 사이의 골은 날로 깊어져간다. 여기에 하우케가 사들인 백마에 대한 흉흉한 소문까지 겹치면서 그는 주민들에게 점점 더 낯설고 두려운 존재가 된다. 하우케의 새로운 제방 건설은 마침내 성공하지만, 그와 함께 재앙의 기미도 하나둘씩 나타난다. 어느 날 하우케는 옛 제방에 생긴 결함을 발견하나, 또다시 제방 수리 작업을 하자고 마을 주민과 제방 위원 들을 설득해야 하는 부담감 때문에 애써 그 심각성을 무시하고, 임시방편적인 수리에 만족한다. 결국 폭우에 옛 제방은 붕괴되고 마을은 큰 수해를 입게 된다. 제방 수리 현장으로 간 하우케는 자신을 찾으러 온 아내 엘케와 백치 딸아이가 물에 휩쓸리는 것을 보게 되고, 그 순간 자신의 실책에 대한 애통함과 죄책감, 그리고 가족을 잃은 절망감이 북받쳐 그는 백마를 탄 채 파도 속으로 뛰어들고 만다.

여행자에게 이야기를 들려주는 술집의 학교 선생은 근대적이고 계몽주의적인 세계관을 대변하는 인물로, 하우케와 그의 제방에 얽힌 이야기를 전달하면서 그 속에 드리워진 많은 미신적 요소를 객관적·역사적·계몽주의적 관점을 통해서 상대화한다. 그러나 주점에 모인 청중, 즉 폭우에 행여 제방이 터질까 염려하여 모여든 제방 감독관과 마을 사람들은 하우케 하이엔이 수해의 위험이 닥칠 때마다 제방 위를 말달리며 마을과 제방을 구원한다고 믿고 있다. 여행자가 보았던 기이한 인물은 다른 사람들에게도 종종 목격되었다는 하우케의 유령이라는 것이다. 그리하여 하우케의 이야기는 학교 선생이 의도한 것과 달리, 단지 객관적·역사적 사실에 대한 계몽주의적 이야기로 머물지 않는다. 실제로 여행자도 그 유령과 마주쳤고, 또 주점에서 선생의 이야기가 진행되는 동안 제방을 둘러보러 밖으로 나간 사람들 중에서 누군가가 방금 유령 기사를 보았다는 소식도 들려오기 때문이다.

폭풍우 몰아치는 밤이 무사히 지나고, 다음날 아침 여행자는 햇빛을 받으며 굳건하게 건재한 하우케 제방 위를 말달려 자신의 여행을 계속한다. 이야기는 말을 타고 달리는 이 여행자의 모습으로 끝난다.

슈토름은 왜 이렇게 소설을 끝냈을까? 증조모의 방에서 어린 시절

접했던 유령 기사 이야기를 기억하는 제1화자로 시작되었으니 그가 이야기 끝에 다시 등장하는 것이 소설 구조상 앞뒤 균형 맞는 마무리가 아닐까. 왜 제1화자는 다시 출현하지 않는 걸까. 그는 도대체 어떤 역할을 한 것인가? 아마도 제1화자는 현실의 독자들을 자연스럽게 이야기 속으로 끌어들이는 것으로 임무를 다한 것인지도 모른다. 분명한 것은, 슈토름이 독자가 여행자의 관점에서 독서를 마치게 하고 싶어했다는 사실이다. 역사와 전설과 현실이 단절되지 않고 하나의 생생한 체험으로 융합된 관점 말이다. 이렇게 볼 때 유령 기사 이야기는 계몽주의적 역사인 동시에 '미신과 전설'의 성격도 가지고 있다. 이렇게 슈토름은 역사와 전설 사이에 걸쳐져 있는 중간 지대를 새로운 서사 공간으로서 열어주는 것이다.

「백마의 기사」에 대한 이러한 이해에 바탕하여, 원작의 제목이 던져주는 번역의 문제를 독자들과 공유해봄 직하다. 「백마의 기사」의 원제는 Der Schimmelreiter로서 '흰말을 탄 사람' 또는 '타는 사람'이라는 의미다. '말을 타다' '말달리다'라는 동사가 reiten이고, 말타는 행위자가 Reiter이다. 한국어에서 Reiter에 정확히 대응하는 단어는 없다. 번역한다면 말 타는 사람, 말달리는 사람, 아니면 기사騎士, 기수騎手 정도가 되겠다. 이중 경마에서 말을 타는 기수의 이미지는 「백마의 기사」와 전혀 부합되지 않는다. 중세의 전사 계급인 기사는 독일어로 Ritter이며 Reiter와 같은 어원을 가진다. 약자 보호의 휴머니즘과 로맨스, 기독교적 자기희생이라는 미덕은 기사 계급의 자기이상이었다. 기사의 자기이상화, 기사도라는 이상이 분명 유럽 중세의 정신적 문화적 유산임은 분명하다. 기사의 이미지에는 위기에 빠진 어떤 가치, 어떤 이상, 혹은 어떤 믿음을 희생적으로, 온몸으로 지켜내고자 하는 고독한 인간의 모습이 겹쳐진다. 세르반테스의 돈키호테가 이 이상과 현실의 우스꽝스럽고도 서글픈 삐그덕거림의 대서사시인 것처럼 말이다. 커다란 해일의 위험이 닥칠 때면 제방 아래 물속으로 뛰어들어 공동체의 땅과 생명을 구하려 한 존재는 마땅히 기사로 불려야 하지 않겠는가. 따라서 본번역본에서는 Schimmelreiter를 '백마의 기사'로 옮기고, 우리말의 흐름에 따라 Reiter를 말을 탄 사람, 말 위의 사람 등으로 번역했음을 밝힌다.

프시케

슈토름의 작품 중에서 비교적 덜 알려진 「프시케」는 어느 바람 센 여름날 한적한 해수욕장에서 한 소녀가 물살에 휩쓸리는 사건으로 시작한다. 익사 직전의 소녀를 구한 것은 남쪽 지방에서 친구를 방문하러 해안 도시로 온 젊은 예술가다. 익사의 위험에서 깨어난 소녀는 유모 노파에게 그날 있던 일에 대해서는 누구에게도 말하지 말라고 간곡히 부탁하고, 스스로도 자신을 구해준 그 남자에 대해 일절 알고 싶어하지 않는다. 당시의 해수욕장은 남녀가 따로 이용하게 되어 있었고, 비록 사고이긴 하지만 사지를 드러낸 해수욕복 차림으로 낯선 남자의 품에 안겼다는 것은 소녀에게 깊은 수치심을 주는 일이었기 때문이다. 그날의 사고는 비밀스럽게 덮이는 듯했다. 어차피 예술가는 외지인이었고, 그 도시의 상류층 출신인 친구는 소녀의 명예를 위해 스스로 입을 닫았던 것이다.

예술가와 소녀, 젊은 두 남녀는 이 사건 이후 서로를 은밀히 갈망하게 된다. 그러나 소녀는 극도의 수치심으로, 예술가 역시 민망함과 망설임으로 감히 서로를 드러나게 찾아나서지는 못한다. 결국 예술가는 냇물의 신이 프시케를 안고 물에서 올라오는 신화적인 장면을 빌어 소녀와의 운명적인 만남을 표현하게 된다. 그 조각품은 전시회에 출품되었고, 예술가는 그렇게 자신의 사랑을 예술적으로 표현하는데, 이는 곧 공공의 눈앞에서는 감추는 동시에, 대단히 명백하게 본심을 고백하는 것이었다. 그의 사랑은 예술적 아름다움이라는 매개체를 통해 순식간에 만인의 입에 회자된다.

소문을 들은 당사자는 호기심과 기대, 수치심이 뒤섞인 마음으로 사람들의 눈을 피해 홀로 그 문제의 조각상을 찾게 된다. 그리고 그곳에서 때마침 사랑의 번뇌를 떨치기 위해 마지막으로 전시장을 찾은 예술가와 뜻밖의 재회를 하게 된다. 조각상 앞에서 두 사람은 서로의 사랑을 확인하고, 각자의 어머니에게 연인을 소개한다. 소설은 예술가가 환호로 가득찬 편지 한 통을 해안 도시의 친구에게 보냈다는 문장으로 끝나는데, 독자는 아마도 그것이 그간의 사연과 결혼 결정을 알리는 내용임을 어렵지 않게 짐작할 수 있을 것이다.

「프시케」는 젊은 남녀가 우연하고도 민망한 만남으로 싹튼 수줍은 사랑을 결혼으로 성사시키는 이야기인데, 여기에는 바다와 해수욕장이라는 특수한 공간이 배경을 이루고 있다. 해수욕장은 순수한 자연 상태의 바다가 아닌 인간화된 자연, 문명-문화화된 바다 공간으로서, 한마디로 경계 지대라 할 수 있다. 그속에는 자연과 문명, 차단과 접촉,

은닉과 노출, 거부와 갈망의 이분법이 작동하고 있다. 이 경계 지대는 또한 성숙한 여성도 어린아이도 아닌 여주인공의 성적 심리와 의식 상태에 대한 하나의 비유로도 읽을 수 있을 것이다.

그러나 이러한 중간 지대로서의 해수욕장은 나아가 남자 주인공의 사회화, 예술가로서 변화와 자기완성을 이루는 과정의 공간적 상징이기도 하다. 남쪽 나라에서 예술가 수업을 받았던 예술가는 사랑에 번민하며, 예술 정신에서도 그리스·로마신화의 세계를 벗어나 북구신화의 세계를 수용해나가는 변화와 확장의 과정을 겪는다. 이러한 예술가적 전환과 이동을 겪음으로써, 그는 예술가이자 동시에 연인으로서의 자기확장, 자기발견, 그리고 자기극복에 이르게 된다.

소녀가 거부와 열망이라는 의식과 무의식, 터부와 이데올로기 사이에서 혼돈의 고통 속에 머물러 있다면, 남자는 예술가로서의 변화와 성숙을 겪음으로써 연인으로서 그리고 성공한 예술가로서 우뚝 서게 된다. 이렇게 남자 주인공에게 예술적 성장과 사회적 성공이라는 성취가 하나의 통합 과정으로 전개되고 있다면, 여자 주인공의 변화는 좀더 갑작스럽고 우연적이며 격렬하다. 소녀는 남자의 예술적·사회적 성공의 기표인 조각상 앞에서 남자를 다시 만났을 때야 비로소 지금까지의 거부와 혼돈에서 빠져나와 사랑과 연인을 열렬히 받아들이는 당당한 여인의 모습으로 급선회하는 것이다. 이러한 의미에서 소녀의 사랑 고백은 독자에게 다소 낯설지만 다른 한편으로는 그만큼 더 인상적으로 다가온다고 할 수 있을 것이다.

남성 예술가의 자기 성취는 비사회적이고 야생적이고 우발적이며 수치스러운 두 사람의 만남을 결혼이라는 순치된 문명적 차원으로 이

끄는 원동력이다. 바다와 물은 여성이 머물러 있는 자연과 야생의 상태를 상징하며, 여성적 (무)의식의 혼돈성과 무형성, 그리고 그것의 위험성을 떠올리게 한다. 바로 이러한 물에서 여성을 구해내어 결혼이라는 문명권 속으로 끌어올리는 것이 남성이며, 남성의 이러한 구원자로서의 사회적 역할은 자신의 능력을 사회적으로 증명함으로써 현실화되는 것이다. 이렇게 해서 슈토름은 프시케를 안고 물에서 올라오는 냇물의 신이라는 그리스신화의 모티프를 시민 계급의 사랑과 성, 결혼의 언어로 전환하고 있다.

「프시케」는 슈토름의 작품 중에서도 그리 많이 연구되지는 않았으나 대중적으로 매우 즐겨 읽히는 노벨레 중 하나다. 해수욕장이라는 독특한 소재, 예술가의 성장이라는 독일적 주제, 그리고 여성의 수치심과 은밀한 성적 욕망을 다루는 이 텍스트는 슈토름의 문학 세계가 가지고 있는 다층적인 의미구조를 다시 한번 확인시켜준다. 슬슬 풀어내듯 유연하게 이야기를 끌고 가면서 분위기를 포착하여 사건을 전달하는 슈토름 특유의 화법을 잘 보여주기도 한다. 전체적으로 명랑한 느낌을 주는 것 역시 「프시케」의 매력이다.

테오도어 슈토름 연보

1817년 9월 14일 슐레스비히 후줌에서 변호사 카지미르 슈토름과 부인 루시 슈토름의 장남으로 태어남. 본명은 한스 테오도어 볼젠 슈토름.

1821년 초등학교에 입학.

1826년 후줌의 김나지움에 입학. 습작을 시작함.

1833년 엠마 퀼과 교제. 그녀에게 바치는 첫번째 시 「엠마에게*An Emma*」를 씀.

1834년 주간지에 시 「시인의 저녁 노래*Sängers Abdendlied*」 게재.

1835년 뤼벡의 카타리나 김나지움으로 전학.

1836년 함부르크에서 베르타 폰 부한을 만남. 크리스마스에 자작시를 모은 노트를 부모님에게 보냄.

1837년 킬 대학 법학과 입학. 베르타에게 동화 「곰 한스*Hans Bär*」와 시를 써서 선물함. 엠마 퀼과 약혼.

1838년 엠마와 파혼. 베를린 대학으로 편입. 드레스덴을 여행.

1839년 킬 대학으로 재편입. 몸젠 형제와 교유.

1840년 잡지에 「갈매기*Die Möwe*」 등 초기 시 발표. 슐레스비히-홀슈타인의 동화, 전설, 노래를 수집하기 시작함.

1842년 베르타에게 청혼하나 거절당함. 국가고시를 치름.

1843년 후줌으로 돌아가 아버지의 사무실에서 변호사 일을 시작함. 합창단을 설립. 몸젠 형제와 함께 시집 『세 친구의 노래책*Liederbuch dreier Freunde*』 출간.

1844년 콘스탄체 에스마르히와 약혼. 콘스탄체에게 바치는 시를 씀.

1846년 콘스탄체와 결혼.

1847년 도로테아 옌젠과 열애. 연애시 및 첫 산문 「마르테와 시계 *Marthe und ihre Uhr*」를 『슐레스비히, 홀슈타인, 라우엔부르크의 1848년 민중서*Volksbuch auf das Jahr1848 für Schleswig, Holstein und Lauenburg*』에 발표.

1848년 1852년까지 이어진 반덴마크 슐레스비히 홀슈타인 민중봉기에 가담. 도로테아 옌젠이 후줌을 떠남. 아들 한스 탄생. 시 「부활절 *Ostern*」「시월의 노래*Oktoberlied*」, 산문 「강의실에서*Im Saal*」 등 발표. 『빨간 장미의 책*Ein Buch der Rote Rosen*』 출간.

1849년 아들 한스를 위해 동화 「꼬마 헤벨만*Der kleine Häwelmann*」 집필. 덴마크의 폭정에 반대하는 후줌 시민들이 슐레스비히 관구장에게 보내는 항의 결의문에 동참 서명. 『슐레스비히, 홀슈타인, 라우엔부르크의 1850년 민중서*Volksbuch auf das Jahr 1850 für Schleswig, Holstein und Lauenburg*』에 「임멘 호수 *Immensee*」 발표.

1850년 덴마크군이 슐레스비히-홀슈타인군을 제압. 에두아르트 뫼리케와 서신으로 교유하기 시작. 아들 에른스트 탄생. 정치시를 쓰기 시작.

1851년 동화 「힌첼마이어*Hinzelmeimer*」「여름 이야기와 노래들 *Sommergeschichten und Lieder*」 발표.

1852년 북스테후데 시장직, 고타 영주령 판사직에 지원했으나 무산됨. 덴마크 정부에 변호사직을 박탈당함. 12월, 프로이센 사법관 임용을 위해 베를린으로 이주. 문학회 '슈프레강 터널Tunnel über der Spree'에 합류하면서 테오도어 폰타네와 만남. 「도시에서*Die Stadt*」「히아신스*Hyazinde*」 등을 수록한 첫 시집 출간.

1853년 프로이센 사법관시보로 임명되어 포츠담으로 이주. 문학회 '슈프레강 터널'의 영향을 받아 담시 「동기간*Geschwisterblut*」 지음. 아들 카를 탄생.

1854년 파울 하이제와 서신으로 교유하기 시작. 아이헨도르프와 만남. 단편 「푸른 잎사귀*Ein grünes Blatt*」 「햇빛을 받으며*Im Sonnenschein*」, 여러 편의 시 발표.

1855년 슈투트가르트로 뫼리케를 방문. 단편 「안겔리카*Angelika*」 집필.

1856년 지방법원판사로 임명되어 하일리겐슈타트로 이주.

1860년 단편 「늦장미*Späte Rosan*」 발표. 딸 루치 탄생.

1862년 전설 모음집 『벽난롯가에서*Am Kamin*』, 단편 「대학 시절*Auf der Universität*」 「전나무 아래*Unter dem Tannenbaum*」 「아프로디테의 거울*Der Spiegel der Cyprianus*」 발표.

1863년 『외딴 곳*Abseits*』 출간. 딸 엘자베 탄생. 11월, 덴마크 왕이 사망하면서 독일 민족 운동 재점화. 12월, 독일연방군이 홀슈타인 점령.

1864년 후줌 주지사로 당선되어 귀향. 프로이센－덴마크 전쟁에서 덴마크 패배. 폰타네 방문. 동화 「불레만의 집*Bulemanns Haus*」 「레겐트루데*Regentrude*」 발표.

1865년 아내 콘스탄체가 딸 게르트루트 출산중 사망. 바덴바덴을 방문해 투르게네프와 만남. 단편 「바다 저편에서*Von Jenseits des Meeres*」 발표.

1866년 도로테아 옌젠과 재혼.

1867년 단편 「상트위르겐에서*In St. Jürgen*」 「그림 그리기*Eine Malarbeit*」 발표. 지방법원 판사로 임명.

1868년 딸 프리데리케 탄생. 첫 전집 출간(총 6권).

1870년 함부르크에서 『마티아스 클라우디우스 이후의 독일시인의 가정서*Hausbuch aus deutschen Dichtern seit Mathias*

Claudius』 출간.

1871년 에밀 쿠에와 서신으로 교유.

1872년 잘츠부르크 여행. 뮌헨에서 파울 하이제와 만남. 단편 「저멀리 황무지 마을에서*Draußen im Heidedorf*」 발표.

1873년 회고집 『레나 뷔스*Lena Wies*』 발표.

1874년 최고법원 판사로 임명. 단편 「삼색 제비꽃*Viola tricolor*」 「꼭두각시패 폴레*Pole Poppenspäler*」 「숲 언저리Waldwinkel」 발표.

1875년 단편 「조용한 음악가*Ein stiller Musiker*」 「프시케*Psyche*」 발표

1876년 뷔르츠부르크 여행. 단편 「익사*Aquis Submersus*」 발표

1877년 고트프리트 켈러와 서신으로 교유 시작. 뷔르츠부르크에서 에리히 슈미트와 만남. 「에두아르트 뫼리케에 대한 나의 추억*Meine Erinnerung an Eduard Mörike*」 발표.

1878년 바렐로 여행. 단편 「후견인 카르스텐*Carsten Curator*」 「레나테*Renate*」 발표.

1879년 지방법원 지원판사로 임명. 단편 「에켄호프*Eckenhof*」 발표.

1880년 판사직에서 은퇴하고 하데마르셴으로 이주. 단편 「시의원의 아들들*Die Söhne des Senators*」 발표.

1881년 하데마르셴에 세운 '노년의 별장*Altersvilla*' 입주. 「예산심의의원*Der Herr Etatsrat*」 발표.

1882년 단편 「한스 키르히와 하인츠 키르히*Hans & Heinz Kirch*」 발표.

1883년 단편 「침묵*Schweigen*」 발표.

1884년 베를린 여행. 단편 「그리스후스 연대기*Zur Chronik von Grieshuus*」 발표.

1885년 단편 「존 류*John Riew*」 「하르더스레프후스의 축제*Ein Fest auf Haderslevhuus*」 발표.

1886년 바이마르 여행. 「백마의 기사*Der Schimmelreiter*」 집필 시작. 위암 발견. 장남 한, 알코올 중독으로 사망. 단편 「도플갱어

Doppelgänger」 발표.

1887년 질트섬에 체류.

1888년 마지막 작품 「백마의 기사」 출간. 「빈민의 장례식 종소리*Die Armessünderglocke*」는 미완으로 남겨짐. 7월 4일 하데마르셴 자택에서 사망. 후줌의 상트위르겐 묘지에 안장됨.

문학동네 세계문학전집 발간에 부쳐

세계문학은 국민문학 혹은 지역문학을 떠나 존재하는 문학이 아니지만 그것들의 총합도 아니다. 세계문학이라는 용어에는 그 나름의 언어와 전통을 갖고 있는 국민문학이나 지역문학의 존재를 인정하면서 그것을 넘어서는 문학의 보편적 질서에 대한 관념이 새겨져 있다. 그 용어를 처음 고안한 19세기 유럽인들은 유럽문학을 중심으로 그 질서를 구축했지만 풍부한 국민문학의 전통을 가지고 있는 현대의 문학 강국들은 나름의 방식으로 세계문학을 이해하면서 정전(正典)의 목록을 작성하고 또 수정한다.

한국에서도 세계문학 관념은 우리 사회와 문화의 변화 속에서 거듭 수정돼왔다. 어느 시기에는 제국 일본의 교양주의를 반영한 세계문학 관념이, 어느 시기에는 제3세계 민족주의에 동조한 세계문학 관념이 출현했고, 그러한 관념을 실천한 전집물이 출판됐다. 21세기 한국에 새로운 세계문학전집이 필요하다는 것은 명백하다. 우리의 지성과 감성의 기준에 부합하는 세계문학을 다시 구상할 때가 되었다.

문학동네 세계문학전집은 범세계적으로 통용되는 고전에 대한 상식을 존중하면서도 지난 반세기 동안 해외 주요 언어권에서 창작과 연구의 진전에 따라 일어난 정전의 변동을 고려하여 편성되었다. 그래서 불멸의 명작은 물론 동시대 세계의 중요한 정치·문화적 실천에 영감을 준 새로운 작품들을 두루 포함시켰다.

창립 이후 지금까지 한국문학 및 번역문학 출판에서 가장 전문적이고 생산적인 그룹을 대표해온 문학동네가 그간 축적한 문학 출판 경험을 바탕으로 새로운 세계문학전집을 펴낸다. 인류가 무지와 몽매의 어둠 속을 방황하면서도 끝내 길을 잃지 않은 것은 세계문학사의 하늘에 떠 있는 빛나는 별들이 길잡이가 되어주었기 때문이다. 우리가 자부심과 사명감 속에서 그리게 될 이 새로운 별자리가 독자들의 관심과 애정에 힘입어 우리 모두의 뿌듯한 자산이 되기를 소망한다.

지은이 **테오도어 슈토름**

1817년 슐레스비히 공국 후줌에서 태어났다. 1852년 덴마크 정부에 변호사직을 박탈당하고 베를린으로 이주했다가, 1863년 프로이센이 슐레스비히와 홀슈타인을 점령하면서 이듬해 후줌 주지사로 당선되어 귀향했다. 1843년 몸젠 형제와 함께 『세 친구의 노래책』을 출간했다. 이후 소설, 시, 동화, 전설 모음집 등 여러 분야에 걸쳐 다양한 작품을 발표했다. 1888년 암으로 사망했다.

옮긴이 **배정희**

연세대학교 독문과를 졸업하고 독일 괴팅엔 대학에서 논문 「근대의 경험과 리얼리즘 소설의 형식들」로 박사학위를 받았다. 옮긴 책으로 『청기사』 『공간, 장소, 경계』 『게오르그 짐멜의 문화이론』 등이 있으며 아동, 청소년 문학도 여러 권 번역했다. 현재 부산대학교, 한국해양대학교에서 강의를 하고 있다.

세계문학전집 164

임멘 호수·백마의 기사·프시케

초판 인쇄 2018년 5월 2일
초판 발행 2018년 5월 15일

지은이 테오도어 슈토름 | 옮긴이 배정희 | 펴낸이 염현숙

책임편집 박신양 | 편집 황현주
디자인 신선아 최미영 | 저작권 한문숙 김지영
마케팅 정민호 정진아 함유지 김혜연 | 홍보 김희숙 김상만 이천희
제작 강신은 김동욱 임현식 | 제작처 영신사

펴낸곳 (주)문학동네
출판등록 1993년 10월 22일 제406-2003-000045호
주소 10881 경기도 파주시 회동길 210
전자우편 editor@munhak.com | 대표전화 031)955-8888 | 팩스 031)955-8855
문의전화 031)955-8862(마케팅), 031)955-1916(편집)
문학동네카페 http://cafe.naver.com/mhdn
문학동네트위터 http://twitter.com/munhakdongne
북클럽문학동네 http://bookclubmunhak.com

ISBN 978-89-546-5124-0 04850
978-89-546-0901-2 (세트)

www.munhak.com

문학동네 세계문학전집

1, 2, 3 안나 카레니나 레프 톨스토이 | 박형규 옮김
4 판탈레온과 특별봉사대 마리오 바르가스 요사 | 송병선 옮김
5 황금 물고기 르 클레지오 | 최수철 옮김
6 템페스트 윌리엄 셰익스피어 | 이경식 옮김
7 위대한 개츠비 F. 스콧 피츠제럴드 | 김영하 옮김
8 아름다운 애너벨 리 싸늘하게 죽다 오에 겐자부로 | 박유하 옮김
9, 10 파우스트 요한 볼프강 폰 괴테 | 이인웅 옮김
11 가면의 고백 미시마 유키오 | 양윤옥 옮김
12 킴 러디어드 키플링 | 하창수 옮김
13 나귀 가죽 오노레 드 발자크 | 이철의 옮김
14 피아노 치는 여자 엘프리데 옐리네크 | 이병애 옮김
15 1984 조지 오웰 | 김기혁 옮김
16 벤야멘타 하인학교 – 야콥 폰 군텐 이야기 로베르트 발저 | 홍길표 옮김
17, 18 적과 흑 스탕달 | 이규식 옮김
19, 20 휴먼 스테인 필립 로스 | 박범수 옮김
21 체스 이야기·낯선 여인의 편지 슈테판 츠바이크 | 김연수 옮김
22 왼손잡이 니콜라이 레스코프 | 이상훈 옮김
23 소송 프란츠 카프카 | 권혁준 옮김
24 마크롤 가비에로의 모험 알바로 무티스 | 송병선 옮김
25 파계 시마자키 도손 | 노영희 옮김
26 내 생명 앗아가주오 앙헬레스 마스트레타 | 강성식 옮김
27 여명 시도니가브리엘 콜레트 | 송기정 옮김
28 한때 흑인이었던 남자의 자서전 제임스 웰든 존슨 | 천승걸 옮김
29 슬픈 짐승 모니카 마론 | 김미선 옮김
30 피로 물든 방 앤절라 카터 | 이귀우 옮김
31 숨그네 헤르타 뮐러 | 박경희 옮김
32 우리 시대의 영웅 미하일 레르몬토프 | 김연경 옮김
33, 34 실낙원 존 밀턴 | 조신권 옮김
35 복낙원 존 밀턴 | 조신권 옮김
36 포로기 오오카 쇼헤이 | 허호 옮김
37 동물농장·파리와 런던의 따라지 인생 조지 오웰 | 김기혁 옮김
38 루이 랑베르 오노레 드 발자크 | 송기정 옮김
39 코틀로반 안드레이 플라토노프 | 김철균 옮김
40 어두운 상점들의 거리 파트릭 모디아노 | 김화영 옮김
41 순교자 김은국 | 도정일 옮김
42 젊은 베르테르의 슬픔 요한 볼프강 폰 괴테 | 안장혁 옮김
43 더블린 사람들 제임스 조이스 | 진선주 옮김
44 설득 제인 오스틴 | 원영선, 전신화 옮김
45 인공호흡 리카르도 피글리아 | 엄지영 옮김

46 정글북 러디어드 키플링 | 손향숙 옮김
47 외로운 남자 외젠 이오네스코 | 이재룡 옮김
48 에피 브리스트 테오도어 폰타네 | 한미희 옮김
49 둔황 이노우에 야스시 | 임용택 옮김
50 미크로메가스·캉디드 혹은 낙관주의 볼테르 | 이병애 옮김
51, 52 염소의 축제 마리오 바르가스 요사 | 송병선 옮김
53 고야산 스님·초롱불 노래 이즈미 교카 | 임태균 옮김
54 다니엘서 E. L. 닥터로 | 정상준 옮김
55 이날을 위한 우산 빌헬름 게나치노 | 박교진 옮김
56 톰 소여의 모험 마크 트웨인 | 강미경 옮김
57 카사노바의 귀향·꿈의 노벨레 아르투어 슈니츨러 | 모명숙 옮김
58 바보들을 위한 학교 사샤 소콜로프 | 권정임 옮김
59 어느 어릿광대의 견해 하인리히 뵐 | 신동도 옮김
60 웃는 늑대 쓰시마 유코 | 김훈아 옮김
61 팔코너 존 치버 | 박영원 옮김
62 한눈팔기 나쓰메 소세키 | 조영석 옮김
63, 64 톰 아저씨의 오두막 해리엇 비처 스토 | 이종인 옮김
65 아버지와 아들 이반 투르게네프 | 이항재 옮김
66 베니스의 상인 윌리엄 셰익스피어 | 이경식 옮김
67 해부학자 페데리코 안다아시 | 조구호 옮김
68 긴 이별을 위한 짧은 편지 페터 한트케 | 안장혁 옮김
69 호텔 뒤락 애니타 브루크너 | 김정 옮김
70 잔해 쥘리앵 그린 | 김종우 옮김
71 절망 블라디미르 나보코프 | 최종술 옮김
72 더버빌가의 테스 토머스 하디 | 유명숙 옮김
73 감상소설 미하일 조셴코 | 백용식 옮김
74 빙하와 어둠의 공포 크리스토프 란스마이어 | 진일상 옮김
75 쓰가루·석별·옛날이야기 다자이 오사무 | 서재곤 옮김
76 이인 알베르 카뮈 | 이기언 옮김
77 달려라, 토끼 존 업다이크 | 정영목 옮김
78 몰락하는 자 토마스 베른하르트 | 박인원 옮김
79, 80 한밤의 아이들 살만 루슈디 | 김진준 옮김
81 죽은 군대의 장군 이스마일 카다레 | 이창실 옮김
82 페레이라가 주장하다 안토니오 타부키 | 이승수 옮김
83, 84 목로주점 에밀 졸라 | 박명숙 옮김
85 아베 일족 모리 오가이 | 권태민 옮김
86 폭풍의 언덕 에밀리 브론테 | 김정아 옮김
87, 88 늦여름 아달베르트 슈티프터 | 박종대 옮김
89 클레브 공작부인 라파예트 부인 | 류재화 옮김

90 P세대 빅토르 펠레빈 | 박혜경 옮김
91 노인과 바다 어니스트 헤밍웨이 | 이인규 옮김
92 물방울 메도루마 슌 | 유은경 옮김
93 도깨비불 피에르 드리외라로셸 | 이재룡 옮김
94 프랑켄슈타인 메리 셸리 | 김선형 옮김
95 래그타임 E. L. 닥터로 | 최용준 옮김
96 캔터빌의 유령 오스카 와일드 | 김미나 옮김
97 만(卍) · 시게모토 소장의 어머니 다니자키 준이치로 | 김춘미, 이호철 옮김
98 맨해튼 트랜스퍼 존 더스패서스 | 박경희 옮김
99 단순한 열정 아니 에르노 | 최정수 옮김
100 열세 걸음 모옌 | 임홍빈 옮김
101 데미안 헤르만 헤세 | 안인희 옮김
102 수레바퀴 아래서 헤르만 헤세 | 한미희 옮김
103 소리와 분노 윌리엄 포크너 | 공진호 옮김
104 곰 윌리엄 포크너 | 민은영 옮김
105 롤리타 블라디미르 나보코프 | 김진준 옮김
106, 107 부활 레프 톨스토이 | 백승무 옮김
108, 109 모래그릇 마쓰모토 세이초 | 이병진 옮김
110 은둔자 막심 고리키 | 이강은 옮김
111 불타버린 지도 아베 고보 | 이영미 옮김
112 말라볼리아가의 사람들 조반니 베르가 | 김운찬 옮김
113 디어 라이프 앨리스 먼로 | 정연희 옮김
114 돈 카를로스 프리드리히 실러 | 안인희 옮김
115 인간 짐승 에밀 졸라 | 이철의 옮김
116 빌러비드 토니 모리슨 | 최인자 옮김
117, 118 미국의 목가 필립 로스 | 정영목 옮김
119 대성당 레이먼드 카버 | 김연수 옮김
120 나나 에밀 졸라 | 김치수 옮김
121, 122 제르미날 에밀 졸라 | 박명숙 옮김
123 현기증. 감정들 W. G. 제발트 | 배수아 옮김
124 강 동쪽의 기담 나가이 가후 | 정병호 옮김
125 붉은 밤의 도시들 윌리엄 버로스 | 박인찬 옮김
126 수고양이 무어의 인생관 E. T. A. 호프만 | 박은경 옮김
127 맘브루 R. H. 모레노 두란 | 송병선 옮김
128 익사 오에 겐자부로 | 박유하 옮김
129 땅의 혜택 크누트 함순 | 안미란 옮김
130 불안의 책 페르난두 페소아 | 오진영 옮김
131, 132 사랑과 어둠의 이야기 아모스 오즈 | 최창모 옮김
133 페스트 알베르 카뮈 | 유호식 옮김

134 다마세누 몬테이루의 잃어버린 머리 안토니오 타부키 | 이현경 옮김
135 작은 것들의 신 아룬다티 로이 | 박찬원 옮김
136 시스터 캐리 시어도어 드라이저 | 송은주 옮김
137 고독한 산책자의 몽상 장자크 루소 | 문경자 옮김
138 용의자의 야간열차 다와다 요코 | 이영미 옮김
139 세기아의 고백 알프레드 드 뮈세 | 김미성 옮김
140 햄릿 윌리엄 셰익스피어 | 이경식 옮김
141 카산드라 크리스타 볼프 | 한미희 옮김
142 이 글을 읽는 사람에게 영원한 저주를 마누엘 푸익 | 송병선 옮김
143 마음 나쓰메 소세키 | 유은경 옮김
144 바다 존 밴빌 | 정영목 옮김
145, 146, 147, 148 전쟁과 평화 레프 톨스토이 | 박형규 옮김
149 세 가지 이야기 귀스타브 플로베르 | 고봉만 옮김
150 제5도살장 커트 보니것 | 정영목 옮김
151 알렉시·은총의 일격 마르그리트 유르스나르 | 윤진 옮김
152 말라 온다 알베르토 푸겟 | 엄지영 옮김
153 아르세니예프의 인생 이반 부닌 | 이항재 옮김
154 오만과 편견 제인 오스틴 | 류경희 옮김
155 돈 에밀 졸라 | 유기환 옮김
156 젊은 예술가의 초상 제임스 조이스 | 진선주 옮김
157, 158, 159 카라마조프가의 형제들 표도르 도스토옙스키 | 김희숙 옮김
160 진 브로디 선생의 전성기 뮤리얼 스파크 | 서정은 옮김
161 13인당 이야기 오노레 드 발자크 | 송기정 옮김
162 하지 무라트 레프 톨스토이 | 박형규 옮김
163 희망 앙드레 말로 | 김웅권 옮김
164 임멘 호수·백마의 기사·프시케 테오도어 슈토름 | 배정희 옮김

● 문학동네 세계문학전집은 계속 출간됩니다